Liebe ist unvergänglich

Von Tina Reinhardt

Über den Autor:

Tina Reinhardt wurde 1988 in Gera geboren. Heute lebt sie in der Nähe von Frankfurt am Main und studiert Psychologie.

Seit 2015 leitet sie eine kleine Textagentur und hat das Schreiben zum Beruf gemacht. Im gleichen Jahr entschied sie sich, ihren ersten Roman zu schreiben – „Liebe ist unvergänglich". Dieser wurde im Juni 2017 veröffentlicht. „Funkenkrieg" ist ihr zweiter Roman und ihre erste Geschichte im Genre Fantasy. Das Buch erschien im April 2018.

Auf ihrem Blog rezensiert sie gelesene Bücher und informiert über geplante Buchprojekte.

Mehr über die Autorin unter: www.tinas-autorenwelt.de

LIEBE IST UNVERGÄNGLICH

Tina Reinhardt
ROMAN

Liebe ist unvergänglich
Tina Reinhardt

1. Auflage Juni 2017
2. Auflage April 2018
Copyright © 2017 Tina Reinhardt
Rubensstr. 67, 64546 Mörfelden-Walldorf

Herstellung und Verlag: BoD - Books on Demand,
Norderstedt
ISBN: 9783744800822

Bibliografische Information der Deutschen
Nationalbibliothek.
Die Deutsche Nationalbibliothek verzeichnet diese
Publikation in der Deutschen Nationalbibliografie;
detaillierte bibliografische Daten sind im Internet über
http:/dnb.dnb.de abrufbar.

Widmung

Ich möchte dieses Buch, meinen ersten Roman, meiner Oma widmen. Sie ist mein Fels in der Brandung und hat immer ein offenes Ohr für mich. Auch während der Entstehung dieses Buches hat sie sich stets, voller Interesse meine Gedanken dazu angehört.

Danke Oma, dass du mich immer ermutigst, weiterzumachen. Ohne dich würde es diesen Roman sicher nicht geben.

Die folgende Geschichte ist frei erfunden. Eventuelle Ähnlichkeiten zu realen Personen wären unbeabsichtigt und zufällig.

1. Kapitel

Die Sonne schien über dem azurblauen Meer.

Ruhe und Einsamkeit genoss sie gerade sehr.

Eine leichte Brise kroch über ihre Haut.

Es ist wichtig, dass man sich selbst vertraut.

Zu dieser Erkenntnis war Katharina in den letzten Tagen gekommen. Sie lag an einem weißen, lang gezogenen Sandstrand und trug ein helles Oversized-Top, welches sie nur mäßig vor den Sonnenstrahlen schützte. Ein schwarzer Minirock umgab ihre Hüften und flatterte im Wind. Die Hände hatte Katharina hinter ihrem Kopf verschränkt, so genoss sie die Stille in der morgendlichen Sonne. Lediglich eine kreischende Möwe, und das gleichmäßige Rauschen des Meeres konnte sie hören. Es war erst sieben Uhr und um diese Zeit konnte sie ungestört ihren Gedanken nachhängen. Die anderen Touristen schliefen noch oder waren beim Frühstücksbuffet im großen Restaurant. Katharina fuhr mit den Füßen durch den warmen Sand und spürte, wie dieser an ihrer Haut herabglitt. Ihre Augen waren geschlossen. Sie dachte darüber nach, wie sie hier gelandet war, wie glücklich sie war und wie plötzlich sich das Leben ändern konnte, immer und immer wieder.

Ich sollte doch glatt ein Buch über mein Leben schreiben. Genug zu erzählen gäbe es auf jeden Fall ..., dachte Katharina, zog eine Hand unter ihrem Kopf hervor und legte sie unbewusst auf ihren Bauch.

Die Insel, auf der sie ihren Urlaub genoss, hieß Maya Lunky Island. Für Katty, so wurde sie von ihren Freunden genannt, gab es keinen schöneren Ort.

Wie traumhaft es doch wäre, wenn ich diesen Strand nie wieder verlassen müsste.

Doch sie wusste, dass der Tag kommen würde, an dem sie die Heimreise antreten und sich ihrem Leben erneut stellen musste. Jede Flucht hatte ein Ende, auch dies.

Aber noch war es nicht so weit, noch konnte sie hier liegen, noch konnte sie darüber nachdenken, was war und was sein würde.

Lassen wir daher die Geschichte um Katharina Revue passieren.

2. Kapitel - August 2007

Katharina war 23 Jahre alt und genoss das Leben in vollen Zügen. Sie hatte viele Freunde und ging gern feiern. Obwohl sie ein aufgeschlossener Mensch war, flog das Thema Partnerschaft nur so an ihr vorbei. Katty verliebte sich in die falschen Männer oder traute sich nicht, das andere Geschlecht anzusprechen. So kam es, dass sie noch nie eine Beziehung und keinerlei sexuelle Erfahrungen hatte. Ihr Erscheinungsbild glich eher dem einer grauen Maus. Sie war mit 162 cm nicht gerade groß. Ihre leuchtend grünen Augen passten perfekt zu ihrer kleinen Stupsnase und dem rundlichen Gesicht. Die Kleidung wählte Katharina schlicht. Dunkle Farben trug sie besonders gern, denn diese kaschierten ihre überschüssigen Pfunde am Bauch und an den Oberschenkeln. Sie war nicht dick, aber vom Idealgewicht einige Kilos entfernt. Das Einzige, womit Katty wirklich zufrieden war, waren ihre langen, schwarzen und glatten Haare. Sie mochte keine Locken, die empfand sie als ungeordnet.

Heute ging sie aus und ihr bester Freund, Paul, begleitete sie. Katharina konnte ihn nur selten in Discos locken, doch diesmal erbarmte er sich. Paul und Katty kannten sich schon seit dem Sandkasten. Er war wie ein Bruder für sie. Mit seinen 190 cm war er groß, seine Figur erschien schlaksig. Das blonde, kurze Haar saß perfekt gestylt und die stahlblauen Augen rundeten das Sonnyboy-Gesicht ab. Trotz seines guten Aussehens gehörte auch Paul eher zu den zurückhaltenden Personen. Er hatte immer ein offenes Ohr für seine beste Freundin, was auf Gegenseitigkeit beruhte. Der Rest ihrer Clique war an diesem Abend nicht dabei. Sie feierten den Geburtstag eines Mädchens, das Katharina nicht sonderlich gut leiden konnte.

Das Nighthouse war heute besonders voll. Die Tanzfläche quoll vor lauter Menschen über. Katty und Paul mussten sich durch die Menge drängen, um einen freien Platz zu finden, an dem sie verweilen konnten. Fast jeder Besucher der Disco schubste und rempelte andere an, um an die Bar zu gelangen. Gerade hatten die Zwei eine Lücke an der Theke gefunden. Paul bestellte zwei Tequila, welche sich kurz danach direkt vor ihnen befanden. Das Thema waren mal wieder Liebesbeziehungen. Paul hatte sich frisch verliebt und alles deutete darauf hin, dass die Dame seines Herzens auch ihn sehr mochte. Derweil regte sich Katharina auf: „Immer diese nervigen Fragen, wann ich mal jemanden „mit nach Hause" nehme. Mein Leben läuft auch ohne Typ gut", rief sie genervt, um die Musik zu übertönen. Dabei leckte sie das Salz von ihrem Handrücken. „Alleinsein ist besser als jemandem hinterherzulaufen, der einen gar nicht will!", schloss sie ihre kurze Rede, kippte den Tequila hinunter und biss in die Zitrone. Dabei ließ sie sich auf einen Hocker sinken, der direkt hinter ihr stand. Paul beobachtete, lässig an den Tresen gelehnt, wie ihr Gesicht sich verzog und es sie kurz schüttelte. Als sie die zusammengekniffenen Augen wieder öffnete, fiel ihr Blick zur Seite und da sah sie ihn zum ersten Mal.

Ein durchtrainierter Mann, etwa in ihrem Alter, kam auf sie zu. Sein kurzes, schokobraunes Wuschelhaar fiel ihr sofort ins Auge und ihr Herz hüpfte höher. So schob er sich zwischen sie und einen Fremden an die Theke und bestellte ein Bier. Dann blickte er für einen Moment zu ihr herüber und lächelte. Katharina rutschte nervös auf ihrem Hocker hin und her. Sein Grinsen war ansteckend, doch sie bekam kein Wort heraus. Durch die Beleuchtung über dem Tresen konnte sie seine tiefbraunen Augen erkennen und darin versinken. Nur eine Sekunde später wandte er den Blick wieder ab und nahm kurz darauf eine dunkle Flasche vom Barkeeper entgegen. Nun verschwand er wieder in der Menschenmenge. Katharina konnte nicht anders, als ihm hinterherzuschauen. Doch schnell war er nicht mehr zu sehen. Da bemerkte sie, dass eine Hand vor ihrem Gesicht herumfuchtelte und hörte Paul fragen:

„Erde an Katharina – bist du noch da?"

„Ja", antwortete sie, wischte die Hand weg und drehte sich zu ihrem besten Freund um. Dieser schmunzelte nur.

„Was hast du gerade über das Alleinsein gesagt?", fragte er mit frechem Grinsen. Katty reagierte lediglich mit einer Grimasse und forderte ihn ablenkend zum Tanzen auf. Die Antwort wartete sie nicht ab, sprang auf, packte Paul am Arm und zog ihn auf die Tanzfläche.

Den Abend über pendelten die Freunde zwischen Dancefloor und Bar hin und her. Ein Tequila nach dem anderen landete in ihren Mägen, die Stimmung wurde heiter und lustig. Ihre Tanzbewegungen glichen immer mehr denen eines Affen, denn mit dem Anstieg des Alkoholpegels sank die Koordinationsfähigkeit der eigenen Gliedmaßen. Beide hatten viel Spaß und gegen drei Uhr morgens torkelten sie aus dem Nighthouse.

Paul hatte schon immer mehr vertragen, als seine Freunde. Er achtete darauf, dass Katharina nicht in einem Graben endete, denn sie konnte sich kaum noch auf den Beinen halten. Ihre Welt drehte sich und vor ihren Augen verschwamm alles. Die frische Luft tat ihr gar nicht gut. Übelkeit kam und wurde immer schlimmer. Ihre Laune war leicht gedrückt, denn insgeheim hatte sie gehofft, den sexy Typ wiederzusehen. Dieser war allerdings wie vom Erdboden verschluckt. Katty hatte sich den ganzen Abend wieder und wieder umgeschaut, konnte ihn aber nirgendwo finden.

Es war nicht weit bis zu Pauls Wohnung, zwei Stationen mit der Bahn und ein paar Minuten zu Fuß. Gott sei Dank wusste ihr bester Freund, wo er wohnte, denn in ihrem Zustand hätte Katharina die Adresse nicht gefunden. In der Wohnung angekommen, überließ er Katty das Bett. Paul deckte sie zu und sie fiel sofort ins Land der Träume.

Dann merkte auch er, wie schwer seine Augenlider waren, diese offen zu halten schien ihm unmöglich. Er legte sich auf das Sofa im Wohnzimmer und schlief ebenfalls sofort ein. In seinem Traum ritt er auf einem Drachen und flog durch die Lüfte. Er überblickte die Welt von oben und alle Menschen waren nur noch winzige Punkte. Hier oben fühlte er sich wie der Beschützer der Welt. Doch daran konnte er sich am nächsten Morgen nicht mehr erinnern.

3. Kapitel - August 2007

Es waren zwei Wochen vergangen, seit Katharina und Paul die Nacht unsicher gemacht hatten. Am darauffolgenden Morgen unterhielten sich beide noch etwas und gingen dann dem eigenen Alltag wieder nach.

* * *

Heute schlenderte Katty durch einen der vielen Parks. Sie hatte sich den Weg quer durch den Ort gemacht, da der Mingo-Park zu den schönsten von Kirrlich gehörte.

Katty wohnte am westlichen Ende der Stadt. Mit dem Bus war sie ins Zentrum gefahren und von dort aus weiter nach Osten spaziert. Nach wenigen Gehminuten hatte sie den Park erreicht. Es war herrliches Wetter, die Sonne schien und wärmte ihre Haut, ein leichtes Lüftchen umspielte ihre Haare. Der Sommer zeigte sich in Kirrlich von seiner schönsten Seite.

Die Stadt, in der Katty lebte, war überschaubar. Etwa 45.000 Einwohner fasste sie und war somit vom Status einer Großstadt weit entfernt. Dennoch

14

gab es hier alles, was das Herz begehrte. Jung und Alt konnten sich in diesem Ort wohlfühlen. Die Stadt war mit Bus und Bahn ausgestattet. Ein Auto war zwar eine praktische Sache, aber innerorts nicht wirklich nötig.

Katty und ihre Freunde besuchten gern das Nighthouse. Das war eine kleine Diskothek, die im Zentrum der Stadt lag. In der Umgebung gab es noch weitere Tanzlokale, doch das Nighthouse fand die Clique gemütlich, die Musikauswahl war bestens zum Feiern und Tanzen geeignet. Neben den Tanzmöglichkeiten bot die Stadt viel Natur. Die Parkanlagen wurden, vor allem bei Sonnenschein, von jeder Altersgruppe mit Vergnügen aufgesucht. Es gab welche im Ort und auch an den Randgebieten. Hier zog man sich gern zurück, wenn man Ruhe suchte. Unterschiedliche Geschäfte sorgten dafür, dass man die wichtigsten Dinge des Alltags kaufen und erledigen konnte. Stellte man keine großen Ansprüche, konnte man in der Einkaufsstraße shoppen gehen. Das Angebot an Bekleidungsgeschäften hielt sich allerdings in Grenzen. Umso mehr Cafés, Eisdielen und kleine Imbissstände fand man hier.

Katty setzte sich auf eine Bank und blickte auf die große Wiese ihr gegenüber. Ein Weg führte im Kreis um die Grünfläche und in regelmäßigen Abständen rauschten Jogger an ihr vorbei. Sie dachte über ihre vielen Arbeitsstellen nach. Katty war nun Mitte zwanzig und wechselte immer wieder zwischen verschiedenen Aushilfsjobs. Gerade hatte sie noch in einem Restaurant gekellnert. Doch ihr hatte der Job keine Freude gemacht und so hatte sie ihn nach wenigen Wochen gekündigt. Gestern war ihr letzter Tag gewesen. Nun grübelte sie, was ihr gefallen könnte und welche Arbeit ihr wirklich Spaß machen würde. Ihre Freunde wussten schon lang, was sie wollten. Die meisten studierten. Katty hatte nur einen Realschulabschluss, weshalb ein Studium für sie nicht in Frage kam. Sie könnte das Abitur nachholen, dachte sie gerade, als ein bekanntes Gesicht in ihre Richtung schlenderte.

Sofort riss es sie aus ihren Gedanken und sie saß kerzengerade auf der Bank. *Da läuft der Typ aus der Disco lässig und gemütlich auf mich zu, als wäre es das Normalste der Welt. Was denkt er sich eigentlich?* Sie hatte doch gar nicht mehr an ihn gedacht. Aber dann fiel es ihr wie Schuppen von den Augen: Es war das Normalste auf der Welt. *Warum sollte es auch nicht richtig sein, dass er hier langläuft!?*

Der gut aussehende Fremde nahm keine Notiz von

ihr. Er war in sein Smartphone vertieft, welches er in der Hand hielt und darauf herumtippte. Kattys Herz pochte immer schneller, sie hoffte, er würde sie sehen. Sie saß so steif auf der Bank, als hätte sie einen Stock im Rücken. Nervös klopfte sie mit den Fingern auf ihre Oberschenkel, doch sein Handy fesselte den Mann, der ihr Interesse geweckt hatte, vollkommen. Je näher er kam, desto mehr spannte sich Kattys Körper an. Ihr Herz schien sich überschlagen zu wollen.

Und dann lief er an ihr vorbei.

Er sah sie gar nicht. Wie in Zeitlupe drehte sie sich nach ihm um und plötzlich sprang sie auf, während sie sich rufen hörte: „Hey!". Im gleichen Moment wunderte sie sich über sich selbst. Niemals zuvor hatte sie einem fremden Mann hinterhergerufen. Selbst bei Menschen, die sie kannte, war sie dafür zu schüchtern. Der Angesprochene blieb stehen und hob seinen Blick, dann sah er Katty und lächelte. Er sagte nichts. Katharinas Gedanken überschlugen sich, es war ihr peinlich. Was sollte sie denn nun sagen, fragte sie sich. Als hätte sie keine Kontrolle über ihre eigenen Worte, sprudelte es aus ihr heraus: „Wir haben uns vor zwei Wochen in der Disco gesehen, du hast Bier bestellt ...". Dann war es vorbei. Sie ließ das Gesagte so stehen und hoffte auf

Antwort.

Der Fremde grinste weiter und bestätigte: „Stimmt, ich erinnere mich."

Dass er sie wirklich einordnen konnte, bezweifelte sie. Er ging auf sie zu und hielt ihr die Hand hin. Katty ergriff sie.

„Ich bin Jake", stellte sich ihr Gegenüber vor.

„Und ich bin Katty."

„Gehst du ein Stück mit mir?", fragte Jake und Katharina nickte freudestrahlend, versuchte aber, nicht ganz so übertrieben zu grinsen. Die beiden liefen nebeneinander her.

„Was machst du hier so allein?", wollte Jake wissen und schielte zu ihr herüber.

„Ich genieße die Ruhe und das schöne Wetter", gab Katty nervös zurück. Sie war froh, überhaupt einen Ton herauszubekommen. „Und du?"

„Ich war gerade auf dem Weg zu einem Freund. Wir wollten gemeinsam zur Lerngruppe an der Uni gehen. Hab ich ein Glück, dass sie erst in zwei Stunden beginnt, man wird ja nicht oft von einer schönen Frau aufgehalten", plauderte er locker los und lächelte Katty an. Kattys Wangen färbten sich leicht rot und sie schaute verlegen zur Seite. *Flirtet er etwa mit mir?*

„Was studierst du denn?", fragte Katharina und ging auf das Kompliment nicht weiter ein, dafür war sie zu nervös.

„Jura. Das wollte ich schon immer, musste aber einige Semester warten, bis ich genommen wurde."

So redete er weiter und erzählte, dass er schon als Kind immer hatte Anwalt werden wollen, aber sich noch entscheiden müsse, ob Staats- oder Rechtsanwalt. Katharina störte es nicht, dass er ohne Punkt und Komma redete. Sie hörte ihm gern zu und mochte seine tiefe Stimme. Außerdem musste sie dadurch kaum reden und es konnten weniger peinliche Kommentare aus ihrem Mund strömen. Sie versank regelrecht in seinen Erzählungen und sog jedes Wort in sich auf.

Als sie eine Runde durch den Park gelaufen waren und wieder bei der Bank ankamen, musste Jake auf Wiedersehen sagen. Seinen Kumpel konnte er nicht länger warten lassen. Er zog sein Handy aus der Hosentasche und hielt es Katty hin.

„Gib doch mal deine Nummer ein, wenn du möchtest, dann treffen wir uns mal nicht nur zufällig." Wieder lächelte er sie kokett an und ihre Knie wurden

19

weich. Sie nahm das Smartphone und tippte zittrig ihren Namen und ihre Nummer ein. Nachdem Jake sein Telefon wiederbekommen hatte, gab er Katty die Hand und ging. Sie schaute ihm nach, als er sich noch mal nach ihr umdrehte und ihr winkte, hatte sie tausend Schmetterlinge im Bauch.

Das Grinsen nicht aus ihrem Gesicht bekommend, lief Katty zur nächsten S-Bahn-Haltestelle. Unterwegs hüpfte sie sogar, weil sie so gut gelaunt war, wie schon lange nicht. Die Bahn fuhr im Zehn-Minuten-Takt und so musste Katty nur kurz warten. Sie stieg, immer noch voller Glücksgefühle, ein und setzte sich ans Fenster. So voller Energie wusste sie gar nicht wohin damit. Daher steckte sie sich ihre Ohrstöpsel ein und stellte die Musik an. Sie musste sich beherrschen, nicht mitzusingen.

Nur drei Stationen später stieg sie wieder aus. Sie lief ein paar Querstraßen weiter und rannte schon fast, weil sie unbedingt ankommen wollte.

Endlich war sie da. Katty musste die Klingel nicht suchen und drückte ganz automatisch auf die Taste mit dem Namen „Winter". Kurz darauf öffnete Paul die Tür und fragte verwundert: „Was machst du denn hier?"

Sie umarmte ihn fest und sprudelte los: „Ich hab ihn

wieder gesehen ... gerade eben ... er ist einfach durch den Park gelaufen und ich habe 'Hey' gerufen ... und dann hat er sich mit mir unterhalten. Paul, wir sind durch den Park spaziert und haben geredet ... nun gut, er hat geredet ... aber wir haben uns unterhalten und ..."

„Halt! Stopp! Langsam!", unterbrach er sie, „da kommt ja kein Mensch mit. Beruhige dich und fang doch bitte von vorn an. Komm rein und sag mir erst mal, von wem du überhaupt sprichst." Paul hatte Katharina an beiden Schultern gepackt und festgehalten. Sie war so aufgedreht, dass er dachte, sie hüpfe gleich wie ein Springball Auf und Ab. Katharina tat, wie ihr geheißen und atmete dreimal tief ein und aus. Dabei lief sie in die Wohnung und Paul schloss die Tür.

Es fiel ihr schwer, ruhig zu bleiben. Doch dann setzte sie sich auf einen Stuhl in der Küche und berichtete von vorn über das Geschehene. Ihr bester Freund hörte aufmerksam zu, er nahm auf dem anderen Stuhl am Esstisch Platz.

„Katty, dieser Typ hat dir total den Kopf verdreht und ich frage mich, wie er das so schnell geschafft hat."

„Ich weiß es auch nicht, aber normal ist das nicht."

Katharina war nun nicht mehr so aufgeregt. Jetzt überkam sie eher ein beunruhigendes Gefühl, denn ihr wurde klar, dass Paul recht hatte. Sie stand völlig neben sich und wunderte sich, wieso Jake sie so durcheinandergewirbelt hatte. Katty wusste schließlich fast nichts von ihm. Dennoch konnte sie das Grinsen auch jetzt nicht aus ihrem Gesicht wischen, wenn sie an ihn und sein Lächeln dachte.

Paul hätte gern weiter geplaudert, doch musste er an die Universität. Er bot Katharina an, in seiner Wohnung zu warten, bis er zurück sei, aber sie wollte lieber an die frische Luft. So begleitete Katty Paul zum Campus und verabschiedete sich dort.

Katharinas Puls und ihre Gesichtszüge hatten sich normalisiert und sie beschloss, am nächsten Tag an den See zu fahren. Dort wollte sie ihre Gedanken ordnen und daher allein gehen. Doch am Abend klingelte ihr Telefon und stellte ihre Pläne auf den Kopf.

SMS einer unbekannten Nummer, es war Jake. So schnell hatte Katharina keine Nachricht von ihm erwartet.

„Hey du! Was machst du morgen? Der fremde Typ aus dem Park."

„Fahre an den See."

„Darf ich mit?"

„Hast du nichts Besseres zu tun, als mit kurzen Parkbekanntschaften baden zu fahren?"

„Nein ..."

„Werde um 10 Uhr dort sein."

„Okay, schlaf gut."

Das war eine seltsame Kommunikation, wo wird das nur hinführen?, fragte sich Katty. Letztendlich wusste sie nicht, was sie von der letzten Nachricht halten sollte. Kam er nun mit oder nicht? Einen Treffpunkt hatten sie nicht ausgemacht, aber in der Nähe gab es nur einen Badesee. Katty wollte nicht aufdringlich wirken und schrieb nicht zurück. Sie ließ sich überraschen und stellte den Wecker auf acht Uhr.

* * *

Am nächsten Tag kitzelten Sonnenstrahlen ihre

Haut. Sie drangen durch das Fenster ins Zimmer und fielen direkt auf Kattys Bett. Katharina öffnete die Augen und streckte sich. Langsam erwachte auch der Rest ihres Körpers und sie drehte sich zur Seite.

Ihr erster Blick wanderte zu ihrem Smartphone. Der Wecker würde in einer Minute klingeln und sie stellte ihn aus. Jake hatte nicht mehr geschrieben. Katty stand auf und hüpfte unter die Dusche. Der kalte Schauer erfrischte sie. Ein Badeanzug war schnell angezogen, darüber ein schwarzer, knielanger Rock und ein pinkfarbenes, ärmelloses Top. Die restlichen Sachen hatte sie gepackt und dann stieg sie in ihr Auto und fuhr Richtung See.

Unterwegs hielt sie beim Bäcker, um sich ein Croissant zu kaufen, welches sie auf der Fahrt aß. Es war Mittwoch und um diese Tageszeit recht leer am See. Viele mussten arbeiten, oder lernten für anstehende Klausuren. Die Schüler der Gegend genossen ihre Sommerferien lieber in Freibädern. Katty suchte sich einen ruhigen Platz am Wasser. Ungeduldig schaute sie sich um, doch Jake war nicht zu sehen. Sie zog Oberteil und Rock aus und cremte sich mit Sonnenschutz ein. *Vielleicht hätte ich mich doch für einen anderen Badeanzug entscheiden sollen.*

Dann legte sie sich auf ihre Decke und zupfte die

Badekleidung zurecht. Es war mittlerweile fünf nach Zehn und sie schaute sich erneut um, doch nirgends auch nur eine Spur von Jake. Das Handy hatte sie regelmäßig kontrolliert, aber auch hier keine Nachricht. Sie wollte nicht anrufen.

Sie rief sich ins Gedächtnis, dass der ursprüngliche Plan darin bestanden hatte, allein herzukommen, um den Kopf frei zu kriegen. Also verstaute Katty ihr Smartphone in der Tasche und rannte in Richtung Wasser. Mit einem Hechtsprung stürzte sie sich in das kühle Nass und genoss die Erfrischung. Katty tauchte auf und warf ihr langes, tropfnasses Haar nach hinten. Sie wischte sich das Wasser aus dem Gesicht und schwamm einige Runden. Es war schon halb elf vorbei, als sie sich wieder auf ihren Platz in der Sonne legte. Das Handy blieb weiterhin stumm, sie schloss die Augen und schlief ein.

Wenige Minuten später tropfte ihr kaltes Wasser auf die Stirn. Ein Tropfen traf ihre Nasenspitze. Sie erwachte und hielt sich die Hand schützend vor die Augen, um trotz Sonne sehen zu können. Und da stand er über sie gebeugt.

Die Schmetterlinge waren sofort wieder da und er begrüßte sie mit einem fröhlichen „Hallo". Jake war nass und schien gerade aus dem Wasser gekommen zu sein. Nur in Badeshorts positionierte er sich vor ihr, muskulös und gutaussehend. Kein Gramm Fett war an seinem durchtrainierten Körper auszumachen. Sein kurzer Bart stand ihm sehr gut, wie Katty fand. Sie hätte ihn am liebsten auf der Stelle geküsst, entschied sich aber für eine harmlosere Begrüßung.

„Hi", antwortete sie und nahm seine Hand, die er ihr hinhielt, um ihr aufzuhelfen.

„Ich hatte gar nicht mehr mit dir gerechnet. Musst du nicht zur Uni?"

„Heute nicht", gab er kurz zurück und zog sie nach oben.

„Ich dachte mir, dass ich dich schon finden werde. Bin erst vor Kurzem angekommen. Lass uns ins Wasser gehen!" Er drehte sich Richtung Ufer und zog Katty hinter sich her. Sie folgte ihm ohne Widerworte.

Die Zwei verschwanden im See. Sie begannen eine Wasserschlacht in Ufernähe und alberten herum. Das Wasser stand ihnen bis zur Hüfte und spritzte beiden ins Gesicht. Katty konnte sich vor lauter Gekicher kaum halten. Tropfen liefen ihr über die Augen und sie konnte nichts mehr sehen. Plötzlich verlor sie das Gleichgewicht und fiel nach hinten. Ihr Kopf geriet kurz unter die Wasseroberfläche, doch sie tauchte gleich wieder auf. Jake war sofort bei ihr und reichte ihr dir Hand. Sie ergriff sie und stand kurz darauf wieder auf den Beinen. Seine Mimik wirkte besorgt und zugleich ernst. Dann fragte Jake, ob alles in Ordnung sei, doch Katty antwortete nicht. Ihre Blicke trafen sich und sie war seinem Gesicht sehr nahe. Die Nasenspitzen konnten sich fast berühren. Eine ganze Horde Schmetterlinge schien aufgeregt durch Katharinas Bauch zu fliegen und eine Party zu feiern.

Kann dieses Bauchkribbeln denn noch schlimmer werden?

Sie konnte ihn riechen. Sein unbeschreiblich maskuliner Duft gefiel ihr. Während sie ihn regelrecht einatmete, kam er ihr langsam noch näher. Sie schloss die Augen und spürte, wie seine Lippen sanft die ihren berührten. Ihre Münder spielten miteinander, ließen aber ihre Zungen bei sich. Seine Lippen waren voll und weich. Jakes Bart kitzelte Katty etwas. Der Kuss war atemberaubend, Katharina hatte das Gefühl, sie hob ab. Das hatte sie noch nie erlebt.

Langsam entfernte Jakes Mund sich und er löste den Kuss. Als sie die Augen öffnete, ließ er ihre Hand los, watete aus dem Wasser und ging, ohne ein Wort zu sagen, zurück zu ihrem Platz. Er legte sich auf die Decke und sie folgte ihm. Jake breitete den Arm aus und gestikulierte ihr damit, sich an ihn zu kuscheln. Das tat sie, ohne zu zögern. Katty machte es sich neben ihm bequem und senkte den Kopf auf seine Brust. Sie konnte seinen Herzschlag spüren, der deutlich schneller ging, als es normal wäre. Keiner sagte etwas. Die Sonnenstrahlen wärmten die beiden und Katharina nickte ein. Jake ging es ähnlich, denn erst als die Sonne von Wolken verdeckt wurde, erwachten die beiden.

Katharina war sichtlich erschrocken, gerade eben war der Himmel doch noch strahlend blau und Regen war nicht angesagt. Doch ein dunkler Schleier wollte den schönen Tag trüben.

„Wir sollten uns wohl schnell anziehen und gehen, bevor es regnet", meinte Jake. So packten die Zwei zusammen. Katty ließ den Badeanzug an, mittlerweile war er trocken. Sie zog ihr Top und den Rock darüber. Jake war kurz verschwunden, seine Sachen lagen abseits. Angezogen kam er zurück. Er begleitete Katty zum Auto und lud ihr Gepäck ein. Dann zog er sie zu sich. Seine Hände ruhten auf ihren Hüften.

„Es war schön heute. Ich hoffe, wir können uns wiedersehen", sagte er und zog ihren Unterkörper an sich, sodass er seinen berührte.

„Gerne."

Er legte seine Hände auf ihre Wangen und küsste sie wieder, nun temperamentvoller. Diesmal drang seine Zunge in ihren Mund vor und liebkoste ihre. Katty erwiderte den Kuss und umarmte Jake dabei. Nachdem sie ganze zwei Minuten ineinander versunken waren und nichts von der Welt mitbekamen, lösten und verabschiedeten sie sich voneinander. Ein Tropfen fiel vom Himmel und traf Jakes Kopf. Kurz runzelte er die Stirn. Katty stieg in ihr Auto und Jake lief zu seinem. Beide fuhren los.

Bin ich nun an einem Mann vergeben, den ich gar nicht wirklich kenne? Geht das nicht alles viel zu schnell? Gibt es so etwas wie Liebe auf den ersten Blick wirklich oder läuft hier alles ganz falsch? Aber vielleicht war es ja auch nur ein Kuss ... oder zwei. Diese Zweifel spukten ihr während der Heimfahrt durch den Kopf.

4. Kapitel - August 2007

Jake Sander war ein selbstbewusster junger Mann. Mit seiner offenen Art lernte er schnell neue Leute kennen, vor allem Frauen. Wie Katharina war er gerade 23 Jahre alt. Beziehungen hatte er schon einige geführt, aber nie über einen längeren Zeitraum. Gerade vor einem Monat hatte er sich von seiner letzten Freundin getrennt. Sie waren im Frühjahr zusammengekommen, hatten sich aber nicht viel zu sagen. Zwei Wochen nach dem Aus der Liaison war er mit Freunden im Nighthouse gewesen und hatte Katharina zum ersten Mal gesehen. Er fand sie hübsch, interessierte sich aber zu Beginn nicht weiter für das dunkelhaarige Mädchen. Sie wiederzusehen gefiel ihm. Nach dem heutigen Kuss am See ging sie ihm allerdings nicht mehr aus dem Kopf.

* * *

Zuhause angekommen, legte er sich auf das Sofa und schaltete den Fernseher ein. Es lief ein Film, den er aber nicht wirklich wahrnahm. Er war in Gedanken versunken und erlebte den Kuss immer und immer wieder. Nachdem ihm auffiel, dass er nicht einmal sagen konnte, was im Fernsehen lief, knipste er ihn aus und stand auf. Er schlurfte in die Küche seiner Zwei-Zimmer-Wohnung und stellte die Kaffeemaschine an. Während diese arbeitete, schlenderte er durch das gegenüberliegende Wohnzimmer auf den Balkon und versuchte durchzuatmen. Warum bekam er diese Frau nicht aus dem Kopf? So etwas war ihm ja noch nie passiert. Der Kaffee war fertig und er ging zurück in die Küche, um sich eine Tasse des schwarzen Getränks zu nehmen. Da klingelte sein Telefon. Jim war dran:

„Hey Alter, was geht?"

„Läuft, und bei dir?", begrüßte Jake seinen Freund.

„Wollte mal hören, ob heut' Abend was steigt?"

„Hab nix geplant, können aber gern raus, was trinken und Party machen."

„Bin dabei!", gab Jim wieder, „Treffen wir uns um neun in der City am Bahnhofsplatz?"

„Jo, wie immer", verabschiedete sich Jake und legte das Telefon zur Seite.

Ein paar Stunden Ablenkung können nicht schaden, dachte sich Jake. Zuhause fiel ihm die Decke auf den

Kopf, denn er hatte dort niemanden zum Reden. Er überlegte, Katty noch zu schreiben, ließ es dann aber doch sein.

* * *

Jim und Jake verbrachten einen lustigen Abend zusammen. Die beiden hatten sich an der Universität kennengelernt. Am ersten Tag des Studiums hatte sich Jim in der Vorlesung neben ihn gesetzt. Die Männer waren ins Gespräch gekommen. Schon viele Jahre wohnte Jim in Kirrlich und kannte sich gut aus. Er hatte Jake das Nachtleben dieser Stadt gezeigt. Eine starke Männerfreundschaft war entstanden.

Und obwohl Jake sonst Vieles seinem Kumpel erzählte, erwähnte er Katty nicht. Jim bemerkte lediglich, dass Jake heute gar keine Augen für hübsche Frauen hatte. Nur kurz grübelte er über die Gründe nach, verwarf dann aber diese Gedanken. Ab und zu sollte das ja auch bei Jake, dem Frauenheld, mal vorkommen. Es war etwa zwanzig Minuten nach Mitternacht, als Jake sich verabschiedete.

Irgendwie war er heute nicht ganz bei der Sache.

Zwar genoss er es, aus dem Haus zu kommen, doch konnte er sich nicht von Katty ablenken. Normalerweise feierten er und Jim bis in die Morgenstunden.

Jim wirkte nun doch besorgt, aber Jake beschwichtige ihn damit, dass er nur müde sei. Er ließ seinen Freund zurück, der jetzt mehr über Jakes untypisches Verhalten nachdachte. Als er ihn noch einmal darauf ansprechen wollte, war sein Kumpel bereits verschwunden.

Nach dem Aufwachen erreichte Jake Katharinas SMS. Sie wünschte einen schönen Start in den Tag und wollte wissen, ob Jake gut geschlafen hatte. Nachdem er eine Weile auf das Handy gestarrt hatte, legte er es zur Seite. Ihm war das zu viel und er suchte Abstand. Jake zog sich seine Sportkleidung an und ging Laufen. Das tat er regelmäßig, um sich fit zu halten und den Kopf frei zu bekommen. Während ihn sein Weg durch einen Park am Wasser entlang führte, dachte er darüber nach, was genau ihm zu viel wurde und warum er nicht geantwortet hatte. Doch diese Fragen über sich selbst blieben ihm ein Rätsel.

Heute hatte er kein Glück mit dem Wetter. Es regnete in Strömen und binnen weniger Sekunden war er nass bis auf die Unterwäsche. Doch Jake lief einfach weiter. Ihm war, als könne er vor seinen Gedanken flüchten. Erst nach drei Stunden kam er total erschöpft zuhause an. Jake schlüpfte aus den tropfenden Klamotten und nahm eine heiße Dusche. Katty war noch immer in seinem Kopf. Genervt von sich selbst, ignorierte er das und ging seinem Alltag nach. Doch egal was er tat, nichts lenkte ihn ab. Seine Konzentration schien am Morgen das Bett nicht verlassen zu haben. *Es ist Zeit an der Universität zu erscheinen,* stellte er fest und verbrachte daher den Rest des Tages mit Lernen. Dafür nutzte er die Bibliothek der Uni. Die Prüfungen ließen nicht mehr lang auf sich warten.

* * *

So vergingen die folgenden Tage. Jake traf sich mit Freunden, lernte und besuchte die Uni. Bei Katty hatte er sich nicht mehr gemeldet und auch von ihr kam nichts mehr. Nach einer Woche ertrug er seine eigenen Gedanken nicht mehr. Wie gern hätte er mit einem Hammer auf alte Fernseher eingeschlagen, um seinen Frust abzubauen. Diese absurde Idee kam ihm, da er vor Kurzem ein ähnliches Video im Internet gesehen hatte.

Eine Frau, die mir tagelang durch den Kopf spukt, das ist einfach nicht normal. Vielleicht lenkt es mich ab, wenn ich richtig feiern gehe. Diesmal bleibe ich auch länger. Allein machte er sich am Abend auf den Weg in seine Stamm-Disco. Er hatte allerdings nicht vor, allein wieder heimzugehen. Jake brauchte dringend Abwechslung und da kam ihm ein einmaliges Abenteuer gerade gelegen. Das war auch der Grund, warum er Jim nicht anrief. Seiner Meinung nach, würde er heute ohnehin nur Augen für das andere Geschlecht haben.

In der Disco angekommen führte sein erster Weg an den Tresen. Dort bestellte er sich ein Bier und einen Schnaps, den er sofort hinunter kippte. Es war 21 Uhr und die Tanzflächen waren noch leer. So schlenderte er mit den Händen in den Hosentaschen durch die Räumlichkeiten und sah sich um. Allein wollte er sich nicht zur Musik bewegen. Daher setzte er sich wieder an die Bar und trank sein flüssiges Brot. Es folgten noch zwei Schnäpse und ein weiteres Bier. Angeheitert merkte er, dass sich die Tanzflächen langsam füllten und Leben in die Disco kam. Mittlerweile war es 22 Uhr vorbei. Er leerte seinen vierten Shot, begab sich zu den rhythmisch bewegenden Körpern und tanzte verschiedene Mädchen an. Dabei genoss Jake die Aufmerksamkeit, die sie ihm schenkten. Selten wehrte eine Dame seinen Flirt ab. Die Luft wurde in der Menschenmenge immer stickiger und Jake schwitzte. In einer kurzen Pause sah er eine Frau allein an einem Tisch sitzen. Sie nippte an einem Cocktail und drehte den Strohhalm zwischen ihren Fingern. Ihr Blick fiel ins Leere. Jake ging zu ihr herüber und sagte lässig: „Eine schöne Frau wie du sollte hier nicht allein sitzen." Die Fremde war recht schüchtern, erlaubte Jake aber, sich zu setzen. Er nahm Platz und die beiden unterhielten sich. Nach zehn Minuten wurde Jake jedoch klar, dass sie nicht so richtig warm miteinander wurden. Er blickte neben die Tanzfläche und als die bunte Lichtershow diese Stelle erhellte, sah er sie - Katharina.

Sie ist also auch hier. Katty schaute zu ihm hinüber und er nahm Blickkontakt auf, dann drehte sie sich plötzlich um und stürmte davon. Jake stand auf und lief ihr nach. Seine Gesprächspartnerin ließ er einfach sitzen. Für einen Moment verlor Jake Katty aus den Augen. Er drängte sich durch die Flure und bahnte sich einen Weg ins Freie. Im Außenbereich fand er sie schließlich wieder. Katty hatte ihm den Rücken zugewandt. Er berührte sie an der Schulter und drehte sie sanft zu sich herum.

„Hey", sagte er zaghaft.

Katharina lief eine Träne über die Wangen. „Was ist?", fragte sie schroff.

„Nichts, ich wollte dich sehen", sagte Jake kleinlaut. Er war verunsichert.

„Ach ja, wolltest du das? Seit einer Woche hoffe ich, dass du dich meldest und dann sehe ich dich mit deiner Freundin ... Oder wer auch immer sie ist." Es war nicht Kattys Absicht, vorwurfsvoll zu klingen, aber ihre Gefühle spielten verrückt und der Alkohol nahm ihr die Schüchternheit. Sie drehte sich um und wollte weitergehen.

„Lauf doch nicht weg!", rief Jake ihr nach.

Katharina drehte sich wieder zu ihm um, stapfte auf ihn zu und sagte lauter als beabsichtigt: „Ich hab mich in dich verliebt, du Trottel. Wie auch immer das so schnell geht!? Renn' du also lieber deiner Tussi nach und lass mich in Ruhe!" Erschrocken vor sich selbst, schlug sie sich die Hand auf den Mund. Der Alkohol hatte die Worte aus ihr heraussprudeln lassen, welche sie sonst nicht ausgesprochen hätte. Erneut wollte sie sich wegdrehen und gehen. Doch Jake packte sie am Arm, zog sie an sich heran und küsste sie energisch. Katty wehrte sich nicht. Kurz darauf scharrte er unruhig mit den Füßen und begann etwas zu stammeln.

„Ich ... Also ich habe ... keine Freundin, es sei denn ..." Jake schnaufte kurz tief durch und fand sein Selbstbewusstsein wieder. Mit fester Stimme sprach er weiter: „Es sei denn, du willst es mit mir versuchen. Seit wir uns im Park getroffen haben, kann ich dich nicht vergessen. Nur hat es mir Angst gemacht, denn ich kenne dich gar nicht. Ich wollte mich ablenken, aber es geht einfach nicht", sagte er nach dem Kuss zu ihr. Völlig perplex schaute Katty ihn an, außer Stande etwas zu antworten. Gerade eben fühlte sie sich noch total kindisch. Erst warf sie einem fast Fremden vor, dass er sich eine Woche nicht gemeldet hatte, und beichtete ihm dann, dass sie sich verliebt habe. Und nun sollte es ihm nicht anders gehen? Sie war durcheinander. Immer noch blickte sie in seine Augen und sagte nichts, was auch Jake verwirrte. Er hielt Katty weiterhin fest.

„Okay", brachte sie nach einigen Sekunden des Schweigens heraus.

„Okay?"

„Ja, ich versuche es mit dir."

Jake lächelte Katharina liebevoll an. Sie schmunzelte zurück, beugte sich zu ihm und küsste ihn. Diesmal fühlte sie sich geborgen, als würde sie Jake schon ewig kennen. Für sie fühlte es sich magisch an. Die beiden gingen wieder in das Gebäude. Sie tanzten die ganze Nacht durch und pausierten nur, um etwas zu trinken. Ausgelassener hatte man beide nie feiern sehen. Als das Paar endlich aus dem Nighthouse schwankte, dämmerte der Morgen bereits. Jake wohnte nicht weit entfernt. Nur zwei Busstationen und zehn Minuten Fußweg weiter, nüchtern wären es nur fünf gewesen, kamen sie in seiner Wohnung an. Beide fielen erschöpft ins Bett und wachten erst zur Mittagszeit wieder auf.

* * *

Ringringringring, ringringringring, ringringringring... Jakes Telefon hatte die beiden geweckt. Katty lag an Jake gekuschelt und ließ die Augen geschlossen. Jake tastete nach dem Handy, erreichte es und meldete sich ganz verschlafen. Im Flüsterton unterhielt er sich mit Jim. Dieser war sich sicher, Jake am Morgen mit einem weiblichen Wesen gesehen zu haben. Seine Neugier war grenzenlos und er wollte wissen, ob sein Freund eine Frau abgeschleppt hatte. Jake verneinte das mit leicht wütendem Unterton. Es gefiel ihm gar nicht, dass so über Katty gesprochen wurde. Zumal die beiden nicht miteinander geschlafen hatten und Jake mehr an Katty lag, als nur ein flüchtiges Abenteuer zu erleben. Er wimmelte Jim ab, legte das Telefon weg und betrachtete Katty. Dann nahm er sie in den Arm und küsste ihre Stirn. Katharina öffnete die Augen. Plötzlich und bevor sie etwas sagen konnte, begann ihr Magen unangenehm laut zu knurren. Er verlangte nach Essen.

Jake musste lachen: „Ich denke, ich mache uns mal ein Frühstück."

„Wie spät ist es eigentlich?", wollte Katty wissen und rieb sich den Schlaf aus den Augen."

„Kurz nach Zwölf."

Katty stöhnte, der halbe Tag war bereits vergangen, dennoch kam sie nicht in die Gänge. Ihr Kopf schmerzte, ihre Gliedmaßen fühlten sich schwach an, die Nachwirkungen des Alkohols waren nicht sehr gnädig mit ihr.

„Bleib liegen, ich bringe dir etwas zu Essen", bot Jake an, der sich selten so fürsorglich um eine Frau gekümmert hatte. Katty nahm das Angebot dankend an und kuschelte sich in die Decke, nachdem Jake das Bett verlassen hatte. Kaum schloss sie die Augen, war sie auch schon wieder eingeschlafen. Eine halbe Stunde später weckte Jake Katty mit einem

Kuss auf die Wange. Jake servierte auf einem Tablett ein himmlisches Frühstück. Er musste beim Bäcker gewesen sein, denn warme, duftende Brötchen lagen neben frisch zubereitetem Rührei auf einem Teller. Dazu gab es Orangensaft. Ein weiterer Teller mit Wurst, Käse und Butter rundeten mit ein paar Trauben die Mahlzeit ab. Katharina war überwältigt, denn das hatte noch kein Mann für sie getan. Gemeinsam aßen die frisch Verliebten. Nachdem Jake eine Weile herumgedruckst hatte, fand er die Worte, um Katty zu fragen, ob sie nun ein Paar waren.

„Aber das habe ich dir doch gestern schon gesagt," gab sie mit verliebtem Blick zurück.

„Ich wollte nur sicher gehen. Hätte ja sein können, du hast es vergessen oder denkst nüchtern ganz anderes darüber." Er wich ihrem Blick aus, doch sie berührte ihn sanft am Arm.

„Ich vergess' dich so schnell sicher nicht." Sie zwinkerte ihm zu.

Jake fühlte sich nach diesem Gespräch beschwingt und glücklich. Er war voller Tatendrang und hatte unter den Nachwirkungen des Alkohols nicht so sehr zu leiden wie Katty. So überredete er Katty mit dem Argument, dass frische Luft gut gegen ihre

Kopfschmerzen helfen würden, zu einem Spaziergang.
Es war Sonntag und ziemlich ruhig in den Straßen.
Ganz in der Nähe von Jakes Wohnung befand sich ein weitläufiger Park. Ein kleiner Bach floss hindurch, welcher den Stadtgarten zu dem Namen Bächlein-Park brachte. Es gab große Liegewiesen, ein Eiscafé und einen riesigen Spielplatz. Dort tummelten sich bei diesem herrlichen Wetter viele Eltern mit ihren Kindern. Die Kleinen tobten über Rutschen und Klettergerüste. Sie schaukelten auf Reifen und waren von der Seilbahn begeistert. An dieser bildeten sich lange Warteschlangen. Manch ein Kind versuchte, sich vorzudrängeln, und schubste die anderen zur Seite. Da das Paar es an diesem Tag gern ruhiger mochte, spazierten sie Hand in Hand gemütlich am Bach entlang. Sie ließen die lärmenden Kinder hinter sich. Das Plätschern des Wassers wirkte beruhigend. Nach über einer Stunde brauchten beide eine Pause vom Herumlaufen. Sie begaben sich in das Bächlein-Eiscafé und gönnten sich eine Trinkschokolade mit Vanilleeis. Während der Zeit im Park lernten sich beide besser kennen. Jake berichtete weiter von seinem Studium und Katharina von ihren verschiedenen Jobs und ihrer Unschlüssigkeit, was aus ihr werden sollte. Jake motivierte sie, an sich zu glauben. Auch sie würde

ihren Weg finden. Das Thema frühere Beziehungen ließen beide bewusst außen vor. Das musste beim ersten richtigen Date aber auch nicht angesprochen werden, fanden sie.

„Wie hat es dich denn nach Kirrlich verschlagen?", wollte Katty wissen.

„Kurz vor meinem Studienbeginn bin ich von zuhause ausgezogen. Tja, und da ich hier studiere und hier eine bezahlbare Wohnung gefunden habe, bot sich Kirrlich bestens an."

„Ich bin schon mit 18 zuhause ausgezogen. Lief daheim alles nicht mehr so gut und ich genieße meine Freiheit. Jetzt lebe ich am Stadtrand und hab' eine gemütliche Zwei-Zimmer-Wohnung."

„Die darfst du mir gern mal zeigen", erklärte Jake mit einem verschmitzten Lächeln. Katty lachte.

Mittlerweile war der frühe Abend angebrochen und die beiden traten den Heimweg an. Jake brachte Katty noch zur Bushaltestelle und verabschiedete sich mit einem zärtlichen und liebevollen Kuss.

5. Kapitel - August 2007

Am nächsten Tag traf sich Katty mit ihrem besten Freund. Paul war am Wochenende mit der Clique unterwegs gewesen. Er erzählte, was er mit Jason, Michael und Kristin unternommen hatte. Auch Katty hatte viel zu erzählen, denn natürlich ließ sie nicht das kleinste Detail über ihr Zusammentreffen mit Jake aus. Für seine Freundin freute sich Paul sehr, obwohl er immer noch skeptisch war. Er würde Jake zu gern kennenlernen, erklärte er.

Katharina fragte Paul nach seiner Angebeteten. Paul hatte Sarah an der Uni kennengelernt. Bei einigen gemeinsamen Kursen sahen sie sich regelmäßig. Da beide sehr schüchtern waren, hatten sie noch nicht viel miteinander geredet. Für gewöhnlich ging es bei ihren wenigen Gesprächen nicht über Studienthemen und Smalltalk hinaus. Jedoch warfen die Zwei sich während den Vorlesungen immer wieder sehnsüchtige Blicke zu. Paul hatte sich vorgenommen, sie zu fragen, ob sie mit ihm ausgehen wolle, doch bisher hatte er sich nicht überwunden. Aktuell befanden sich die Studenten in der vorlesungsfreien Zeit und so sah Paul Sarah nur selten.

„Du musst sie endlich ansprechen, sie wird schon

nicht nein sagen", ermutigte Katty Paul und knuffte ihn in die Seite.

„Hmm", brummelte Paul. „Du sagst das so einfach. Vielleicht will sie das gar nicht."

„Na, wenn du sie nicht ansprichst, wirst du es nie erfahren! Sie sagt ganz bestimmt nicht nein. Du bist der Mann, also mache den ersten Schritt."

„Seit wann bist du denn so altmodisch. Sie könnte ja auch fragen."

„Ja, aber wenn sie das auch über dich denkt, wird das nie etwas."

„Hmm", brummelte Paul erneut und beendete somit das Gespräch.

Paul und Katharina legten anschließend eine DVD ein. Heute stand eine Komödie auf dem Plan und die beiden lachten viel zusammen. Kurz bevor Katty den Heimweg antreten wollte, vibrierte ihr Handy. Eine SMS von Jake. Katty las laut vor:

„Darf ich die Dame morgen zum Essen ausführen?"

„Aber ja, der Herr."

In einer weiteren Nachricht erklärte Jake, dass er sie gegen 18 Uhr abholen und sie in ein edles, italienisches Restaurant gehen würden. Katty sah den abermals skeptischen Blick von Paul. Sie schlug ihm vor, Jake am nächsten Tag zu fragen, wann sie mal alle gemeinsam etwas unternehmen würden. Sie wollte ihren neuen Freund am liebsten sofort der ganzen Clique vorstellen.

Den nächsten Tag verbrachte Katty damit, sich Gedanken über ihr Outfit zu machen. Sie spielte den kommenden Abend gefühlte tausend Mal im Kopf ab und war überzeugt, dass er doch ganz anders verlaufen würde. Am Nachmittag nahm sie ein ausgiebiges Bad und rasierte sich die Beine. Für Jake wollte sie besonders hübsch sein. Katty war keine Frau, die sich übertrieben herausputzte, und dennoch stand sie Stunden vor dem offenen Kleiderschrank, griff unzählige Teile heraus, nur, um sie dann im Zimmer verteilt liegen zu lassen. Schließlich entschied sie sich für ein ärmelloses, schwarzes Oberteil mit Wasserfall-Ausschnitt, kombiniert mit einer hellen, knielangen Stretch Jeans. Das Top war länger geschnitten und fiel locker über ihren Po. Sie würde dunkle Sandalen tragen - keine Absätze, bloß nicht blamieren oder stolpern. Für ein schlichtes Make-up und eine gut sitzende Frisur brauchte sie eine weitere Ewigkeit, doch als es Punkt 18 Uhr an der Tür klingelte, war sie mit sich zufrieden. Aufgeregt warf sie ein letztes Mal einen Blick in den Spiegel, zog schnell ihre Schuhe an und ging dann zu ihrem Freund.

Jake war ordentlich, aber nicht overdressed gekleidet. Er trug eine helle Jeans, ein weißes Shirt und eine Lederjacke. Sein schwarzer BMW stand direkt vor dem Haus. Nach einem Kuss zur Begrüßung stiegen beide ein und fuhren los. Katty stellte überrascht fest, dass sie gar nichts von Jakes Auto wusste. Dieser erklärte, dass es schon ein alter, gebrauchter Wagen sei, er aber seinen Dienst noch tat. Da er in der Innenstadt wohne, nutze er den Wagen jedoch selten. Zu Fuß und mit den öffentlichen Verkehrsmitteln würde man so gut wie überall hinkommen. Scherzhaft fügte er hinzu:

„... nur nicht meine Freundin, die so weit abseits wohnt." Katharina schnitt eine Grimasse. Dabei war ihre Wohnung mit dem Bus bestens zu erreichen.

Eine unangenehme Stille entstand. Katty wusste nicht, was sie sagen sollte. Ihre Nervosität wurde größer. Das Auto verließ die Stadt und fuhr durch einen Wald. Katharina lehnte den Kopf an die Fensterscheibe und lugte nach draußen. *Bald würde der Herbst Einzug halten. Die jetzt noch so grünen*

Bäume würden sich bunt färben und die Blätter abwerfen, wurde es Katty bewusst. Als der Wald ein Ende nahm, führte die Straße über einen Berg, von dem man eine herrliche Aussicht hatte. Jake drosselte das Tempo, damit Katty den Blick genießen konnte.

„Wo fahren wir eigentlich hin?", wollte sie wissen und entspannte sich.

„Ich bringe dich zu einem sehr guten Italiener. Er liegt in einem kleinen Dorf etwas außerhalb. In etwa zehn Minuten sind wir da. Hast du Hunger?"

„Ja", gab sie schlicht zurück.

Jake schaute kurz zu ihr und legte die offene Hand auf ihr Bein. Katty ergriff sie und ihre Finger umschlossen die des anderen.

* * *

Wenig später erreichten sie den Ortseingang eines Örtchens.

„Winzington", las Katty das Ortseingangsschild vor „von diesem Ort habe ich noch gar nichts gehört."

48

„Na, siehst du mal, dabei ist es gar nicht so weit weg. Es wird dir bestimmt gefallen."

Katharina schaute neugierig aus dem Fenster. Viel gab es hier nicht zu sehen. Die alten Häuser erzeugten eine idyllische Atmosphäre. Sogar das Krähen eines Hahnes war zu hören. Jake parkte in einer Seitenstraße und meinte: „Den Rest müssen wir laufen, aber es ist nicht weit." Beide stiegen aus. Als sie aus der Gasse hinausliefen, gelangten sie in eine Fußgängerzone. Dort erreichten sie bald darauf den Ortskern, in dessen Mitte sich ein plätschernder Springbrunnen befand. Pflastersteine prägten den weitläufigen Platz. Rund um den kreisähnlichen Ort erhoben sich Fachwerkhäuser mit kleinen Geschäften und Cafés. Das Rondell hatte nur zwei Eingänge. Durch einen kamen Katty und Jake geschlendert. Der andere lag gegenüber des Ersten. Katharina erinnerte dieser Ort an einen Marktplatz. Genau in jenem Moment erzählte Jake, dass man hier jeden Montag frisches Obst und Gemüse an verschiedenen Ständen kaufen könne. Der Markt wäre nicht sehr groß und beschränke sich auf saisonale Produkte. Aber alles würde in herrlichen Farben leuchten und man bekäme direkt Lust, in die Lebensmittel hinein zu beißen. Dann zeigte er mit dem Finger auf ein Fachwerkhaus etwa fünfzig Meter weiter. Ein paar

Tische und Stühle standen vor der Tür. Aber hier handelte es sich nicht um ein Café, sondern um das begehrte, italienische Restaurant.

„Da ist es."

Alles wirkte ruhig und friedlich. Jake und Katty setzten sich in den Außenbereich. Die Sitzmöglichkeiten waren gemütlich und der Blick auf den Brunnen gefiel Katty. Er war sehr hoch, hatte eine silberne Farbe und mehrere Ebenen, über welche das Wasser nach unten lief. Das Gebilde erinnerte Katty an eine Hochzeitstorte. Eine Katze saß daneben und schleckte sich gerade die Pfoten.

Der Kellner kam und brachte die Speisekarte. Anschließend nahm er direkt die Bestellung der Getränke auf. Katharina studierte das Angebot ausgiebig und entschloss sich zu einem Tomaten-Mozzarella-Salat als Vorspeise. Bevor sie den Hauptgang wählen konnte, schlug Jake vor, Hummer zu ordern. Dieser sei hier extrem lecker. Katharina hatte noch nie Hummer gegessen, fand die Idee aber gut und stimmte zu. Als beide auf das Essen warteten, erzählte Katty, dass sie Jake ihren Freunden, vor allem ihrem besten Freund, vorstellen wolle. Jake hatte für das kommende Wochenende noch keine Pläne und sie beschlossen, auf Jasons Feier zu gehen. Paul hatte Katty von dieser berichtet. Die Clique hatte die Party geplant, als Katty mit Jake in der Disco war und Paul hatte versprochen, ihr Bescheid zu sagen.

Nachdem die Getränke serviert wurden und sie noch weiter über die anstehende Party gesprochen hatten, wurde der erste Gang gebracht. Die Vorspeise war schon sehr frisch und schmackhaft, doch dann kam das Hauptgericht. Es duftete herrlich. Aber Katty wusste gar nicht, wie sie einen Hummer essen sollte und wo man da bestenfalls anfängt. Jake schmunzelte, als er ihren ratlosen Gesichtsausdruck bemerkte und zeigte es ihr. Schließlich hatte er das Gericht hier schon oft gegessen. Es war ein richtiges Abenteuer für Katharina, die solche edlen Speisen nicht gewohnt war. Sie fand es fantastisch, ein Geschmackserlebnis, welches sie so schnell nicht vergessen würde. Zum Hummer gab es Wein, doch Jake blieb bei einem Glas, da er noch fahren musste. Katty genehmigte sich etwas mehr.

Nach dem Dinner spazierte das junge Paar durch das Dörfchen. Die Stimmung war locker, beide lachten viel und alberten herum.

„Lass uns den Sonnenuntergang anschauen", schlug Katty vor. So liefen sie Arm in Arm zur nächsten Bank. Sie waren am Rand des Dorfes angekommen und hatten einen wunderschönen Blick auf die Felder und den etwas weiter entfernten Wald. Die Sonne verschwand bereits am Horizont und tauchte den Himmel in leuchtendes Lila und Orange. Keiner sagte etwas. Katty saß direkt neben Jake, sie war immer noch in seinen Arm eingehakt und legte ihren Kopf auf seine Schulter. Kuschelnd genossen sie den romantischen Augenblick. Als die helle Scheibe fast verschwunden war, streichelte Jake Katharina durch das Haar. Er berührte sie sanft am Kinn, drehte sie zu sich und küsste sie zärtlich. Liebevoll drang seine Zunge in ihren Mund.

Nach dem Kuss konnte er seine Augen nicht von ihr abwenden. Jake fand sie wunderschön. Kurz darauf schlug Katty vor zu gehen und so machten sie sich auf den Weg zurück zum Auto.

Als sie losfuhren, fragte Jake, ob er Katty nach Hause bringen solle oder ob sie mit zu ihm wolle. Sie entschied sich, die Nacht bei ihm zu verbringen. Doch plötzlich wurde sie nervös. *Ist das denn eine gute Idee? Was, wenn Jake mit mir schlafen will? Ich bin doch noch so unerfahren. Am Ende wird das total schrecklich und ein Desaster.* Diese und ähnliche Überlegungen beschäftigten sie. Jake bemerkte ihre Nervosität und erkundigte sich, ob alles okay sei. Katty bejahte und behielt ihre Befürchtungen für sich.

„Was für Filme magst du?", versuchte Jake, die Stimmung zu lockern.

„Was?" Katty wurde aus ihren Gedanken gerissen.

„Welche Filme du gern siehst, wollte ich wissen. Ich dachte, wir könnten einen DVD-Abend machen."

„Ach so, ja ... also ich, ähm ... bin eigentlich offen für alles", druckste Katty nichtssagend herum.

„Wie wäre es mit einer Komödie? Ich lache gern mit dir." Sein Plan funktionierte und er konnte Katharina ablenken, auch wenn er gar nicht so recht wusste, wovon.

„Ja, das klingt toll. Leg einfach was ein und ich lasse mich überraschen. Ich bin ja auf deinen Geschmack sehr gespannt", sagte sie fröhlich.

Jake lachte, „So schlimm ist der gar nicht."

Dann parkte er das Auto und sie liefen zu seiner Wohnung.

Als sie hereinkamen, schlug Jake vor, dass Katty es sich auf dem Sofa bequem mache. Er würde noch Getränke holen und den Film einlegen. Während Katty allein auf der Couch saß, fühlte sie sich unbehaglich. Das Thema Sex ging ihr nicht mehr aus dem Kopf. Sie fand Jake unglaublich attraktiv und konnte sich gut vorstellen, ihr erstes Mal mit ihm zu erleben. Jedoch die Angst, ihn zu enttäuschen, ließ nicht von ihr ab.

Zu Beginn des Filmes setzte sich Katty in eine andere Ecke des Sofas als Jake. Er wollte sich an sie kuscheln, aber sie war einfach zu nervös und ließ das nicht zu. Jake erkundigte sich, ob sie sauer sei oder er etwas falsch gemacht habe. Eigentlich wollte Katty ihre Unerfahrenheit nicht zugeben, aber sie wusste keine Ausrede, sprang von der Couch auf und platzte heraus: „Ich bin Jungfrau. Jungfrau, ja genau und ich ..." Jake spürte ihre Anspannung und auch ihre Angst.

„Ich wollte einen Film mit dir schauen und dir nicht gleich die Kleidung vom Leib reißen ... Es sei denn du willst das." Der Scherz kam nicht gut an. Jake stand ebenfalls auf und forderte liebevoll: „Komm her."

Katty ging mit gesenktem Blick zu ihm und er nahm sie in den Arm. Sie ließ es zu.

„Ich will dich einfach nicht enttäuschen."

„Das wirst du nicht! Ich bin kein Frauen fressendes Ungeheuer. Ich möchte gern mit dir schlafen, aber wir können alles ruhig angehen lassen. Und es muss auch nicht heute sein, wenn du nicht willst. Wir können einfach den Film schauen und kuscheln."

Katty löste sich nicht aus seiner Umarmung. Ihr Kopf lag auf seiner Brust und sie hörte seinen Herzschlag. Seine Worte hatten sie beruhigt. Sie stimmte lediglich mit einem Nicken zu, die Komödie zu schauen. Beide setzten sich wieder auf das Sofa und diesmal kuschelte sie sich an ihn. Ihr gefiel es in seinem Arm, doch sie fühlte sich albern. Ihr Verhalten war ihr peinlich, aber der Film lief und lenkte die Situation in eine angenehme Richtung.

Es kehrte eine angenehme Ruhe ein. Katty wurde immer entspannter und auch etwas müde. Jake streichelte sie an der Hüfte auf dem T-Shirt. Sie genoss diese Berührung, schloss die Augen und lauschte dem Film. Ihren Arm hatte sie um Jakes Bauch gelegt und ganz unbewusst begann auch sie, ihn seitlich zu berühren. Obwohl sie gerade noch so einen Aufstand gemacht hatte, wollte Katty ihren Freund nun spüren. Dem immer stärker werdenden Bedürfnis, ihre Finger unter Jakes Oberteil gleiten zu lassen gab sie schließlich nach. Ganz unauffällig bahnten sich ihre Hände einen Weg unter den Stoff. Seine Haut war weich und warm. Es fühlte sich gut an. Lächelnd kraulte sie ihn weiter und war in Gedanken kaum noch bei der Komödie. Ihren Gesichtsausdruck konnte Jake nicht sehen, da sie dem Fernseher zugewandt war. Aber das Vordringen unter sein Shirt war ihm natürlich nicht entgangen. Auch ihm gefiel das sehr. Seine Hand schob Kattys Oberteil etwas nach oben und erkundete nun ihren Oberkörper. Jakes Finger waren kalt und er zitterte. Kaum zu glauben, dass er nervöser als Katharina war. Seine Aufregung spürte er selbst zu deutlich. Wo sie her kam, wusste er nicht. Schließlich war Katty bei Weitem nicht das erste Mädchen, dem er näher kam oder mit der er Sex haben würde. Dennoch war er angespannt wie beim ersten Mal. *Ob es daran liegt, dass sie noch Jungfrau ist*, fragte er sich. Nein, auch das war für ihn keine neue Begebenheit. Es musste an ihr liegen, irgendetwas an ihr war anders. Er schweifte unfreiwillig ab. Gedanklich ermahnte er sich selbst und kehrte in das Hier und Jetzt zurück.

Um es sich bequemer zu machen, legte Jake die Beine auf den Couchtisch und rückte mit dem Po etwas vor. Katty blieb an ihn gekuschelt liegen. Ihr Arm lag auf seinem Schritt, was sie erst nicht wahrnahm. Doch langsam wurde seine Erregung spürbar. Das überraschte Katharina, denn mehr, als seinen Bauch zu streicheln, tat sie nicht. Die Situation hatte auch sie erregt, weshalb sie sich nicht zurückzog, wie sie es von sich in diesen

Momenten erwartet hätte. Es gefiel ihr sogar, dass sie eine solche Wirkung auf ihren Freund hatte. Jake hielt es kaum noch aus. Er wollte der Anspannung in seinem Körper nachgeben. Am liebsten hätte er Katty gepackt, auf das Sofa gelegt und ausgezogen. Doch er wollte ihr Zeit lassen und sie nicht überfallen. Jedoch änderte er ständig seine Position, er konnte nicht mehr still liegen. Am Ende lag er komplett auf der Couch und Katty auf ihm, sie sah ihn an. Der Film lief im Hintergrund weiter, doch keiner achtete mehr darauf. Katty küsste Jake, was ihn noch mehr erotisierte, wie Katharina deutlich an ihrem Bein spürte. Dann zog er Katharina das T-Shirt aus. Sie saß auf ihm und blickte zu ihm herab.

„Du musst sagen, wenn es dir zu weit geht", meinte Jake liebevoll.

„Ist schon okay", gab sie zur Antwort und küsste ihn. Dabei wanderten Jakes Finger über ihren Rücken, Richtung Schulter. Sie glitten nach vorn und als sie den Kuss löste und sich etwas erhob, erkundeten seine Hände über dem BH Katharinas runde Brüste. Noch nie wurde Katty so berührt und vor Jake gab es keinen Mann, den sie hätte gewähren lassen. Jetzt jedoch fühlte sie sich sicher und konnte genießen, was mit ihr geschah. Jake öffnete ihren BH und entblößte ihren Busen. Sanft küsste er ihr Dekolleté. Mit seinem Mund erkundete er die prallen Wölbungen. Ein Stöhnen entglitt Katty und sie wurde immer erregter. Kurzentschlossen zog sie Jake das Oberteil aus. Katty fuhr langsam mit den Händen über Jakes Muskeln. Als hätte sie noch nie einen männlichen Oberkörper ohne Kleidung gesehen, glitt sie mit ihren Händen erst über die Schultern. Dann streifte sie sanft über Jakes Brustwarzen und vollführte kurz kreisende Bewegungen. Weiter ging es über seine Bauchmuskeln. Am Hosenansatz machten ihre Finger kehrt und wanderten wieder nach oben. Dabei beugte sie sich zu ihm herunter und küsste seine Brust. Jake schloss die Augen und genoss jede Berührung. Plötzlich hielt er es nicht mehr aus, packte Katty und setzte sich mit ihr auf. Jetzt saßen sie sich gegenüber, Jake hielt Katty an den Oberarmen und flüsterte ihr ins Ohr: „Ich will mehr."

Dann stand er auf und zog sie vom Sofa. Er küsste sie und öffnete dabei ihre Jeans. Etwas überrascht über die unerwartete Steigerung des Tempos überlegte Katty kurz, ob ihr das zu schnell ging. Doch sie war viel zu erregt und wollte ebenfalls mehr. Aufhören stand für sie außer Frage und so machte sie auch seine Hose auf. Jake übernahm den

Rest und streifte sie inklusive Boxershorts ab. Kattys Herzschlag beschleunigte sich, als sie auf das steife Glied starrte. Sie stand reglos da und Jake entledigte Katty sachte ihrer Jeans und dem Slip. Als er sie küsste und an sich zog, kam sie wieder zur Besinnung und umarmte ihn. Umschlungen ließen sie sich auf das Sofa fallen. Die Zwei lagen sich seitlich gegenüber und blickten sich in die Augen. Die Spannung war kaum zu ertragen. Sie küssten sich wieder und Jake legte sich vorsichtig auf Katty, die seinen harten Penis an ihrem Unterleib spüren konnte. Als er sich an ihr rieb, stieg ihre und seine Erregung ins Unermessliche. Katty packte Jakes Po mit beiden Händen und kniff ihn sanft, dann drang Jake langsam und tief in Katty ein. Sie stöhnte bei diesem unbeschreiblichen und neuen Gefühl auf. Die Führung überließ sie ganz ihm. Katty passte sich den langsamen, rhythmischen Bewegungen an und umschlang dabei Jakes Oberkörper. Er küsste sie kurz und wurde dann schneller. Kattys Herz raste, ihr wurde heiß und eine innere Explosion schien sich unaufhaltbar zu nähern. Ihr Körper begann zu zucken und sie stöhnte laut auf. Ihr erster Orgasmus löste Glücksgefühle in Katty aus, die sie mit Worten nicht hätte beschreiben können.

Sie merkte, wie sich ihr Puls verlangsamte und

wieder beruhigte. Die Anspannung war mit einem Schlag ihrem Körper entwichen. Jake stieß noch einige Male hart zu und dann wurde auch er ruhiger, bis er sich gar nicht mehr bewegte. Auch er hatte seinen Höhepunkt erreicht. Ihr ausdauerndes und leidenschaftliches Vorspiel hatte dazu geführt, dass dieser Erregung keiner lange standhalten konnte. Jake zog seinen Penis langsam aus Kattys Vagina und entfernte das Kondom. Katty war gar nicht aufgefallen, dass und wann er eines übergezogen hatte. Sie wusste nicht einmal, wo es hergekommen war, und wollte jetzt auch nicht danach fragen. Jake gesellte sich neben Katharina. Seinen Kopf ließ er auf ihrem Oberkörper nieder und seinen Arm legte er um ihren Bauch. Katty hielt ihn fest.

Der Film war fast zu Ende, als die beiden ihm wieder Aufmerksamkeit schenkten. Als wäre nichts geschehen, schauten sie einfach weiter. Regelrecht Angst, dass Jake über sie herfallen würde, hatte Katty, als sie heute hier ankam. Sie fühlte sich nicht bereit für ihr erstes Mal. Keine Stunde später lag sie nackt im Arm ihres Freundes, keine Jungfrau mehr, und sie fand es toll. Es hatte ihr gefallen. Allerdings wollte sie nicht über den Geschlechtsverkehr reden. Es wäre ihr peinlich gewesen, zu fragen, ob er es auch gut gefunden hatte. Sie ging stark davon aus, denn sie konnte seine Lust die ganze Zeit spüren.

Jake grübelte derzeit darüber nach, ob er es überstürzt habe, da Katty zuvor so nervös und angespannt war. Er hatte jedoch das Gefühl gehabt, als wäre es richtig gewesen, als hätte es so und nicht anders laufen müssen. Auch er wollte nicht über seine Gedanken sprechen, denn einen Anfang hätte er nicht gefunden. So lagen beide auf dem Sofa, jeder in seine Welt versunken und nebenbei den Film schauend. Einige Minuten später gingen beide nacheinander duschen. Katty übernachtete bei Jake. Sie war als erste im Bad und legte sich anschließend in sein Bett. Als Jake später ins Zimmer kam, schlief seine Freundin schon. Er küsste sie auf die Stirn und legte sich zu ihr. So verliebt war er noch nie.

6. Kapitel - September 2007

In dieser Woche verbrachten Katty und Jake viel Zeit miteinander. Ihre Wege trennten sich nur, wenn Jake zum Lernen an die Uni ging. Am Ende der vorlesungsfreien Phase musste Jake drei Prüfungen ablegen. Dafür hatte er mit anderen Studenten Lerngruppen gebildet. Sie trafen sich regelmäßig an der Uni, da sie dort alles zur Verfügung gestellt bekamen, was sie brauchten. Vor allem die Bibliothek stellte sich als besonders nützlich heraus.

Katty nutzte die Stunden ohne ihren Freund, um über einen neuen Berufsweg nachzudenken. Das Geld durfte ihr nicht ausgehen. Sie hatte sich bei einer Fast-Food-Kette beworben und wartete auf eine Antwort. Da sie bereits in ähnlichen Jobs gearbeitet hatte, standen die Chancen doch recht gut. Katty lernte schnell und man konnte ihr schon nach kurzer Zeit Verantwortung übertragen.

In ihrer Verliebtheit konnten Katty und Jake nicht die Finger voneinander lassen. Katharina konnte sich ganz auf ihn einlassen und genoss diese Erfahrungen ihrer eigenen Sexualität sehr. Jake übernahm jedes Mal die Führung völlig selbstverständlich, und Katty war froh darüber, sich einfach fallen lassen zu können.

Heute war Samstag, der Tag, an dem Jasons Party stattfinden sollte und der Tag, an dem Kattys Freunde endlich Jake kennenlernen würden. Die beiden waren noch zu Hause und bereiteten sich auf den Abend vor. Jake lehnte, mit den Händen in den Hosentaschen, seitlich am Türrahmen und beobachtete seine Freundin.

Katharina stand derweil vor dem Spiegel und machte sich für die Feier zurecht. Sie schminkte sich, konnte aber kaum einen geraden Lidstrich ziehen. Ihre Nervosität entging Jake nicht und er witzelte:

„Was hast du denn? Du stellst mich doch nicht deiner Familie vor."

„Glaub mir, das ist fast noch schlimmer. Die Meinung meiner Verwandtschaft ist mir nicht so wichtig wie die meiner Freunde."

„Und wenn sie mich nicht mögen?"

„Dann stehe ich trotzdem hinter dir, aber mir wäre lieber, sie mögen dich."

„Das werden sie schon. Jeder mag mich!", entgegnete er mit einem Augenzwinkern.

Katty stoppte kurz den dritten Versuch, einen ordentlichen Lidstrich zu ziehen, und blickte aus dem Augenwinkel zu Jake.

„Ganz schön von dir überzeugt, hm?"

Jake zuckte nur mit den Schultern. Er war neuen Bekanntschaften gegenüber sehr offen und zweifelte nicht am Erfolg der bevorstehenden Party. Seiner Meinung nach, würde es ein witziger Abend werden.

Jake lief zu Katty hinüber, stellte sich hinter sie und nahm seine Freundin in den Arm. Seine Finger lagen auf ihrem Bauch und sein Kinn ruhte auf Kattys Schulter.

„Hey, ich versuche mich hier zu ..."

„Ich liebe dich", unterbrach er sie.

Ihre Hände sanken nach unten und sie drehte sich zu ihm um.

„Ich liebe dich auch!"

Katty wusste, was Jake empfand, hatte diese Offenbarung aber dennoch nicht erwartet. Sie musste aber nicht eine Sekunde darüber nachdenken, ob sie diese erwidern würde oder nicht. Katharina küsste ihn leidenschaftlich. Danach lief Jake ins Nebenzimmer, um auch sich ausgehbereit zu machen. Katty schminkte sich fertig.

„Wir sollten los", mahnte Katty und kämmte sich ein

letztes Mal die Haare. Die beiden fuhren mit der Bahn, denn sie hatten vor, etwas zu trinken.

Jason wohnte noch im Haus der Eltern. Eine Terrasse auf der Rückseite führte zu einem großen Garten. Die Hecke diente als Zaunersatz und zugleich als Sichtschutz. Allerdings war die Familie gerade im Urlaub und so konnte ausgiebig gefeiert werden. Den Grill hatte die Clique bereits angeworfen, als Jake und Katty ankamen. Katharina stand in der Tür, die zur Veranda führte und stellte fest, dass bereits all ihre Freunde da waren. Die Meisten saßen am weißen Gartentisch, nur Jason tigerte um den Grill herum und achtete auf das Essen. Eine kleine Musikanlage war neben der Tür zum Haus aufgebaut und spielte leise rockige Musik. Katharina umarmte und begrüßte zuerst Paul, der aufgestanden und zu ihr gekommen war. Dann sagte sie auch den anderen Hallo.

„Das ist Jake, mein Freund. Jake, das sind Paul, Jason, Michael und Kristin", stellte sie die Clique vor. Die Männer gaben sich die Hand und Kristin wurde gedrückt.

Jake gesellte sich zu den anderen Herren und beteiligte sich am Gespräch, als gehöre er schon lange dazu. Kristin kam zu Katty und die zwei gingen etwas abseits von den anderen. Sie standen nun auf der Wiese unter dem einzigen Baum im Garten. Es war ein Ahorn, dessen Blätter sich in einer leichten Brise wiegten.

„Das ist also Jake? Ich habe gehört, bei euch lief das alles so hau ruck!?"

„Ja in der Tat ging es sehr schnell. Er hat mir total den Kopf verdreht."

„Und habt ihr schon ... also, na du weißt schon ...?", fragte Kristin und knuffte Katty in die Seite.

„Jaaa."

Dieses Thema wurde unter den Mädels immer ausgiebig beredet. So tratschten die Freundinnen noch ein bisschen weiter und gesellten sich später wieder zu den Jungs.

Das Essen war schon fertig. Es gab saftiges Rindersteak und duftende Bratwürste. Kristin hatte einen bunten Nudelsalat mitgebracht und als Beilage gab es frische Kräuterbaguettes. Obwohl Katty und Jake erst gekommen waren, hatte man an sie gedacht und gleich etwas mehr auf den Grill gelegt. Es war üblich, dass jeder mitbrachte, was er essen wollte. Das Pärchen legte seine Lebensmittel mit zu den anderen in eine Kühlbox. Alle saßen auf weißen Gartenstühlen um den Tisch herum. Die Terrasse, welche von einer Markise geschützt wurde, bot gerade genug Platz für die Freunde. Alle aßen nun das heiße Grillgut. Dazu gab es verschiedene alkoholische Getränke. Während die meisten Männer Whisky-Cola tranken, gönnten sich die Mädels Liköre und Sahnecocktails.

Katharina bemerkte, dass Paul sehr zurückhaltend war. Er war zwar kein lauter Typ, der auf jeden zuging, aber im Kreis der Clique war er ausgelassen und feierte gern. Paul und Katty saßen sich gegenüber und er beäugte Jake argwöhnisch, ließ ihn nicht aus den Augen. Seiner besten Freundin entging das natürlich nicht. Alle anderen unterhielten sich und Pauls Gedanken kreisten nur um Kattys Freund. Er war die ganze Zeit über skeptisch gewesen, denn er kannte Jake nicht. Es war furchtbar schnell gegangen und Katty war für ihn wie eine kleine Schwester. Daher wollte er auf sie aufpassen und sie schützen.

Irgendwie wirkt er arrogant, er tut so, als gehöre er schon immer dazu. Schon ziemlich eingebildet der Kerl, dachte sich Paul und taxierte Jake regelrecht.

Die Ersten waren fertig mit Essen und standen auf. Die Gelegenheit nutzte Katty. Sie lief um den Tisch, packte Paul am Arm und forderte ihn auf mitzukommen, während sie ihn wegzog. Paul wand sich von Jake ab und ging ohne Widerrede mit. Als sich die beiden abseits im Garten positioniert hatten, sodass keiner sie hören konnte, herrschte Katty ihn an:

„Was ist los mit dir? Wenn Blicke töten könnten, hättest du Jake schon längst auf dem Gewissen!"

„Der Kerl ist mir einfach unsympathisch. Er tut so, als gehöre er schon immer zu uns. Findest du das nicht auch arrogant?"

Katty schnappte nach Luft. „Er versucht doch nur freundlich zu sein und Spaß zu haben. So ist er eben, er ist ein offener Typ. Wäre ja schlimm, wenn er nur dasitzen und mit keinem reden würde", schimpfte Katty und verschränkte die Arme vor der Brust.

„Ich weiß nicht …"

„Gib ihm doch eine Chance und lerne ihn erst mal kennen."

„Hmm, ich hab einfach nur Angst, dass er dich verletzt. Schließlich weißt du kaum etwas von ihm."

Kattys Gesichtsausdruck wurde freundlicher. „Ist das deine einzige Sorge? Ich liebe ihn und er liebt mich, er wird mich nicht verletzen!"

„Natürlich denkst du das, gerade, weil du verliebt bist!"

Katty war gerührt von Pauls Besorgnis und sie konnte nicht anders, als ihn zu umarmen.

„Du bist meine beste Freundin und einer muss ja auf dich aufpassen", witzelte er. „Aber ok, ich gebe ihm eine Chance."

„Danke", sagte Katty und löste sich aus Pauls Armen. Beide gingen wieder zur Clique zurück. Die Freunde tranken und feierten, die Stimmung war locker. Auch Paul hatte sich etwas entspannt. Dann kam Jason auf die Idee, ein Lagerfeuer zu entzünden, was auch die anderen toll fanden.

Es war bereits 22 Uhr und die erste Septemberwoche zeigte sich kälter, als es die Gruppe vom Hochsommer gewohnt war. Michael war zur Musikanlage gelaufen und hatte sie lauter gestellt. In Jasons Garten gab es eine Feuerstelle. Da es auch im Haus einen Holzofen gab, war der Keller bis unter die Decke mit Brennholz gefüllt. Jason lief mit Michael ins Untergeschoss und sie holten Material für das Lagerfeuer nach oben.

„Da im Sommer die Holzpreise viel niedriger als im Winter sind, kaufen meine Eltern da immer nen

Riesenvorrat", erklärte Jason.

„Passt", stimmte Michael zu, schnappte sich mehrere Holzstücke und brachte sie nach oben. Eine halbe Stunde später wärmten sich die Freunde am prasselnden Feuer.

Katty lag in Jakes Armen und alle unterhielten sich. Michael schlug vor, Flaschendrehen zu spielen. Wer dran war, konnte Wahrheit-oder-Pflicht wählen, doch die anderen hatten nur wenig Lust dazu.

„Ich mochte das noch nie. Früher gab's da immer nur dämliche Aufgaben", sagte Katty.

Lachend fragte Michael: „Wen musstest du denn so Furchtbares küssen?" Katty zog eine Grimasse und alle kicherten.

Da meldete sich Kristin zu Wort: „Ich musste immer bekloppte Sportaufgaben machen und die Jungs stellen eh immer nur Sex-Fragen."

„Hmm, hat man dich so gequält?", fragte Jason lässig.

„Ach, Flaschendrehen ist ein totales Mobbing-Spiel", erwiderte Kristin.

„Na dann lasst uns anfangen und ein paar Freunde mobben!", räumte Michael mit einem Lachen in der

Stimme ein.

Die Jungs freuten sich alle, bis auf Jake. Der hatte die ganze Zeit ruhig zugehört und sich nicht dazu geäußert.

Doch jetzt sagte er sehr ernst und mit Nachdruck: „Mobbing ist nichts, worüber man sich lustig machen sollte. Es ist eine ernste Sache, die viel Schaden anrichten kann!"

Alle wurden still und schauten ihn an. Keiner wollte in der Runde jemanden verletzen und es fühlte sich auch keiner angegriffen. Die ernste Tonlage erschreckte die anderen, wobei ihm jeder stumm nickend zustimmte.

„Jake hat recht, einer meiner Freunde wurde früher in unserer Klasse tyrannisiert und es ging ihm sehr schlecht damit. Selbstbewusstsein war quasi ein Fremdwort für ihn", erzählte Michael.

Paul wandte sich direkt an Jake. „Wurdest du früher gemobbt?"

„Mehr als man heute ahnt."

Mit dieser Antwort hatte keiner gerechnet. Alle blickten ihn mitfühlend an und niemand sprach ein Wort.

Daraufhin wurde Jake etwas ausführlicher. „In der sechsten und siebten Klasse war ich nicht sehr beliebt in der Schule. Nun ja, das war ich eigentlich bis zum Ende nicht, aber darum geht es nicht. Man hat mich nicht nur beleidigt und als hässlich beschimpft, ich wurde auch oft durch das Gebäude gejagt und verprügelt. Zum Glück wurde ich nie ernsthaft verletzt, aber das hinterlässt trotzdem Spuren. In den späteren Jahren wurde ich zwar geduldet und nicht mehr gemobbt, aber ich konnte es nie vergessen."

„Dabei wirkst du so selbstbewusst und offen für alles", stellte Paul fest, der nun Mitleid für Jake empfand.

„Na ja, man entwickelt sich weiter und ich möchte nicht mein Leben von der Vergangenheit beeinflussen lassen, zumindest nicht so negativ. Wenn man offen auf die Menschen zugeht und Selbstbewusstsein zeigt, wird man meist besser akzeptiert. Jedenfalls habe ich das so erlebt."

Damit wurde dieses düstere Thema beendet und Jake animierte die anderen dazu, wieder Schöneres anzusprechen. Er entschuldigte sich, denn es war nicht seine Absicht, die Stimmung zu trüben. Katty drehte sich zu ihm um und küsste ihn mitfühlend. Auch sie wusste von diesem Lebensabschnitt nichts.

Paul konnte Jake nun besser verstehen, denn auch er kannte Leute, die gemobbt wurden und sehr darunter litten. Plötzlich war Jake ihm gar nicht mehr so unsympathisch. Und als er sah, wie liebevoll er mit Katharina umging, konnte Paul sich endlich für seine beste Freundin freuen.

So verging der weitere Abend mit lustigeren Geschichten. Die Freunde feierten ausgelassen und die Jungs waren am Ende ziemlich betrunken. Weiter Drinks schlürfend, saßen sie um das knisternde Feuer. Sie hielten sich an den Schultern, schwankten rhythmisch zur Musik und sangen sich die Seele aus dem Leib.

Kristin und Katty waren auch sehr beschwipst. Sie schauten den Jungs zu und mussten über jede Kleinigkeit kichern, wie kleine Schulmädchen. Es war bestimmt schon zwei Uhr morgens, als Jason die Flammen löschte. Das Haus von Jasons Eltern war sehr groß. Es gab mehrere Gästezimmer, deren Betten frisch bezogen waren. Die Meisten waren nach und nach schlafen gegangen. Nur noch Jake, Katty und Jason waren wach. Jason wollte wissen, ob die beiden über Nacht blieben. Ihr Plan sah ursprünglich vor, nach Hause zu fahren. Doch keiner der beiden hatte Lust, diesen Weg jetzt auf sich zu nehmen und Jason bot ihnen ein noch leeres

Gästezimmer an. Das Pärchen nahm das Angebot dankend an. Er zeigte ihnen das Zimmer und ging dann selbst zu Bett.

Als Jake mit Katty allein war, drückte er sie gegen die Wand und küsste sie. Seine Hand wanderte unter ihr Shirt und sie schlang die Arme voller Vorfreude auf das Folgende um ihn. Er wollte sie auf das Bett ziehen, doch dann stolperte er über seine eigenen Füße, rutschte aus Kattys Armen und fiel hart auf den Boden.

„Aua!"

Katty bekam einen Lachanfall, der nicht enden wollte. Jake saß auf dem Laminat und rieb sich das Steißbein, welches trotz hohem Alkoholspiegel mächtig wehtat.

„Das wird wohl heute nichts mehr!", sagte Katty, die immer noch lachte. Doch sie half ihm beim Aufstehen. Die Zwei legten sich in ihr Schlafgemach, während Jake nur etwas Unverständliches vor sich hin brummelte. Im Bett kuschelte er sich von hinten an Katty heran und beide schliefen sofort ein.

Am nächsten Morgen machten sich alle direkt nach dem Aufstehen auf den Weg. Das war nicht untypisch. Nur sehr selten frühstückten die Freunde gemeinsam. Für gewöhnlich traf sich die Gruppe zum Feiern oder um etwas zu unternehmen. Die Übernachtungsmöglichkeiten waren praktisch, um nicht betrunken heimzumüssen. Am nächsten Morgen war jedoch jeder wieder fit oder zumindest relativ nüchtern und ging seiner Wege. Auf dem Heimweg dachte Katty, dass es nun an der Zeit sein würde, auch Jakes Freunde kennenzulernen. Sie ahnte nicht, dass es dazu nicht so bald kommen würde.

Jake nahm Katharina Ende September mit in sein Elternhaus und stellte seine Freundin vor. Seine Eltern waren sehr freundlich und nahmen Katty herzlich in Empfang. Die Mutter war sehr elegant angezogen und trug ein dunkles Kostüm, darunter ein weißes Hemd. Ihr langes, blondes Haar fiel locker über die Schultern. Doch als Kattys Blick auf ihre Füße wanderte, konnte sie sich ein Lachen gerade noch verkneifen. Knallig pinkfarbene Hausschuhe mit Hasenkopf und langen Ohren wackelten dort vor sich hin.

Liz und Betty, die jüngeren Schwestern von Jake, waren in der Küche. Sie sahen sich unheimlich ähnlich, hatten blonde lange Haare und waren sehr zierlich. Beide kümmerten sich um das Essen, zu dem Jake und Katty eingeladen waren. Das Haus der Sanders war sehr geräumig und luxuriös ausgestattet. Im Esszimmer befand sich ein großer, dunkler Mahagonitisch mitten im Raum. Sechs Stühle fanden daran Platz. An der Decke hing ein weißer Kronleuchter mit unzähligen Prismen. Katharina fühlte sich wie eine Prinzessin in einem Schloss. Leider konnte sie nicht das ganze Haus anschauen, denn sie wollte nur ungern nach einer Führung fragen.

Serviert wurde schließlich ein Drei-Gänge-Menü. Zu Beginn gab es eine sämige Kürbissuppe. Als Hauptgang folgte knusprige Ente mit Knödeln und Rotkohl. Als Nachspeise stand süßes Pannacotta auf dem Plan.

Obwohl man der Familie den Reichtum im Haus anmerkte, wirkten sie nicht überheblich. Sie waren freundlich, aufgeschlossen und sehr gesprächig. Jakes Vater war Oberarzt im nahegelegenen Krankenhaus. Er erzählte Geschichten von Patienten, bei welchen man dachte, die gäbe es nur in Filmen. Dabei schob er seine eckige graue Brille zurecht, die tief auf seiner großen Nase saß. Eine schokobraune Haarsträhne fiel ihm ins Gesicht und er strich sie zur Seite. *Er sieht seinem Vater sehr ähnlich*, dachte sich Katty und verglich die Mähne der Männer.

„Hältst du mal wieder nicht deine Schweigepflicht

ein, werte Quatschtante!?", witzelte Jakes Mutter.

„Frau Rechtsanwältin, lassen Sie Ihre Berufskrankheit, alles rechtlich zu sehen doch bitte künftig im Büro", konterte der Vater. Natürlich hatte er immer darauf geachtet, keine Namen zu nennen und seine Patienten zu schützen.

Katty schmunzelte, als die Mutter mit ihrem Gatten schimpfte, denn sie musste an die Hausschuhe denken. Sie war froh, dass keiner ihre Gedanken lesen konnte.

Liz ging noch auf das Gymnasium in die Oberstufe und Betty studierte Biochemie. Sie berichtete von ihrem Studienfach und man spürte, dass diese Familie nicht nur wohlhabend, sondern auch sehr intelligent war. Ihren Lebensstandard hatte sie sich hart erarbeitet. Auch Katharina erzählte über ihr Leben. Obwohl sie sich in diesem Kreise sehr klein vorkam, hörten alle interessiert zu.

Das Besteck klapperte auf den Tellern, die Anwesenden unterhielten sich weiter angeregt und jeder fühlte sich wohl. Doch nachdem bei jedem das Bedürfnis eingetreten war, den Hosenknopf zu öffnen, war das Essen beendet. Jake und Katty verabschiedeten sich und wurden eingeladen, bald wiederzukommen. Sie setzten sich in Jakes Auto und fuhren los.

„Ich mag deine Familie sehr, sie sind witzig und liebevoll", gab Katty ihre Gedanken preis.

„Das freut mich zu hören." Jake schmunzelte.

In den folgenden zwei Wochen konnte Katharina ihren Freund nur selten sehen, denn es war Prüfungszeit. Katty hatte den Job im Fast Food-Laden bekommen und musste viel arbeiten. Schon nach wenigen Tagen war der Chef so begeistert, dass er Katty als Schichtführerin einsetzte. Die Position musste dringend besetzt werden und er wollte Katty eine Chance geben. In seinen Augen hatte sie Potenzial und es war einen Versuch wert. Sie freute sich über das Vertrauen, aber Katty war in den ersten Tagen in der neuen Stelle auch sehr angespannt. Solch eine Verantwortung hatte sie bisher beruflich nicht tragen müssen.

Jake war sehr angespannt, denn mit Prüfungsstress kam er nicht so gut klar. Allerdings liefen seine Klausuren besser als gedacht. Er hatte ein sehr gutes Gefühl, als er die Dritte und Letzte hinter sich gebracht hatte. Daher gingen Jake, Paul und Katty am finalen Prüfungstag feiern. Ein Anstoßen auf die Arbeiten musste sein, denn auch Paul hatte seine überstanden.

So verlief die Zeit. Katty und Jake führten eine harmonische Beziehung, Streit war ihnen ein Fremdwort. Jeder hatte Zeit für sich, aber auch die Zweisamkeit kam nicht zu kurz. Oft waren sie mit Kattys Clique feiern und Jake hatte sich mit allen gut angefreundet. Der Herbst hatte den Sommer schon lange vertrieben und der Winter war nicht mehr weit. Zwar war mit Schnee noch nicht zu rechnen, doch der Wind blies Katty die eisigen Temperaturen ins Gesicht, wenn sie das Haus verließ. Es war Anfang November und Katty stand kurz vor einem Wendepunkt in ihrem Leben, mit dem sie nicht gerechnet hatte.

7. Kapitel - November 2007

Katharina war bei Jake zu Hause, sie hatten sich
etwas zu Essen bestellt und einen Film geschaut.
Die Stimmung war angenehm, doch Katty hatte ein
flaues Gefühl im Magen. Sie musste mit Jake über
etwas reden, was ihr gar nicht gefiel. Während sie
darüber nachdachte, wie sie das Gespräch am besten
beginnen könnte, endete der Film mit dem Abspann.

Jake schaltete den Fernseher aus und riss Katharina
mit einem leidenschaftlichen Kuss aus ihren
Gedanken. Sie ging darauf ein und unterbrach ihn
nicht. Schnell wanderten seine Finger unter ihr
Shirt, die Zärtlichkeiten wurden intensiver und
wilder. Das Pärchen verließ das Wohnzimmer, ohne
sich voneinander zu lösen. Als sie im Schlafzimmer
ankamen verloren sie ihre Kleidung schneller, als
man es für möglich hielt. Der Sex raubte Katty den
Atem und sie vergaß für einen Moment ihre Sorgen.
Jetzt war sie hier und sie fühlte sich nirgendwo
geborgener.

Nachdem beide ihren Höhepunkt erreicht hatten und
kuschelnd auf dem Bett lagen, begann Katty das
Gespräch. Sie konnte es nicht länger hinaus zögern:

„Schatz!?"

80

„Hmm?"

„Ich muss bald für knapp zwei Wochen weg." Sie wich seinem Blick aus. Zwölf Tage wäre sie weg. *Das ist doch nicht viel*, sagte sich Katty. Allein bei dem Gedanken, ihn so lange nicht zu sehen, kam es ihr wie eine Ewigkeit vor.

„Was? Wo musst du denn hin und wann?"

„Ich habe dir doch erzählt, dass mein Chef so begeistert von mir ist. Nun meint er, dass ein guter Freund von ihm ebenfalls ein Restaurant der gleichen Kette eröffnen möchte. Er hat um Unterstützung für die Anfangszeit gebeten. Ich soll beim Aufbau helfen und neue Mitarbeiter einlernen. Da das aber recht weit weg ist, muss ich dort für elf Nächte bleiben. Das Lokal eröffnet quasi am anderen Ende von Deutschland. Ich muss etwa sechshundert Kilometer fahren."

„Das ist eine große Verantwortung und sicher auch eine tolle Chance für dich. Aber, hmmm ... elf Übernachtungen sind zwölf Tage ..., hmm. Auch wenn ich dich ungern gehen lasse, freue ich mich für dich." Jake drückte sie fester an sich. „Wann geht es denn los?"

„Übermorgen."

„Was?" Das Lächeln in Jakes Gesicht wich einem erschrockenen Ausdruck. „Aber warum erzählst du es mir denn erst jetzt?"

„Weil mein Chef mich erst heute Morgen danach gefragt hat. Es ist alles sehr kurzfristig, aber ich konnte auch nicht einfach absagen. Ich will nicht von dir weg, aber diese Herausforderung möchte ich mir nicht entgehen lassen." Sie umklammerte Jakes Hände. „Verzeihst du mir?"

„Ich bin dir doch nicht böse, also muss ich dir nicht verzeihen. Ich kann dir aber nicht versprechen, dich loszulassen. Vielleicht halte ich dich einfach fest und lasse dich nicht gehen." Jake klammerte nun auch seine Beine um die von Katty. „Ich werde dich vermissen." Ein trauriger Unterton war in seiner Stimme zu hören.

Jake küsste Katty sanft auf den Hinterkopf und niemand sagte mehr etwas. Die Stimmung war gedrückt.

Es war spät und das Paar war müde, aber keiner mochte schlafen. Zwei Wochen waren nun wirklich nicht viel, aber seit sie zusammen sind, waren sie nie so lange getrennt gewesen. Zwar hatten sie sich in der Prüfungszeit seltener gesehen, aber dennoch regelmäßig. Nun hatten beide Angst einzuschlafen, denn dann würden sie am nächsten Morgen aufwachen, und hätten nur noch einen gemeinsamen Tag. Doch der Schlaf übermannte sie. Die Augen fielen ihnen zu und erst die Sonnenstrahlen in den folgenden Morgenstunden weckten sie wieder. Die ganze Nacht hatten sie aneinander gekuschelt geschlafen.

Der Vormittag verlief recht schweigsam. Jake holte frische Brötchen vom Bäcker, während Katty den Tisch deckte. Auch beim Essen fanden die beiden einfach kein Gesprächsthema. Die Laune des Pärchens war seit dem Gespräch am Vorabend nicht besser geworden. Gegen Mittag mussten sie sich jedoch verabschieden. Katty hatte noch zu packen. Sie verabschiedeten sich lange und gaben sich immer wieder letzte Abschiedsküsse. Als Katty ihr Gehen nicht mehr hinauszögern konnte, bahnten sich kleine Tränen einen Weg über ihre Wangen zum Kinn hinunter.

Den restlichen Tag verbrachte Katharina damit, ihre Sachen zu packen, den Haushalt zu erledigen und alle Geräte, die sie nicht brauchte, vom Strom abzustecken.

Am nächsten Morgen ging es früh mit dem Zug los. Die Anreise war unproblematisch. Ihr Chef hatte bereits ein Zimmer in einem kleinen Hotel mit ruhiger Lage gebucht. Am Abend stand ein Geschäftsessen mit dem vorübergehenden Boss an.

Sie gingen in ein schickes Lokal und aßen gemeinsam. Dabei stellte sich Kattys Gegenüber mit dem Namen David vor. Er erklärte ihr sein Vorhaben und wie der Stand der Dinge sei. Das Gebäude habe er schon gemietet und das Mobiliar sei eingebaut. Nun müssen noch alle Werbeschilder angebracht werden. Katty solle am nächsten Tag dabei helfen, das Lager ordentlich einzuräumen, denn dann würde die erste Ware kommen. Da Katharina sich als Schichtführerin bestens darin auskannte, wie ein Lager vorteilhaft eingeräumt sein sollte, freute sie sich auf diese Aufgabe. Am darauffolgenden Tag würden die neuen Mitarbeiter in zwei Schichten kommen. Katty solle ihnen alles Wichtige beibringen und sie ordentlich einlernen. Dafür bekäme sie mehrere Tage Zeit. Das Fast Food Restaurant würde erst in der kommenden Woche eröffnen. Die erste Woche würde sie dann noch bleiben, um weitere Tipps zu geben. Schließlich sei ein Anlernen ohne Alltagsgeschäft ganz anders, als Phasen mit hohem Andrang.

David war gut zehn Jahre älter und einen Kopf größer als Katty. Seine Hakennase fiel ihr sofort ins Auge, aber er machte einen netten Eindruck. Sie

84

freute sich auf die Zusammenarbeit und fiel am Abend todmüde in ihr Hotelbett. Bevor Katty die Augen zufielen, schrieb sie Jake eine SMS, dass sie gut angekommen sei und ihn sehr liebe. Wenige Minuten später klingelte ihr Handy kurz und das leuchtende Display zeigte eine neue Kurznachricht. Doch Katharina war mit dem Telefon in der Hand eingeschlafen, und reagierte nicht darauf.

Die nächsten zwei Tage vergingen wie im Flug und Katty hatte kaum Zeit, über Jake nachzudenken. Sie hatte seine SMS am Morgen gelesen und sich gefreut, dass er ihre Liebe erwiderte, doch sie kam nicht zum Antworten. Am Abend war sie so erschöpft, dass sie es einfach vergaß. Erst am vierten Tag wurde es ruhiger, sie hatte früher Feierabend und saß bereits am Nachmittag wieder im Hotelzimmer. Katty spürte die Sehnsucht nach Jake. Am liebsten hätte sie ihn bei sich gehabt. Die Ruhe in diesem Zimmer verstärkte die Einsamkeit ungemein. So entschloss sich Katharina, Jake erneut eine Nachricht zu schreiben. Sie erklärte ihm, wie sehr er ihr fehlte und dass sie sich ihn in ihre Arme wünschte. Mit einer Liebeserklärung beendete sie die SMS, welche ihr Begehren sehr deutlich machte. Nach wenigen Minuten kam die Reaktion: „Ich vermisse dich auch." Katty war verwundert, denn

Jake war für gewöhnlich gesprächiger. Sie ärgerte sich über diese karge Antwort und hatte schon den Finger auf der Anruftaste neben Jakes Nummer. Im letzten Moment entschied sie sich um, packte das Handy in die Hosentasche, schnappte ihre Jacke und ging nach draußen. Ein Stadtbummel sollte sie ablenken.

Das Abendessen nahm Katharina in der Stadt ein und machte sich anschließend auf den Weg zurück ins Hotel. Dort angekommen beschloss sie, Jake anzurufen, denn sie hatte nichts weiter von ihm gehört und kaum hatte sie das Zimmer betreten, war die Einsamkeit wieder präsent.

Es klingelte einmal ... zweimal ... dreimal ... dann nahm Jake ab, doch er war sehr kurz angebunden. Er sagte ihr, dass er sie vermisse, aber jetzt in der Bibliothek säße und lernen würde. Ihr „Ich liebe dich" kommentierte er mit einem wirschen „Ich dich auch", dann legte er auf. Katharina war traurig und auch wütend, er war so abweisend wie noch nie zu ihr. Ob es an der Entfernung lag? Nun wollte sie wissen, ob er sich melden würde.

Die nächsten fünf Tage vergingen und nichts geschah. Kein Anruf und keine Nachricht von Jake ließen Kattys Handy ertönen. Nur Kristin rief an, um zu fragen, wie ihre Reise sei und um etwas zu plaudern.

„Im Restaurant läuft es gut. Die Mitarbeiter lernen schnell. Tobi ist aber etwas tollpatschig. Gestern ist ihm ein Tablett aus Metall runtergefallen, das hat gescheppert, sag ich dir. Es war ohrenbetäubend. Und heute hat er die Getränkemaschine neu befüllen sollen. Dabei hatte er sie vergessen auszuschalten und die Cola spritze aus der Düse. Er war komplett durchnässt", erzählte Katty und die Freundinnen lachten herzhaft.

Katharina genoss das Gespräch und die beiden telefonierten über eine Stunde.

Am zehnten Tag bat David Katty, zu bleiben und in seinem Lokal als Leiterin tätig zu sein. Katharina war sich nicht sicher, ob dies ein Scherz sein sollte. Doch es kam so oder so nicht für sie in Frage und sie lehnte dankend ab. Für Katharina war es unvorstellbar, ihre Heimat, ihre Freunde und Jake auf Dauer zu verlassen. Allerdings schätzte sie sein Angebot und es erfüllte sie mit Stolz auf ihre Arbeit.

Am elften Tag hielt Katty es nicht mehr aus. Nachdem Jake nicht ans Telefon ging, schrieb sie ihm erneut, wie sehr sie in vermisse und dass sie sich schon sehr auf ihre Heimreise am nächsten Tag freue. Erst einige Stunden später rief er sie zurück.

Er klang verhalten und fragte, wann er sie abholen könne.

Eine Nacht später saß sie im Zug nach Hause. Dabei hatte sie bohrende Fragen im Kopf: *Ist bei Jakes alles in Ordnung? Kann ich mich überhaupt auf ein Wiedersehen freuen?*

* * *

Zu Beginn der Geschäftsreise: Jake hatte mehr damit zu kämpfen, seine Freundin nicht zu sehen, als erwartet. Die Tatsache, dass er nicht richtig mit ihr reden konnte und nicht wusste, was sie so weit von ihm entfernt tat, machte ihn schier verrückt. Langsam wurde ihm bewusst, dass Eifersucht an ihm nagte. Dabei hatte er nie wirklich Bedenken, dass Katty ihm untreu sein würde. Aber allein die Vorstellung brachte ihn furchtbar in Rage. Im nächsten Moment vermisste er sie wie nie einen Menschen zuvor. Sein ganzer Körper verlangte ihre Nähe. Er hatte das Gefühl, sein Inneres würde ihn anschreien, sich an sie zu kuscheln, nur dass das nicht möglich war. Als er ihre Nachricht las, wie sehr sie ihn vermisse, war er wie betäubt. Er brachte es nicht über sich, mehr als eine kurze SMS zurückzusenden, ihm fehlten die Worte. So beschloss er, an die Uni zu gehen, um zu lernen. Er brach sofort auf.

Eine Stunde später saß er in der Bibliothek, nur um festzustellen, dass er sich weder konzentrieren konnte, noch dass kurz nach der Prüfung wichtiger Lernstoff anstand. Er lief zum naheliegenden Kaffeeautomaten, denn er hatte das Bedürfnis nach Koffein. Mit dem vollen Becher in der Hand drehte er sich um und stolperte. Dabei ergoss sich der Kaffee über sein blau kariertes Hemd. Ein Großteil floss über den Boden in alle Richtungen.

Das kleine schlanke Mädchen, in etwa seinem Alter, konnte grade noch ihre Füße retten und machte einen Satz nach hinten. Ein kurzer Schmerzensschrei gepaart mit Wut entfuhr Jake. Schnell packte er das Hemd und hielt es so, dass es seinen Oberkörper nicht mehr berührte. Fluchend und schimpfend blickte er auf sein Oberteil, während die junge Frau nicht aufhörte, ihn anzustarren. Erstmals blickte er auf und sah in ihr Gesicht.

Sie schob sich gerade wieder die große schwarze Brille zurecht, welche ständig rutschte. Ihre langen blonden Haare fielen locker über ihre Schultern. Jake verstummte, während das Mädchen weiterhin wie angewurzelt dastand.

„Ich bin Jake Sander und du?"

„Emma. Ehm... Emma Kloser.", stammelte sie schüchtern und rückte ihre Bluse zurecht. Jakes Wut war vergessen und er kam mit Emma ins Gespräch. Er fand sie sehr sympathisch und ihr ging es mit ihm genauso. So verbrachten sie die nächsten Tage gemeinsam an der Uni. Sie trafen sich in der Bibliothek oder spazierten über den Campus. Die Schmetterlinge im Bauch breiteten sich bei beiden schnell aus.

Jake brachte es nicht fertig, sich bei Katty zu melden. Wie sollte er ihr sagen, dass er jemanden kennengelernt und Schmetterlinge im Bauch hatte? Trotz allem vermisste er doch seine Freundin. Er war in einem Zwiespalt, dem er bis zum Tag von Katharinas Rückkehr nicht entfliehen konnte.

Jake stand am Gleis Nummer Drei. In elf Minuten sollte Kattys Zug ankommen. Wie vereinbart wartete er hier, um sie abzuholen. In seinem Bauch kribbelte es. Er war sehr nervös und dachte an Emma. Ihm war nicht klar, was er tun sollte, also stand er einfach da und ließ sich von der Nervosität übermannen. Aber nur innerlich, keiner, der an ihm vorbei lief, hätte es bemerkt. Während seine

Gedanken und Gefühle Achterbahn fuhren, stand er lässig an eine Mauer gelehnt. Die Hände hatte er in den Hosentaschen. Seine schwarze Lederjacke perfektionierte sein Erscheinungsbild.

Im Zug hatte Katty einen Doppelsitz für sich allein. Ihren Kopf an das Fenster gelehnt saß sie da und freute sich auf Jake. Zugleich war sie sehr angespannt, denn eine ungute Vorahnung machte sich in ihr breit. Die Kommunikation während ihrer Reisezeit war auf ein Minimum gesunken und sie konnte sich nicht erklären, woran es lag. Angst war das Gefühl, dass ihren Magen durcheinanderzuwirbeln schien.

„... Dies ist unser Zielbahnhof, wir bitten alle Fahrgäste, den Zug zu verlassen. Der Ausstieg befindet sich in Fahrtrichtung rechts."

Den Anfang der Ansage hatte Katharina verpasst, sie war zu sehr in Gedanken versunken. Doch jetzt sammelte sie ihre Sachen zusammen und zog ihre Jacke an. Sie lief zur Tür und wartete. Als der Zug in den Endbahnhof einfuhr konnte Katty im Vorbeifahren durch ein Fenster Jake sehen. Natürlich hatte sie nicht das Glück, direkt vor ihm zu halten. Jake hatte sie nicht gesehen. Sie stieg aus und lief auf ihn zu, während er noch immer an der Mauer stand, und sich suchend umsah. Dann drehte er sich in ihre Richtung und erblickte sie. Auf einmal durchströmten Glücksgefühle seinen Körper und er lief auf sie zu. Katty beschleunigte ihr Tempo und als sie ihn erreichte, fiel sie ihm stürmisch in die Arme. Die Sorgen der beiden waren für einen Moment wie fortgeblasen. Mehr als ein „Hi" konnte Jake nicht sagen, dann küsste sie ihn. Er erwiderte den Kuss und war sehr glücklich sie zu sehen. In dieser Sekunde wurde ihm bewusst, wie sehr er sie liebte. Auch wenn er ihr das schon gesagt hatte, erst jetzt wurde ihm klar, welches Ausmaß seine Gefühle für sie hatten. Doch plötzlich drückte er sie sanft von sich. Katty sah ihn verunsichert an.

„Erzähl mir, wie deine Reise war", forderte er sie auf, und begann Richtung Bahnhofsausgang zu laufen. Katty blickte ihm kurz ungläubig hinterher, eilte ihm dann nach, um wieder neben ihm zu gehen, und passte sich seinem Lauftempo an. Sie erzählte während der Heimfahrt von ihrer Geschäftsreise. Die fehlende Kommunikation und wie traurig sie darüber war, sprach sie nicht an. Jake tat das auch nicht. Er war jedoch viel ruhiger und zurückhaltender als sonst. Das bemerkte Katty sofort, doch auf die Frage, ob alles okay sei, antwortete Jake: „Alles bestens."

Vor Kattys Haustür meinte Jake plötzlich, dass er jetzt wegmüsse und keine Zeit mehr für sie habe. Sie solle sich von der Reise erholen und er würde sich später melden. Seine Liebesgefühle schienen verschwunden. Katty ging davon aus, dass sie den Rest des Tages zusammen verbrachten. Sie verdrückte eine Träne und fragte nach, ob er nicht lieber bei ihr bleiben wolle. Doch er verneinte, gab ihr einen flüchtigen Kuss und stieg ins Auto. Als er losfuhr, bekam Katty feuchte Augen. Sie drehte sich um, schnappte sich ihren Koffer und betrat ihre Wohnung.

Als sie die Tür hinter sich schloss, stand sie reglos im Korridor. Tausend Dinge spukten ihr durch den Kopf. *Was ist nur los mit ihm? Was hat sich verändert? Ich verstehe es einfach nicht!* „Aaaarrgh", rief sie und trat ihren Koffer so, dass er quer durch den Flur rollte und dann umkippte. Ihre Stirn in Falten gelegt lief sie zum Kühlschrank und öffnete ihn. Doch im gleichen Moment vergaß sie, was sie darin eigentlich suchte. Ihr war nach lautem Schreien zumute. Sie griff sich ihren Geldbeutel und beschloss einkaufen zu gehen. Es waren keine Lebensmittel mehr im Haus, da sie ja verreist gewesen war. Ihr Puls war gefährlich hoch. Sie fühlte sich hilflos und das regte sie auf.

Im Laden angekommen, konnte sie sich ablenken und sie wurde ruhiger. Schließlich musste sie darüber nachdenken, was sie kaufen musste. Jake blitzte immer nur kurz in ihren Gedanken auf. Er wich Äpfeln, Bananen, Nudeln und Fleisch.

Wieder zu Hause setzte Katty Wasser auf. Es gab Spaghetti in Tomatensoße. Für aufwendiges Kochen hatte sie keine Lust.

Ungefähr dreißig Minuten später rammte sie die Gabel in ihre Nudeln und begann zu essen. Dabei saß Katty auf dem Sofa und schaute sich einen Actionfilm an. *Bloß keine Liebesschnulze heute*, dachte sie sich.

Den ganzen Abend und auch den nächsten Tag hatte sich Jake nicht gemeldet. Es war ein Wochenende Mitte November und Katty hielt die Ungewissheit einfach nicht mehr aus. Sie rief Jake an, doch er nahm nicht ab. So schrieb sie ihm eine Nachricht, in welcher sie fragte, was los sei und ob er bei ihr anrufen könne. Zwanzig Minuten später kam die Antwort:

„Hallo Katty, es tut mir leid, aber ich bin nicht gut für dich. Ich habe mich in eine andere Frau verliebt und es ist besser, wenn wir uns erst mal nicht mehr sehen."

Katty zog es den Boden unter den Füßen weg. Sie wollte es genau wissen.

„Machst du Schluss?"

„Ja, sieht so aus."

Gerade eben war Katty noch mit dem Telefon in der Hand durch das Wohnzimmer gelaufen. Nach der ersten SMS blieb sie stehen und hielt sich am Stuhl fest. Es traf sie wie ein Schlag und sie war geschockt. Kurz nach der zweiten Nachricht saß sie weinend neben dem Sofa. Die Tränen liefen an ihren Wangen herunter, wie Wasser den Fluss. Sie konnte einfach nicht aufhören laut zu schluchzen und zu weinen. Auf die letzte Mitteilung hatte Katty nicht mehr geantwortet. Ihrer Meinung nach war alles gesagt. Sie fühlte sich wie betäubt. Mehr als in Tränen zerfließen konnte ihr Körper nicht mehr. Es war, als hätte ihr jemand das Herz aus der Brust und den Geist aus dem Kopf gerissen. Wären die Nachbarn zu Hause gewesen, hätten sie ihr Weinen durch die Wände gehört.

8. Kapitel - November 2007

Am Morgen nach der Trennung erwachte Katty neben dem Sofa. Sie hatte sich am Abend zuvor zusammengekauert und geweint. So war sie irgendwann völlig erschöpft eingeschlafen.

Als sie ihre Augen öffnete, brauchte sie einige Sekunden, um zu begreifen, warum sie auf dem kalten Boden saß. Doch dann fiel ihr alles wieder ein. Katty wollte weinen, aber es kam nichts mehr. Die Tränen blieben aus, ihr Gesichtsausdruck war finster. Sie stand auf und wandelte wie betäubt ins Bad. Der Blick in den Spiegel jagte ihr einen Schrecken ein, sie sah grauenhaft aus. Das Haar war verstrubbelt, ihre Augen taten weh und waren noch immer rot. Ihre Kleidung hatte Katharina seit dem letzten Morgen im Hotel nicht gewechselt.

Sie entkleidete sich und stieg unter die Dusche. Katharina fühlte sich leblos und so ließ sie am Ende des Waschens eiskaltes Wasser über ihren Kopf laufen. Es prickelte und zwickte, als es über ihre Schultern herabglitt. Nach einigen Sekunden tat es richtig weh. Katty stellte das Wasser nicht ab. Dass es wehtat, bedeutete, dass sie noch lebte. Die prasselnden Tropfen ergossen sich über ihren erschlafften Körper, während sie mit der Stirn an der Wand lehnte. Nach fünf Minuten war sie hellwach und der Schmerz des kalten Wassers war nicht mehr zu ertragen. Sie stellte den Duschstrahl ab und wickelte sich ein Handtuch um. Dann putzte sie ihre Zähne und kämmte sich das Haar.

Nun sah sie wieder ansehnlicher aus, was nicht bedeutete, dass sie das Haus verlassen wollte. Als sie sich angezogen hatte, kuschelte sie sich mit einer Decke auf das Sofa und nahm ihr Handy in die Hand. Sie wollte Paul anrufen und ihm alles erzählen, doch sie brachte es nicht fertig, seine Nummer zu wählen. Mit Paul darüber zu sprechen, würde Katty nur wieder zum Weinen bringen und das war das Letzte, was sie wollte. Nein, das Letzte was sie tun wollte, war, über Jake nachzudenken. Dieses Gefühlschaos war nicht auszuhalten. Einerseits war sie traurig, andererseits sehr wütend. Sie wollte schreien und weinen zugleich. Vor allem waren es nur negative Gefühle, die sie da übermannten. Katty versuchte zu begreifen, warum diese Trennung sein musste. Bevor sie ging, waren sie glücklich, nie hatten sie gestritten, alles schien perfekt.

Was war nur passiert? Und was heißt, er hätte sich verliebt? Sie hatte Jake so geliebt, sie hätte niemanden überhaupt nur angesehen. Ihr Herz gehörte allein ihm und daran hatte sich auch nichts geändert. Nein, sie konnte über diese Dinge nicht nachdenken, und doch waren solche Gedanken nicht zu verdrängen.

Wie feige es von ihm ist, auf diese Art und Weise unsere Beziehung zu beenden, das ging ihr nicht aus dem Kopf. Die nächsten Stunden verbrachte sie größtenteils trauernd und verwirrt auf dem Sofa.

Am folgenden Tag ging sie wieder ihrem Job nach. Eigentlich hatte sie gehofft, dass dieser sie ablenken würde, doch Katty beherrschte ihren Job blind. Sie hatte den Kopf frei, für alle möglichen Gedanken, die nichts mit der Arbeit zu tun hatten. Nun ärgerte sie sich, dass sie das Jobangebot während der Geschäftsreise nicht angenommen hatte.

Kurz überlegte sie, David anzurufen, doch diese Idee verwarf sie sogleich wieder. Katharina war nicht bereit zu gehen.

* * *

Einen Tag zuvor: Jake war gerade an der Uni, als er sich per Handy von Katty trennte. Er saß in der Bibliothek, nur wenige Tische von Emma entfernt, die ihn entdeckte und ihm zuwinkte. Nach der letzten Nachricht steckte er das Telefon schnell in die Hosentasche und ging zu ihr hinüber. Die beiden redeten viel, doch über Katty verlor Jake nie ein Wort. Nach wenigen Minuten beschlossen sie, eine Runde spazieren zu gehen. Schließlich wollten sie die anderen Studenten in der Bibliothek nicht stören.

Emma machte Jake schöne Augen. Sie hatte Gefallen an ihm gefunden und stellte sich als intelligente junge Frau heraus. Mit ihren zwanzig Jahren war sie noch ein Küken an der Universität.

„Was hältst du davon, wenn wir heute nicht mehr lernen?", fragte sie und blickte ihn aus den Augenwinkeln verstohlen an.

Jake lief, mit den Händen auf dem Rücken, direkt neben ihr. „Wir lernen so gut wie nie zusammen. Was schlägst du denn vor?"

„Begleitest du mich nach Hause?", wurde Emma etwas forscher.

Jake schmunzelte, legte seinen Arm um Emmas Schulter und bejahte.

Sie waren nicht mehr weit von dem Studentenwohnheim entfernt, in welchem Emma wohnte. Als sie an der Eingangstür ankamen, musste

Jake daran denken, wie er kurz vor Jasons Party hinter Katty stand. Wie er ihr das erste Mal sagte, dass er sie liebte. Plötzlich wurde ihm schwer ums Herz und er fühlte sich völlig fehl am Platz.

„Ich kann nicht mit reinkommen. Ich muss gehen. Es tut mir leid." Jake drehte sich abrupt um und lief los.

„Halt! Warte! Was ist denn los?", rief Emma ihm nach.

„Ich melde mich bei dir", sagte er und ging weiter.

„Bekomme ich nicht mal einen Abschiedskuss?"

Jake blieb kurz stehen und drehte sich zu ihr um. Er blickte ihr aus der Ferne in die Augen und sah nur Katty. Dann setzte er zum Sprechen an, doch es kamen keine Töne aus seinem Mund. So drehte er sich wieder zurück und rannte ohne Worte weiter. Emma blieb verletzt zurück.

Katty spukte ihm durch den Kopf, selbst als er bereits im Bett war. Sie waren gerade drei Monate zusammen gewesen, doch er konnte die Erinnerungsflut nicht abstellen: die erste Begegnung im Park, die erste Nacht nach der Disco, welche Katty bei ihm verbrachte, Kattys Nervosität vor der Party, Kattys Küsse, der Sex mit Katty. Wie eine hängende Schallplatte liefen diese Szenen immer wieder vor seinem inneren Auge ab. Er spürte Katharina, als läge sie genau in diesem Augenblick bei ihm. Jake vermisste Katty mehr denn je. Am liebsten hätte er sie angerufen und sich entschuldigt, er wollte sie auf der Stelle in seinen Armen halten. Dennoch brachte er es nicht über sich, sie anzurufen.

* * *

Plötzlich klingelte es an der Tür. Verärgert, dass er nun noch einmal aufstehen musste, fluchte Jake vor sich hin. *Wer klingelt denn um diese Zeit noch bei mir?* Ich will schlafen! *Ach, egal, ich bleibe einfach liegen!*

Es läutete erneut.

Jake grunzte. „Ich komme ja schon", rief er genervt.

Er hievte sich aus dem Bett und tappte, nur mit Boxershorts bekleidet, in den Flur. Als er die Wohnungstür öffnete, stand Katharina vor ihm. Sie trug kniehohe Stiefel aus schwarzem Stoff. Zudem hatte sie einen weinroten, langen Mantel um sich gehüllt. Wortlos stand Jake in der Tür und starrte

101

sie an. Sein Kiefer klappte nach unten.

„So darf es nicht sein, Jake. Ich liebe dich und ich will dich nicht verlieren. Du bist ein Idiot, wenn du mich verlässt." Mit diesen Worten drängte sie sich an ihm vorbei in die Wohnung. Jake musste sich um 180 Grad drehen, um sie weiter anzusehen. Dabei gab er der Tür einen Stups und sie fiel zu. Beide blickten sich an, Jake immer noch außer Stande, etwas zu sagen. Katharina schaute ihm tief in die Augen, machte zwei Schritte auf ihn zu, legte ihre Hände auf seine Wangen und küsste ihn behutsam. Erst regten sich seine Lippen nicht, doch dann schlang er seine Arme um ihre Hüften und drang mit seiner Zunge in ihren Mund vor. Jake zog Katty den Mantel aus und ließ ihn auf den Boden fallen. Darunter war sie nackt. Nur noch die schwarzen Stiefel verdeckten einen Teil ihrer zarten Haut. Voller Vorfreude grinste Jake, packte Katty und nahm sie auf den Arm. Er trug sie ins Schlafzimmer, legte Katty auf das Bett und beugte sich über sie. Jake küsste sie wieder und war einfach nur froh, dass sie hier war. Katty fuhr mit ihren Fingern Jakes Körper entlang. Es erregte sie sehr, dass er nur Boxershorts trug. Sie liebkoste mit der Zunge Jakes Hals. Als ihre Hand seinen Oberkörper entlang nach unten glitt, machte sich sein Körper bereit. Ihre

Finger wanderten in seine Shorts, doch als sie seinen Penis umfassten, schreckte Jake auf.

Plötzlich saß er allein im Bett.

Katty war weg.

Er blickte sich hastig nach allen Seiten um, doch konnte sie nirgendwo entdecken. Jake sah an sich herab. Seine Unterwäsche war unangetastet und er zugedeckt. Da wurde ihm klar, dass er geträumt hatte. Zwischen all den Gedanken an Katty musste er eingeschlafen sein.

9. Kapitel - Dezember 2007

Gut zwei Wochen waren seit der Trennung von Jake vergangen. Katty erging es nicht gut. Noch immer schaffte sie es nicht, sich abzulenken. Täglich war sie bei der Arbeit, machte Überstunden und höchstens einen Tag in der Woche frei. Selbst dieser eine Tag war nicht freiwillig. Ihr Chef duldete keine Sieben-Tage-Woche, da dies gesetzlich nicht gestattet war.

War sie zuhause, verließ sie die Wohnung höchstens für Einkäufe und sonstige, unaufschiebbare Erledigungen. Mit Paul hatte sie nicht mehr geredet, auch mit keinem anderen aus ihrem Freundeskreis. Wenn sie über Jake nachdachte, malte sie sich aus, wie er die Zeit mit seiner neuen Freundin verbrachte, wie er sie küsste und mit ihr schlief. Katty hatte das Gefühl, Jake habe die gemeinsame Zeit mit ihr schlichtweg vergessen. Diese Fantasien trieben sie an den Rand der Verzweiflung. Es tat so weh, dass sie kaum atmen konnte. Der Gedanke, dass er eine andere so berührte wie sonst sie, ließ sie nicht los.

Katty wusste nicht, dass Jake und Emma sich nicht mehr trafen, dass es auch ihm schlecht ging.

Plötzlich klingelte das Handy. Paul rief schon zum

dritten Mal in dieser Woche an, doch Katty hob nicht ab. Sie wollte nicht mit ihm reden. Ihren Kummer ertrank sie seit einigen Abenden in Alkohol. Nur so kam sie zur Ruhe und konnte einschlafen.

Es war ein Donnerstagabend, ihre Schicht im Restaurant war bereits vorbei. Die Tequila-Flasche stand auf dem Couchtisch und war zu einem Viertel geleert. Etwa fünf Minuten waren vergangen, seit das Telefon geläutet hatte. Da klopfte es plötzlich an der Tür. Katty schlurfte mit hängenden Schultern hinüber und öffnete sie. Paul stand davor, mit dem Handy in der Hand.

„Warum gehst du denn nicht an dein Telefon?"

„Was machst du hier?", konterte Katty mit einer Gegenfrage. Normalerweise freute sie sich, ihn zu sehen, und umarmte ihn dann. Aber jetzt stand sie nur da und starrte ihn mit leerem Blick an.

„Ich habe seit gefühlten hundert Monaten nichts von dir gehört. Du gehst nicht ans Handy und rufst nicht zurück. Na, was mache ich wohl hier!? Ich habe mir Sorgen gemacht und wollte nach dir sehen."

Katty antwortete nicht, sie sah ihn an, wie ein verwahrlostes, kleines Kind.

„Und scheinbar komme ich genau richtig. Ist das ein

Schlafanzug, den du da anhast? Und wann hast du zuletzt einen Kamm gesehen, du bist total verstrubbelt." Paul drückte sich an Katty vorbei und betrat die Räumlichkeiten.

„Komm doch bitte rein", sagte sie sarkastisch und machte eine einladende Handbewegung, während sie die Augen verdrehte.

„Du meine Güte, Katty, was ist nur passiert? Deine Wohnung sieht genauso schlimm aus wie du. Und hier stinkt es!" Paul öffnete die Fenster und sah plötzlich den Tequila.

„Hast du getrunken?"

„Könntest du mit deiner Fragerei aufhören, ich fühle mich ja wie bei einem Verhör." Katty schlurfte zum Sofa zurück und ließ sich darauf fallen. „Setz dich", bot sie an.

Paul schnaubte nur und begann, die herumliegende Wäsche vom Sofa zu räumen und ins Badezimmer zu bringen. Dann setzte er sich zu Katty und sah sie erwartungsvoll an.

„Ich habe nicht mit Besuch gerechnet und mir ist nicht nach Reden zumute."

„Das sieht man dir an. Aber ich werde nicht gehen,

bevor ich nicht weiß, was hier eigentlich los ist."

Katty verdrehte die Augen und seufzte: „Jake hat mich verlassen und irgendwie komme ich damit nicht so richtig klar. Er hat eine andere."

Paul war nicht so überrascht, wie Katty es erwartet hätte. Ihm war klar, dass irgendetwas vorgefallen sein musste, was schlimm für Katty war. Er konnte ja sehen, wie sehr sie aus der Bahn geworfen wurde.

Seine beste Freundin berichtete nach und nach über die Geschäftsreise, die Trennung und wie es ihr damit ging. Ihr war klar, dass es keinen Sinn hatte, Paul zum Gehen aufzufordern. Paul hörte aufmerksam zu und nahm Katty in den Arm. Er sagte nicht viel dazu, denn nichts hätte sie trösten können und das wusste er.

Nachdem sie sich ausgeweint hatte und noch immer in seinen Armen lag, ergriff er doch das Wort.

„Du musst hier mal dringend raus. Und wie oft trinkst du eigentlich?" Er hatte nicht gefragt, warum sie mit niemandem redete, denn er konnte sich denken, dass es ihr zu schwer fiel. Doch Paul wusste auch, dass es sein musste. Deswegen war er gekommen.

„Seit ein paar Tagen jeden Abend", beantwortete

Katty Pauls Frage kleinlaut. Sie schaffte es nicht, ihm dabei in die Augen zu schauen.

„So geht das nicht weiter," stellte Paul fest, „du kommst die nächste Zeit erst mal mit zu mir. Aber vorher gehst du duschen." Er entließ sie aus seiner Umarmung und schob sie Richtung Bad. Wie ein gehorsames Kleinkind trottete Katty mit hängendem Kopf ins Badezimmer. Sie schloss die Tür ab und duschte ausgiebig. Als sie in einem Handtuch eingewickelt aus dem Bad herauskam, traute sie ihren Augen kaum. Sie war gerade einmal zwanzig Minuten unter der Dusche gewesen. Paul hatte diese Zeit zum Aufräumen genutzt. Die herumliegende Wäsche war weggeräumt, das Bett gemacht, der Couchtisch abgewischt und auch die Küche glänzte.

„Im Schrank habe ich noch saubere Kleidung gesehen. Die Schmutzige habe ich in einen Koffer gepackt, den nehmen wir einfach mit und waschen alles bei mir."

Katty hatte feuchte Augen. Diese Fürsorge rührte sie sehr.

„Den Tequila habe ich direkt weggekippt, du brauchst keinen Alkohol, um deinen Kummer zu ertränken. Ich bring dich so wieder auf die Beine."

Erst wollte Katty protestieren, aber sie sah schnell

ein, dass er recht hatte. Insgeheim war sie froh, dass jemand sich um sie kümmerte und so stimmte sie stumm zu und zog sich an.

Nachdem sie Paul ihr Herz ausgeschüttet hatte, sprach sie kaum ein Wort. Sie brachte es nicht einmal fertig, Paul zu fragen, wie es ihm geht. Er störte sich nicht daran, seine einzige Sorge galt dem Wohlergehen seiner besten Freundin. Paul ertrug es nur sehr schwer, sie leiden zu sehen.

* * *

Seit einigen Tagen war Katty nun bei Paul. Ihre Kleidung war gewaschen und bekam vorübergehend ein Eckchen in Pauls Kleiderschrank. Paul blieb eine Zeit lang zuhause, er wollte seine Freundin in dieser Phase nicht allein lassen. Die Uni konnte auch mal ohne ihn auskommen. Mitstudenten ließen ihm den Stoff der Vorlesungen und Übungen zukommen. Seine Arbeiten schickte er per Mail an seine Tutoren.

Katty war seit Tagen sehr still und völlig in sich gekehrt, was überhaupt nicht ihre Art war. Dabei beließ Paul es vorerst. Sie hatte ihm für den Anfang genug erzählt und er wollte ihr etwas Zeit lassen.

Seine Gedanken darüber machte er sich dennoch:

Zwar bin ich kein Psychologe, aber auch ich würde in ihrer Lage meine Ruhe haben wollen. Wahrscheinlich habe ich schon genug in ihr Leben eingegriffen, als ich sie zu mir holte. Ich möchte sie ja auch nicht überfordern. Immerhin trinkt sie nicht mehr. Ich gebe ihr lieber auch keine Schnapspralinen. Okay, in den meisten ist gar kein Alkohol drin, aber sicher ist sicher!

Katty verbrachte ihre Freizeit hauptsächlich im Bett. Sie lag einfach nur da, starrte vor sich hin und tat gar nichts.

Mittlerweile war der Dezember angebrochen. Die Menschen begannen, ihre Häuser mit Lichterketten und Bildern zu dekorieren. Durch Wohnzimmerfenster konnte man verschiedene kleine Holzpyramiden mit weihnachtlichen Figuren sehen, die von Kerzen angetrieben wurden und sich im Kreis drehten, manche schneller, andere langsamer.

An einem späten Nachmittag, es dämmerte schon, ging Paul zu Katty ins Zimmer. Sie lag in eine Decke gekuschelt auf dem Bett.

„Komm, steh auf! Lass uns einen Spaziergang machen. Wir können uns die geschmückten Häuser anschauen und durch die Nachbarschaft schlendern.

Das Wetter ist angenehm. Es weht kein Lüftchen und die Temperaturen sind mild. Außerdem wird es Zeit, dass du mal rauskommst." Paul zog ihr die Decke weg und Katty brummte.

„Ich will nicht."

„Das ist mir egal, du versauerst hier noch. Also komm mit, sonst nerve ich dich so lange, bis du aufstehst."

Katty brummelte weiter vor sich hin und stand auf. Sie zog sich warme Kleidung an, während Paul im Nebenzimmer wartete.

Draußen hakte sie sich bei ihm ein. Gemeinsam schlenderten sie durch die Straßen und Paul schaffte es sogar, dass Katty sich auf ein Gespräch einließ. Sie sprachen über alles Mögliche, nur nicht über Jake.

Normalerweise liebte Katty die Weihnachtszeit. Sie gehörte zu den Ersten, die schöne Deko aufhängten und sich auf Weihnachtsmärkten tummelten. Aber dieses Jahr war ihr jegliche Vorfreude auf Weihnachten vergangen. Noch immer konnte sie nur daran denken, wie trostlos es wohl sein würde, ohne Jake zu feiern. *Das Fest der Liebe ohne die große Liebe*, dachte sie, während Paul gerade vom Studium berichtete.

Den Gedanken abschüttelnd widmete sie sich wieder Paul und hörte ihm zu. Auch sie erzählte über ihr Berufsleben, denn seit der Trennung hatte sie sich in die Arbeit gestürzt. Zwar verbrachte sie fast jede Minute außerhalb der Arbeitszeit traurig im Bett, doch im Job blühte sie auf. Keiner merkte ihr ihre Depression an. Sie war verantwortungsvoll und übertraf alle Erwartungen. Der Chef scherzte schon, dass er mit ihrer Hilfe zehn weitere Restaurants eröffnen und leiten könne. Er fragte nicht, warum sie so viele Überstunden machte. Paul freute sich, Katharina mal wieder etwas offener zu erleben.

„Wir sollten mal wieder was zusammen unternehmen", schlug er vor.

„So? Seit Tagen wohne ich bei dir, hast du nicht langsam genug von mir?"

„Quatsch!" Er knuffte sie freundschaftlich in die Seite, wurde aber sofort wieder ernst. „Eigentlich wohnt ein Zombie in Gestalt von dir bei mir. Dich sehe ich heute das erste Mal seit Langem und das freut mich. Ich treffe dich gern."

Katty lächelte und lehnte ihren Kopf beim Gehen an Pauls Oberarm. Dabei wurde ihr wieder bewusst, wie hochgewachsen ihr bester Freund ist. Automatisch dachte sie an Jake, und dass sie bei ihm den Kopf einfach auf die Schulter legen konnte. Auch sie spürte, dass es ihr seit einer gefühlten Ewigkeit wieder etwas besser ging. Das Gefühl mochte sie.

„Na gut, du darfst mich entführen. Aber wenn es dir zu viel wird, dann sag Bescheid, dann geh ich heim. Nicht, dass ich meinen besten Freund noch verliere, weil ich ihm zu viel werde", sprach sie.

„Ach du kannst so lang bleiben, wie du magst. Mir ist nur wichtig, dass es dir besser geht. Irgendwann werfe ich dich schon raus", lachte er.

Katty konnte zwar nicht lachen, aber zumindest schmunzelte sie etwas, denn auch sie verstand die witzige Bemerkung als solche. Ihr Magen knurrte plötzlich und nach Tagen hatte sie endlich wieder Lust etwas zu essen. In den letzten Wochen tat sie es nur, weil es sie am Leben hielt. Ein paar Häuser weiter konnte sie einen türkischen Imbiss ausmachen.

„Lass mich dich zu einem Döner einladen, weil du dich so lieb um mich kümmerst."

„Na, das lass ich mir nicht zweimal sagen."

Kurz darauf bestellten sie sich ihre Mahlzeit und setzten sich nach drinnen, um zu essen.

Am Abend hatte Paul noch wichtige Dinge für sein Studium zu erledigen. Vor dem Fernseher sitzend machte sich Katty Gedanken über ihr weiteres Leben. Sie war entschlossen, sich nicht länger von Jake in die Tiefe ziehen zu lassen. Nach Hause, das war es, was sie wollte. Doch bevor sie diesen Entschluss auch ihrem besten Freund mitteilte, schien es ihr vernünftig, eine Nacht darüber zu schlafen.

Es lief gerade Werbung und ihr wurde bewusst, dass sie keine Ahnung hatte, worum es in dem laufenden Film ging. Nicht einmal das Genre konnte sie benennen, so gedankenverloren war sie. Sie knipste den Bildschirm aus.

Nachdem sie sich im Badezimmer bettfertig gemacht hatte, schlurfte sie kurz bei Paul vorbei, der am Schreibtisch über Studienunterlagen saß. Sie wünschte eine gute Nacht und wollte nicht weiter stören.

* * *

Es war Samstag, der 08.12.2007 und Katty saß mit Paul am Frühstückstisch. Er hatte frische Brötchen vom Bäcker geholt.

„Ich möchte nach Hause", bemerkte Katty.

Paul verschluckte sich an seiner Semmel und hustete. „Katty, dir geht es erst seit gestern wieder etwas besser. Findest du nicht, dass es dafür noch zu früh ist?"

„Es ist früh, aber ich sehne mich nach meinen eigenen vier Wänden. Ich denke, ich kann es schaffen, wieder für mich selbst zu sorgen. Außerdem bist du ja nicht aus der Welt. Wenn mir alles zu viel wird, falle ich dir wieder zur Last." Ihren letzten Kommentar sagte sie scherzhaft, doch Paul war sehr ernst und besorgt.

„Du fällst mir nicht zur Last! Ach, ich weiß nicht so recht ..." Er ließ den Satz unbeendet und legte seine Stirn in Falten. Katty kaute gerade, sie grübelte, ob und wie sie Paul überzeugen konnte. Doch bevor sie zu Wort kam, sprach ihr bester Freund weiter:

„Nun ja, ich kann und will dich hier nicht einsperren. Wenn es dir zuhause gut geht, dann ist das super. Wie wäre es mit einem Kompromiss: Du bleibst bis Montag und wenn du dann immer noch der Meinung bist, es ist richtig, gehst du mit meinem Segen. Aber zumindest am Anfang telefonieren wir täglich, damit ich mir nicht zu große Sorgen mache."

„Okay, das klingt gut und damit bin ich absolut einverstanden." Bei dem Gedanken an zuhause lächelte Katty.

„Aber wehe, du trinkst! Und wenn ich dich wieder tagelang nicht erreiche, komme ich vorbei und verhaue dich."

„Du bist so sensibel", lachte Katty.

Paul stimmte mit ein.

Das Wochenende nutzten die Freunde für gemeinsame Stunden. Sie gingen viel spazieren und Paul konnte Katty sogar mit auf einen Weihnachtsmarkt nehmen. Das Lachen hatte Katty wieder gelernt und so genossen die beiden die Tage. Am Montagmorgen konnte Paul sie mit gutem Gefühl nach Hause entlassen. Da er selbst zur Universität musste, begleitete er sie bis zum Bus. An der Haltestelle trennten sich ihre Wege, da jeder eine andere Linie nehmen musste.

Katty stieg etwas früher als gewöhnlich aus und ging noch einkaufen. Der Kühlschrank musste gefüllt werden. Es ging ihr gut, doch sie hatte Angst, wie es wohl allein zuhause sein würde. Aber ewig bei Paul unterkriechen konnte sie auch nicht. Es nervte sie, dass Weihnachten so kurz vor der Tür stand. Diese Zeit des Jahres mochte sie sonst immer am meisten. Die besinnlichen, familiären Tage waren Urlaub für ihre Seele. Doch nun hatte sie nur Jake im Kopf, denn am liebsten würde sie mit ihm die Geschenke unter dem Weihnachtsbaum öffnen. Da das aber unmöglich war, verabscheute sie das Fest der Liebe plötzlich. Sie würde gern davor weglaufen.

* * *

Der Einkauf war erledigt. Katty stand in ihrer Wohnung und lenkte sich damit ab, die Tüten auszuräumen und etwas Haushalt zu erledigen. Staub hatte sich angesammelt, während sie bei Paul war. Die nächsten Tage verliefen ruhig. Paul rief regelmäßig an und erkundigte sich nach seiner Freundin. Katty ging arbeiten und war in ihrem Alltag wieder angekommen.

Eine Woche vor Weihnachten klingelte das Telefon. Katharina hob ab, ihre Mutter war am anderen Ende. Sie fragte, wie es ihr ginge, und lud sie zu Weihnachten ein. Mit dieser Frage war Katty überfordert. Da sie nur selten das Bedürfnis verspürte, sich ihrer Mutter mitzuteilen, wusste diese nicht einmal von Jakes Existenz. Somit war ihr auch nicht klar, dass ihre Tochter eine Beziehung und eine schmerzhafte Trennung hinter sich hatte.

Katharina wollte auch nicht darüber reden und so lehnte sie dankend ab. Sie wäre schon bei anderen eingeladen, gab sie als Ausrede zurück. Das Gespräch hatte nicht lang gedauert. Allerdings dachte Katty noch lange darüber nach. Sie fragte sich, wie sie Weihnachten denn nun verbringen sollte. Kurz darauf nahm sie ihr Telefon erneut in die Hand und rief Paul an.

„Hi Katty, wie gehts dir?"

„Ganz gut, meine Mom hat gerade angerufen und mich zu Weihnachten eingeladen."

„Du klingst darüber nicht sehr begeistert. Möchtest du nicht?"

„Ich habe dieses Jahr auf alles Lust, aber nicht auf familiäres Beisammensein. Da muss ich mir nur glückliche Pärchen antun. Nein, da bleib ich lieber allein zuhause im Bett."

„Ach, Quatsch, das ist auch keine Alternative! Wie wäre es, wenn wir einfach auf eine Party gehen und ordentlich feiern, rockig und nicht im Familienkreis!?"

„Oh, das klingt toll, aber bist du nicht bei deiner Familie?"

„Ach, die können ein Weihnachten auf mich verzichten oder ich gehe an den Feiertagen hin."

„Hmm, klingt gut. Darf ich Alkohol trinken?", murmelte Katty und Paul hörte die Vorfreude auf die Party aus ihrer Stimme heraus.

„Ja, aber nur an diesem Abend. Ich höre mich dann mal um, wo was geht und wir quatschen später noch mal."

„Alles klar, bis dann." Katty legte auf, ihre Laune war jetzt viel besser. Noch nie hatte sie ein Weihnachtsfest auf einer rauschenden Party verbracht. Aber ihr schien es, als gäbe es dieses Jahr nichts Besseres.

10. Kapitel - Weihnachten 2007

Weihnachtsmorgen: Katty wachte voller Vorfreude auf. Mit Paul war abgemacht, dass sie zur Mittagszeit zu ihm komme. Gemeinsam wollten sie etwas essen und am Abend auf eine Studentenparty gehen. Sie zog ein schwarzes Kleid an, welches sie schlank aussehen ließ und ihre weibliche Figur betonte. Ihre Haare trug sie offen und ein dezentes Make-up ließ ihre blauen Augen noch mehr erstrahlen. Sogar schwarze Absatzschuhe gatte sie angezogen, obwohl sie darin ungern lief. Aber zu einem solchen Outfit wären Turnschuhe einfach nicht passend gewesen. Eine kleine schwarze Handtasche mit silbernen Pailletten und ein langer Mantel rundeten ihre Garderobe ab.

Zwölf Uhr mittags klingelte sie bei Paul. Er öffnete die Tür und begrüßte Katty. „Wow, du siehst wunderschön aus!" Er umarmte sie, während sie sich für das Kompliment bedankte.

Dann gab sie ihm ein kleines Geschenk. Es war ein Bilderrahmen mit einem Foto, welches die zwei Freunde zeigte.

„Weißt du noch? Bei der Aufnahme waren wir echt gut drauf. Schau mal, die Grimassen und die lustigen, übergroßen Hüte auf unseren Köpfen ...", erinnerte sich Katty, als beide das Bild betrachteten.

Das Foto war vor etwa zwei Jahren auf einem Jahrmarkt entstanden. Es war ein sommerliches Bild. „Danke, dass du immer für mich da bist", stand eingraviert auf dem Rahmen.

Paul war sichtlich gerührt. Er hatte sie mittlerweile hereingebeten und die Tür geschlossen. Auch er hatte ein Präsent für sie verpackt und überreichte es ihr.

Katty öffnete es. „Ein Gutschein für eine Wellnessmassage", sagte sie begeistert, „da kann ich mal so richtig abschalten und entspannen. Oh, danke!".

Nachdem nun die Aufmerksamkeiten ausgepackt waren, brachen beide auf. Ihre Mägen brüllten um die Wette nach Essen. Es war, als wollten sie ein Konzert veranstalten und testen, welcher lauter knurren kann. Paul und Katty entschieden sich für ein italienisches Restaurant. Als sie ankamen, hatten sie freie Platzwahl. Die meisten Leute aßen an diesem Tag im familiären Kreis. Paul und Katty wählten eine ruhige Ecke. Kerzenschein sorgte für eine gemütliche Stimmung. Das Licht war gedämmt und im Hintergrund lief leise Weihnachtsmusik. Beide philosophierten während der Mahlzeit über die

Weihnachtstage der letzten Jahre und wie wichtig ein Zusammensein der Verwandten wirklich sei.

„Ich finde ja, die Familie sollte nicht nur zu den Feiertagen zusammenkommen. Wenn es dann dabei nur um Pflichtgefühl geht, kann man sich diese Heuchelei auch sparen", meinte Katharina.

„Da hast du wohl recht. Ich mag dieses zwanghafte Beisammensein auch nicht. Es ist doch viel schöner, wenn man sich ohne Druck und ohne Anlass einfach so mal trifft", bestätigte Paul.

„Darauf sollten wir anstoßen!", sagte Katty und erhob das mit Rotwein gefüllte Glas. Paul erwiderte die Geste.

Als das Dessert aufgegessen war, hatte Katty Angst, ihr Kleid würde reißen, so satt war sie.

„Langsam könnten wir nach draußen rollen", scherzte sie. Paul ging es nicht anders, sein Bauch war aufgebläht und er fühlte sich träge und unbeweglich. Nachdem die Rechnung beglichen war, beschlossen beide, einen Spaziergang zu machen, um die Verdauung in Schwung zu bringen. Sie hofften, sich anschließend besser zu fühlen.

In diesem Jahr gab es weiße Weihnachten, auch wenn der Schnee nur circa fünf Zentimeter hoch lag.

Eine Allee war von weißen Bäumen geziert. Die Pfade waren freigeräumt und so konnten die beiden gefahrlos die Wege entlanglaufen. Sie schlenderten in Richtung Uni-Gelände. Paul hatte berichtet, dass er kaum jemanden auf der Feier kenne, aber das mache nichts. Die beiden hatten keine Probleme damit, neue Leute kennenzulernen.

Gegen 16 Uhr trafen sie in den Räumlichkeiten, die für die Party vorbereitet waren, ein. Es waren sogar schon Einige da. Ein paar Zimmer im Keller waren für das Fest dekoriert. Lichterketten schmückten die Wände, eine Bar mit drei Barkeepern sollte für Getränke sorgen. An einer Extra-Theke gab es Glühwein und heiße Würstchen im Brötchen. In fast allen Zimmern lief Weihnachtsmusik. Nur der größte Raum wurde als Minidisco umfunktioniert. In der Mitte gab es eine Tanzfläche, über welcher eine große Discokugel hing. Scheinwerfer beleuchteten den Tanzbereich in unterschiedlichen Farben und ein DJ sollte ab 18 Uhr auflegen. In anderen Zimmern gab es verschiedene Sofas, die Gemütlichkeit ausstrahlten. Paul und Katty ließen sich auf einem davon nieder und sprachen miteinander. Es vergingen zwei Stunden und so langsam wurde es voller. Der DJ traf ein und begann im Discoraum Musik aufzulegen. Die Ersten fingen an, zu tanzen.

Katty musste brüllen, damit Paul sie verstand. Sie beugte sich zum ihm herüber und schrie ihm ins Gesicht, dass sie etwas zu trinken holen würde. Paul nickte und lehnte sich zurück.

Am Glühweinstand bestellte Katharina zwei Becher. Doch man sagte ihr, dass der Wein gerade nicht sehr heiß wäre, und bat sie zu warten. Katty wollte die Getränke dennoch und meinte, dass sie sich dann wenigstens nicht die Zunge verbrennen würden. Mit ihren zwei lauwarmen und gutgefüllten Bechern versuchte sie, sich durch die Menschenmenge zu bewegen. Dabei hielt sie die Arme nach oben, um nichts zu verschütten. Sie kam in einer Lücke an und nahm die Hände herunter. Katty schnaufte kurz durch, drehte sich dann um und lief in Richtung Sofa, zu Paul. Doch sie hatte nicht gemerkt, dass ein Mann unmittelbar hinter ihr stand. Sie rannte ihm direkt in die Brust und kippte dabei den Inhalt beider Becher auf sein Hemd.

„Um Gottes willen, das tut mir so leid!" Peinlich berührt stand Katty mit weit aufgerissenen Augen und Mund vor dem Mann, der genervt sein nun rotes Hemd anblickte.

„Gerade eben war es noch weiß!", maulte er.

„Ich habe Taschentücher, ich kann es dir

rausrubbeln", sagte Katty und lief prompt rot an, als ihr bewusst wurde, was sie da gesagt hatte.

„Du rubbelst hier gar nichts, du hast genug angerichtet!", giftete der Mann mürrisch. Er stapfte zur Männertoilette und verschwand darin. Wie ein geprügelter Hund trollte sich Katty zurück zu Paul und ließ sich auf dem Sofa nieder. Als sie berichtet hatte, was passiert war, kam ihr bester Freund nicht mehr aus dem Lachen heraus.

„Da ist Sarah!", stieß Paul plötzlich überrascht hervor und zeigte auf ein Mädchen mitten im Getümmel.

„Na dann, los, geh und sprich sie an!" Katty freute sich für Paul und schubste ihn regelrecht vom Sofa. Er stand auf, zupfte sein Oberteil zurecht und lief nervös zu seiner Angebeteten. Dann sprach er Sarah an. Katty beobachtete, wie deren Gesicht sich zu einem Lächeln verzog und sie Paul erfreut an der Schulter berührte. Nach einer Weile konnte Katty die beiden nicht mehr sehen, sie wurden von der Menschenmenge verschluckt.

Um sich die Zeit zu vertreiben, nahm Katty ihr Handy in die Hand und tippte darauf herum. Erst surfte sie eine Weile im Internet und klickte dann gedankenverloren durch ihr Menü. Schließlich kam sie im Adressbuch an und harrte auf Jakes Namen aus. Ihr Finger schwebte über dem Nachrichten-Knopf, doch dann schaltete sie das Display aus. Sie schüttelte den Kopf und stopfte das Telefon hastig zurück in die Handtasche. Mit einem Seufzer, den keiner hören konnte, lief sie nach draußen. Es war bereits dunkel und auch vor dem Gebäude standen viele Studenten. Katty spazierte eine Runde über das Uni-Gelände und versuchte den Kopf freizubekommen. Als sie zurückkam, beschloss sie, ihren Frust weg zu tanzen. Die Tanzfläche war nun nicht mehr sicher vor ihr. Ein Cocktail hob ihre Stimmung an. Ein zweiter beschwipste sie etwas und nach einem dritten waren alle Gedanken an Jake verschwunden.

Wie aus dem Nichts tauchte Paul etwa eine Stunde später auf und packte Katty am Arm: „Da bist du ja, ich hab dich schon überall gesucht", schrie er ihr ins Ohr. „Lass uns irgendwo hingehen, wo es ruhiger ist, ich muss dir was erzählen." Die beiden schnappten sich ihre Jacken, die sie bei ihrer Ankunft an einer Garderobe abgegeben hatten und gingen nach draußen. Dort setzten sie sich auf eine Bank, abseits der Party.

„Ich habe sie geküsst", schwärmte Paul. „Wir haben uns so gut verstanden und als sie mich ganz zärtlich anlächelte, überkam es mich. Sie war nicht einmal überrascht und hat den Kuss sofort erwidert!"

„Ui, und wie ging es weiter?"

„Leider gar nicht. Sie war mit Freundinnen da und musste zu ihnen zurück."

„Schade, aber das war ja endlich mal ein Anfang. Spätestens im Januar, wenn wieder Vorlesungen stattfinden, seht ihr euch wieder!" Katty strahlte über das ganze Gesicht und freute sich sehr für Paul.

„Aber das war noch nicht alles. Der Typ, dem du den Glühwein übergekippt hast, kam mit mir ins Gespräch."

Katty lief puterrot an, doch Paul sprach weiter. „Er hat nicht gemerkt, dass wir zusammen da sind, und hat sich herrlich über ein Mädel beschwert, dass ihm sein Oberteil versaut hat. Ich konnte mir das Lachen kaum verkneifen. Aber sonst schien er echt nett, wir haben uns so noch ein wenig unterhalten. Er heißt übrigens Christian und ist solo", erzählte Paul mit einem Augenzwinkern.

„Versuch bloß nicht, mich mit dem zu verkuppeln! Der hasst mich sowieso und ist sicher froh, wenn mindestens zehn Kilometer zwischen uns liegen."

Katty und Paul hatten genug für einen Abend erlebt.

Sie beschlossen, nach Hause zu gehen. Auf dem Heimweg redeten sie viel über Christian. Sie versuchten, ihn einzuschätzen, was ihnen jedoch schwerfiel. Katty fand ihn unsympathisch, konnte ihm aber sein Meckern nach ihrer Tollpatschigkeit nicht verübeln. Paul fand ihn recht nett, aber bei der Lautstärke auf der Feier, konnte er sich kaum mit ihm unterhalten.

Auch Sarah war ein wichtiges Gesprächsthema. Katty war überzeugt, dass die zwei bald ein Paar sein würden. Für Paul war es noch immer Wunschdenken.

Mittlerweile standen die Freunde vor Pauls Wohnung. Da keiner der beiden allein sein wollte, übernachtete Katty bei ihm. Sie redeten bis tief in die Nacht hinein und schliefen letztendlich mitten im Gespräch ein. *Was für ein ungewöhnliches, aber tolles Weihnachtsfest*, waren Kattys letzte Gedanken in dieser Nacht.

Am nächsten Morgen trennten sich ihre Wege nach dem Frühstück. Paul wollte die Weihnachtsfeiertage bei seiner Familie verbringen und Katty hatte beschlossen, bei ihrer Mutter vorbeizuschauen.

Herzlicher als sie es gewohnt war, wurde sie empfangen. Ihre Mama, Ingrid, verzichtete auf einen weiteren Weihnachtsbraten. Sie hatte scharfes Hühnchen in exotischer Soße gekocht. Dazu gab es Reis. Dass es Katharinas Lieblingsessen war, wusste sie. Was das für eine gelungene Weihnachtsüberraschung für Katty war. Alle saßen gemeinsam am Esstisch. Selbst ihr Vater, Sandro, war dabei. Auch in seinem Namen lag der italienische Ursprung. Aber nicht nur das, obwohl er, wie seine Eltern, in Deutschland geboren wurde, glich sein Typ eher dem eines Italieners. Sandro war nicht groß, gerade 160 cm maß er. Dunkle, braune Augen zogen jeden in seinen Bann. Sein Haar war schwarz und kurz. Das Solarium war sein guter Freund. Dort ging er regelmäßig hin, so wirkte er immer sonnengebräunt. Sein Alter sah man ihm nicht an. Er wirkte viele Jahre jünger als fünfzig und Frauen fanden ihn unglaublich sexy. Doch sein aufbrausendes Temperament und seine Sturheit führten immer wieder zu Streitigkeiten mit seiner Tochter. Denn obwohl Katty eher zurückhaltender Natur war, hatte sie von der Wesensart ihres Vaters einiges geerbt. Hatten die beiden Meinungsverschiedenheiten, endeten Kleinigkeiten oft in großen Streitereien. Doch heute sollte es anders sein. Beide hatten sich vorgenommen, die Feiertage friedlich zu verbringen, und derzeit gab es auch kein

Streitthema.

Nach dem Essen saß die Familie im Wohnzimmer auf dem Sofa. Neben ihnen stand ein großer, bunt geschmückter Weihnachtsbaum, der das halbe Zimmer einnahm. Darunter lagen zu Kattys Ankunft noch einige Geschenke. Auch Katharina hatte ihre dazugelegt. Mittlerweile hatte jeder seine genommen und sie am Wohnzimmertisch ausgepackt. Die Familie unterhielt sich und Katty öffnete sich ihnen gegenüber sogar. Sie erzählte von Jake, der Beziehung und der Trennung, welche sie so traurig gemacht hatte. Ihr Vater reagierte relativ gefühlskalt und sagte so gut wie gar nichts dazu. Von ihrer Mutter war sie ebenso abweisende Reaktionen gewohnt. Doch diesmal nahm Ingrid sie in den Arm und hatte viele tröstende Worte für sie. Katty blieb bis zum Abend des zweiten Weihnachtsfeiertages bei ihren Eltern. Sie nutzten die Gelegenheit für lange Spaziergänge, einen Filmabend und zum Reden. Selten fühlte sich Katharina bei ihren Eltern so gut aufgehoben. Sie genoss die Zeit, war aber auch froh, am Ende des zweiten Tages wieder in ihr Zuhause zurückkehren zu können. Es gab für Katty kaum etwas Schöneres, als nach einem Ausflug oder einer Reise, wieder in das heimische Bett zu fallen. Dabei spielte es keine Rolle, wie lange sie weg war.

Die Tage zwischen Weihnachten und Silvester verbrachte Katharina entspannt. Sie schaute in der Arbeit vorbei und legte auch zwei Schichten ein. Dafür hatte sie über die Feiertage und den Jahreswechsel frei. Aber im Restaurant herrschte Langeweile, denn die Menschen aßen in diesen Tagen wohl lieber im familiären Kreise. Das Lokal hatte in der letzten Woche des Jahres daher verkürzte Öffnungszeiten, wenig Personal und kaum Arbeit.

Am 31. Dezember klingelte es gegen 19 Uhr an Kattys Tür.

„Paul", murmelte sie. Es war abgesprochen, dass er sie abholte und sie gemeinsam feiern gehen. Katty öffnete die Tür und bat ihn, einzutreten. Sie brauche nur noch fünf Minuten, gab sie ihm zu verstehen.

„Na klar, sagen das nicht alle Frauen und am Ende verpasst man die ganze Party?", rief er Katty hinterher, die soeben im Bad verschwand, um sich zu schminken.

„Nun übertreib mal nicht. Ich brauche höchstens zehn Minuten!"

„Hach, gerade waren es noch fünf!", ertönte es aus dem Flur und Paul zeigte mit dem Finger Richtung Katty, als hätte er sie ertappt. Doch die Badtür war zu und die Geste konnte sie nicht sehen. Fertig geschminkt kam Katharina aus dem Bad und lief in Jogginghose an Paul vorbei.

„Nur noch umziehen", murmelte sie im Vorbeigehen und Paul schüttelte nur lachend den Kopf. Aber Katty hatte nicht zu viel versprochen. Sie schlüpfte in ein elegantes Kleid aus dunklem Lila, legte eine silberne Kette um den Hals und war ausgehbereit. Sie hakte sich bei ihrem Kumpel ein, die zwei verließen das Haus und fuhren mit dem Bus in die Stadt. In einer größeren Bar mit Tanzfläche wurde eine Silvesterparty veranstaltet. Die zwei hatten Karten dafür gekauft. Es gab eine Getränkeflat und ein großes Buffet. Livemusik wurde auch gespielt. Die Eintrittskarten waren nicht günstig, aber Katty und Paul wollten es sich gönnen. Sie begannen den Abend mit einer ordentlichen Mahlzeit und einem fruchtigen Cocktail zum Aufwärmen. Dafür hatten sie einen Tisch an der Fensterfront gewählt.

Die Band hatte Pause und die Musik des Radios lief in einer Lautstärke, bei der man sich noch gut unterhalten konnte. Plötzlich sah Katty am Buffet eine männliche Gestalt, die ihr bekannt vorkam. Da sie mit dem Rücken zu ihr stand, konnte Katharina die Person nicht einordnen.

„Hey Katty, bist du noch anwesend?"

„Was? Ja ... Siehst du den Typen, da beim Buffet? Den kenne ich doch irgendwoher."

Paul schaute genauer hin, er grübelte. Gerade fiel es ihm ein, da wandte sich der junge Mann um. Es war Christian. Katty drehte sich hastig weg, sie wollte nicht entdeckt werden. Doch in diesem Lokal waren so viele Menschen, dass Christian sie in der Menge nicht gesehen oder gar erkannt hatte.

„Er ist weg, du musst dich nicht mehr verstecken."

„Ich glaube, ich gönne mir heute einen Spaß und ärgere ihn ein bisschen", beschloss Katty.

„Ach, willst du ihm diesmal den Cocktail überkippen? So als Abwechslung zum Rotwein?", stichelte Paul.

„Blödmann, der ist mir viel zu schade drum", gab sie frech zurück.

„Wahrscheinlich ist es für ihn Überraschung genug, dass wir uns kennen", meinte Paul.

Die zwei philosophierten noch eine Weile, ob es eine gute Idee wäre, Christian zu necken, doch dann verwarfen sie den Gedanken. Katty konnte dieses Bedürfnis, ihn zu schocken, jedoch nicht so ganz unterdrücken. Ihr spukte durch den Kopf, dass er sowieso ein schlechtes Bild von ihr hatte. *Da kann ich ja auch noch eins draufsetzen!*

Langsam neigte sich das Jahr dem Ende. Es war bereits 23 Uhr und die beiden Freunde waren vom Alkohol angeheitert. Da torkelte plötzlich jemand auf Katharina zu. Sicherheitshalber rückte sie mit dem Stuhl etwas nach hinten. Doch der Mann wurde von einem Fremden angerempelt und stürzte vor Katty auf die Knie. Er verlor den Halt und kippte nach vorn, mit dem Kopf in Kattys Schoß. Sie zuckte zusammen und blickte dem Mann ins Gesicht, der mit Koordinationsschwäche zu kämpfen hatte und hastig versuchte, sich aufzurichten. Es war ihm kaum möglich, sich auf den Beinen zu halten.

Paul hatte das Schauspiel beobachtet und verkniff sich ein lautes Lachen.

„Hallo Christian, bist du auf der Suche nach passenden Flecken zu deinem anderen Hemd? Heute habe ich Cocktail im Angebot", begann Katty spöttisch.

Als er Katty erkannte, lief Christian rot an und rappelte sich peinlich berührt auf. Er stammelte etwas Unverständliches, richtete sich dann vollends auf, strich sein T-Shirt gerade und versuchte aalglatt zu sagen: „Enschulijung, durch den Allohol bin isch ein wenig benommen!"

Katharina konnte sich das Lachen nicht verkneifen. *Was für ein lächerliches Gehabe*, dachte sie sich.

Dann fiel Christians Blick auf Paul und sein Stottern kam zurück: „Du hier ... ihr kennt ... was? ... Jetzt bin ich verwirrt!" Christian kratzte sich ungläubig am Kopf.

„Ja, hi, ähm, Katty kennst du ja. Sie ist meine beste Freundin", klärte Paul auf, der die Situation ebenfalls komisch fand, aber aus männlicher Solidarität nicht lachte. Christian blickte ein paar Mal zwischen den beiden hin und her, schüttelte dann den Kopf und stolperte ohne ein weiteres Wort Richtung Ausgang.

„Vielleicht sollten wir den armen Kerl etwas aufklären?", fragte Paul.

„Wir haben doch schon alles Wichtige gesagt. Aber wenn du meinst, dann geh lieber du, ich glaube, ich habe bei dem jetzt total verspielt."

Paul nickte, stand auf und folgte Christian. Die beiden unterhielten sich draußen, während Katty das Geschehen eine Weile schweigend verfolgte. Natürlich konnte sie nicht verstehen, was gesprochen wurde.

Aber durch das Fenster beobachtete sie die Männer. Nach kurzer Zeit verlor sie das Interesse daran. Sie mochte Christian nicht und es störte sie sogar, dass Paul mit ihm im Gespräch war. Um sich abzulenken, ging sie zum Buffet. Sie stand davor, ohne etwas zu nehmen. Ihr Blick wanderte zur Uhr: „Noch 45 Minuten bis zum Jahreswechsel", brummelte sie vor sich hin. Die Band spielte ihre wildesten Töne, als ein fremder Mann Katty zum Tanzen aufforderte. Da Paul immer noch bei Christian war, folgte sie dem Mann und die beiden hatten ihren Spaß auf der Tanzfläche. Katty kannte nicht mal den Namen ihres Tanzpartners, doch es interessierte sie nicht. Ihre Laune war in den Keller gesunken. Wenige Minuten vor Mitternacht kam Paul wieder in das Lokal. Katty ließ den Mann auf der Tanzfläche einfach stehen und ging zu Paul.

„Sorry, wir haben uns total verquatscht. Chris hatte nicht damit gerechnet, dass wir uns kennen. Er ist aber ein echt cooler Typ. Ihr solltet euch näher kennenlernen."

„Chris? Du nennst ihn jetzt schon Chris? Der Kerl ist doch nur ein eingebildeter Vogel." Katty schmollte.

„Nein, eigentlich ist er das nicht. Aber egal, lass uns lieber nach draußen gehen, der Countdown beginnt

136

gleich", schloss Paul. Beide warfen sich die Jacken über und gingen hinaus. Christian stand noch immer vor der Tür.

„Sag mal, soll man nicht zu Mitternacht jemanden küssen? Das ist doch so Brauch, oder?"

„Katty, mach kein Scheiß! Was hast du jetzt schon wieder vor?" Der Countdown begann, als Katharina ihrem besten Freund den Rücken zuwandte und davon lief.

10 ... 9 ... 8...

Katty ging zu Christian hinüber und ignorierte Paul, der sie zurückrief.

7 ... 6 ... 5 ...

„Was willst du denn?", fragte Christian genervt, als Katty vor ihm stand.

4 ...

Sie blickte ihm grinsend in die Augen.

„Es heißt zum Jahreswechsel ..."

3 ...

„soll man jemanden küssen ..."

2 ...

Christian funkelte sie böse an.

„Das bringt Glück fürs neue Jahr!"

1 .... Lautes Feuerwerk und Trubel begann.

Katty drückte Christian einen dicken Kuss auf den Mund, drehte sich um und ging. Sie freute sich darüber, ihn so überrumpelt zu haben. Ihr einziges Bedürfnis in diesem Moment war es, ihn zu ärgern. Dann blieb sie vor Paul stehen: „Haben wir uns jetzt nahe genug kennengelernt?"

Paul schüttelte nur den Kopf.

„Ich wünsche dir ein frohes, neues Jahr, du Verrückte."

„Ich wünsche dir auch alles Gute für 2008."

Die beiden umarmten sich und genossen dann das Feuerwerk. Christian beachteten sie den Rest des Abends nicht mehr. Sie feierten ausgelassen bis in die frühen Morgenstunden. Gegen vier Uhr morgens fuhren sie mit Bus und Bahn nach Hause. Jeder übernachtete an diesem Abend bei sich. Katharina fiel todmüde ins Bett und verschlief den halben Neujahrstag.

11. Kapitel - Sommer 2008

Das neue Jahr begann sehr ruhig, ohne besondere Vorkommnisse. Katty ging ihrem beruflichen Alltag nach. Ihre depressive Phase war überstanden. Nur selten hatte sie schlechte Tage. An Jake dachte sie kaum noch und auch das Dasein als Single störte sie nicht mehr. Sie ging wieder häufiger mit Freunden aus, feierte Partys und genoss auch gemütliche Abende allein zuhause.

Der Winter hatte sich dem Ende geneigt. Bäume blühten wieder in herrlichen Farben und die Sonne vertrieb die eisigen Tage. So vergingen die Monate und schon bald liefen die Menschen in kurzen Hosen, Kleidern und mit Sonnenbrillen durch die Welt. Der Hochsommer hatte Einzug gehalten.

Es war der erste Freitag im August, als Katty Paul einmal wieder zur Disco überredet hatte. Der Abend war schon einige Tage zuvor verabredet worden, doch Paul musste kurzfristig absagen, da er krank wurde. Katharina war etwas geknickt. Sie hatte sich sehr auf den Tanzabend gefreut und beschloss, allein zu gehen.

In ihrer Stammdisco war heute jedoch nicht viel los und sie verlor recht schnell die Lust. Der Abend war noch jung, als Katty die Disco verließ. Sie lief durch die Stadt und betrat eine Bar. An der Theke setzte sie sich auf einen Hocker und bestellte sich einen Cocktail. Bereits nach dem ersten Schluck trat ein Mann in die Bar. Katty beobachtete ihn aus dem Augenwinkel und erkannte ihn sofort. Er kam zum Tresen, um sich einen Whisky-Cola-Drink zu bestellen.

Christian nahm einen kräftigen Zug. Er schien nicht vorzuhaben, mit seinem Getränk zu einem der Tische zu gehen.

„Hallo Christian", warf Katty in den Raum, ohne ihn dabei anzublicken. Chris drehte sich zu ihr um, erkannte sie aber nicht sofort. Er zögerte kurz und erinnerte sich für eine Sekunde an die ersten Begegnungen. Er seufzte. *Ach, was solls. Ich bin allein unterwegs, schlimmer kann der Abend also kaum werden*, dachte er sich.

„Hallo, was machst du denn hier?"

Katty hob den Kopf und blickte ihm in die Augen: „Eigentlich wollte ich mit Paul einen lustigen Tanzabend verbringen, aber er ist krank geworden. Also bin ich allein losgezogen und hier gelandet."

„Hach, dann geht es dir ähnlich wie mir. Ich wollte mit zwei Kumpels was trinken gehen, wurde aber versetzt. Einer ist ebenfalls krank und der andere

140

hat ein Date klargemacht."

Christian setzte sich hin. Keiner verspürte das Bedürfnis, den anderen zu necken, und auch niemand war von dem jeweiligen Gegenüber genervt.

„Wie geht es Paul sonst so? Ich hab ihn eine ganze Weile nicht gesehen", führte Christian das Gespräch fort.

„Er hat mir schon erzählt, dass ihr euch in den letzten Monaten öfter mal getroffen und gefeiert habt. Wie gesagt, er ist krank, aber sonst alles bestens."

„Mir hat er erzählt, dass du gar keine Nervensäge bist. Angeblich wäre mein erster Eindruck von dir völlig falsch. Hmm ...", er konnte sich diesen Seitenhieb nicht verkneifen. Katty, die eben noch den Strohhalm im Mund hatte und daran zog, lachte nur laut auf.

„Hör nicht auf ihn." Sie lachte weiter.

Die beiden unterhielten sich sehr lange und verstanden sich besser, als es je einer der beiden erwartet hätte. Als der Barmann ihnen erklärte, dass er gern schließen würde, bemerkten beide, dass es bereits ein Uhr war.

„Die Bar schließt viel zu früh", stellte Katty fest.

Christian lud seine spontane Abendbegleitung ein und bezahlte die Rechnung. Die beiden spazierten noch eine Weile durch die Stadt, ehe sie sich verabschiedeten. Diesmal beschlossen sie, sich wiederzusehen. Christian speicherte Katharinas Nummer und versprach, sich zu melden.

In den folgenden Tagen telefonierten Chris und Katty regelmäßig. Die Gespräche wurden immer länger, denn keiner hatte Lust aufzulegen. Die Themen waren meist belanglos. Sie redeten über die Arbeit und den Alltag. Über den jeweils anderen wussten sie nach tagelangem Telefonieren kaum etwas. Katty überlegte, ob es möglich sei, dass trotz dieser Unterhaltungen, Paul über Chris besser informiert wäre, als sie selbst.

„Verkuppel mich bloß nie mit dem", äffte Paul eines nachmittags Katty nach. „Der kann mich eh nicht leiden und ich würde mich nie in den verlieben ..."

„Das habe ich nie gesagt und verliebt bin ich auch nicht", gab sie trotzig zurück. Doch Paul glaubte ihr nicht.

„Ja, ja, rede nur weiter, mich kannst du davon aber nicht mehr überzeugen. Ich gebe euch noch gefühlte fünf Minuten, dann seid ihr ein Paar. Kein Kerl telefoniert so lange freiwillig."

„Jetzt hör aber auf! Nur, weil du nicht gern telefonierst", wies sie ihren besten Freund zurecht.

„Du hast ganz recht, ich muss jetzt mal auflegen", beendete Paul das Telefonat.

„Pah, Männer, was der sich gleich einbildet!", murmelte Katty vor sich hin und schüttelte den Kopf, während sie das Handy wegsteckte. Gerade als es in ihrer Hosentasche Platz fand, klingelte es. *Oh, was will er denn jetzt noch*, dachte Katty und war überzeugt, gleich Pauls Gesicht auf dem Display zu sehen. Doch es war Chris, der anrief.

Zwar telefonierten Chris und Katty häufig, aber zu einem Wiedersehen kam es nicht. Obwohl beide sich darüber gefreut hätten, traute sich keiner, ein Date oder ein Treffen anzusprechen. Paul hatte bemerkt, dass die beiden sich interessant fanden. Er kannte Chris nicht besonders gut, hatte aber eine Idee.

„Lass uns zusammen feiern gehen. Die Clique ist auch dabei. Endlich mal wieder alle gemeinsam", hatte Paul eines abends gesagt. Bei einem Freund, den Katty nicht kenne, sollte die Party stattfinden. Sie hatte zugestimmt und nicht weiter gefragt. Paul hatte Katty die Adresse gegeben. Sie würden sich dort treffen, da er noch etwas zu tun habe, meinte er. Als Katty vor besagtem Haus stand hörte sie bereits laute Musik. Sie schrieb Paul eine SMS, denn einen Namen, bei dem sie läuten sollte, hatte sie nicht. Zwar gab es nur eine Klingel, aber sie wartete dennoch auf Antwort.

Kurz darauf erschien Paul vor der Tür.

„Komm rein!"

„Hi!" Katty umarmte Paul. „Wie heißt denn nun der ominöse Gastgeber?"

„Das wirst du gleich sehen."

Paul legte seine Hand auf Kattys Rücken und schob sie regelrecht vor sich her. Der Hausbesitzer hatte einen großen Garten, in dem die Feier stattfand. Überall hingen bunte Lampions und Lichterketten. Eine Bar zum Selbstmixen war aufgebaut und die Musikanlage spielte laute Rockmusik. Selbst einen beleuchteten Pool gab es hier. Michael, Kristin und Jason waren auch schon da. Sie begrüßten Katty, doch bevor sie ins Schwatzen gerieten, schob Paul seine beste Freundin direkt weiter. Ein Mädchen mit endlos langem, welligem Haar stand ihr mit dem Rücken zugewandt unter einem Pavillon. Paul tippte ihr auf die Schulter und sie drehte sich um.

„Katty, das ist Sarah, meine Freundin."

Katty strahlte über das ganze Gesicht. Sie hätte Sarah am liebsten sofort umarmt, so sehr freute sie sich, dass die beiden endlich ein Paar waren.

„Freut mich, dich endlich kennenzulernen. Ich habe so viel von dir gehört - nur Gutes versteht sich!" So aufgeregt war Katty selten. Sarah antwortete und die beiden verstanden sich auf Anhieb. Allerdings war Pauls Freundin eher der ruhigere Typ. So kam es, dass Katty wie ein Wasserfall plapperte und Sarah nur wenig beisteuerte. Aber das machte keiner der Frauen etwas aus.

Plötzlich tauchte Paul mit einem selbstgemixten Cocktail auf und drückte diesen Katty in die Hand: „Du hast ja noch gar keinen Drink. Nimm, trink!"

„Was bist du denn so herrisch?", wollte Katty wissen.

„Und wieso bringst du deiner Freundin nichts mit?", fragte Sarah gespielt eifersüchtig.

„Glaub mir, Schatz, sie braucht ihn mehr."

Katty schaute Paul fragend an und verstand kein Wort.

„Ihr müsst mir erzählen, wie und wann ihr eigentlich zusammen gekommen seid", stellte sie neugierig fest.

„Später, jetzt möchte ich dir gern den Gastgeber vorstellen. Er wird dir gefallen."

„Du spinnst doch, lass deine Verkupplungsversuche!"

Paul antwortete nicht mehr. Er zog Katty am Arm von Sarah weg.

„Wo willst du denn hin?"

„Siehst du gleich, wir gehen kurz ins Haus."

Paul dirigierte Katty zu einer Schiebetür aus Glas. Sie führte in einen kleinen Raum, dessen Zimmertür geschlossen war. Eine große Schrankwand befand sich rechts. Mittig stand ein kleiner Esstisch mit vier Stühlen. Alles wirkte sehr rustikal und alt. Braune Holzwände ließen das Zimmer dunkel wirken. Auch das gedämmte Licht machte es nicht besser. Am offenen Schrank stand ein Mann. Er schien zu überlegen, welche Gläser er mit rausnehmen sollte und hatte die Anwesenheit von Paul und Katty nicht bemerkt. Paul schob seine beste Freundin durch die Tür und flüsterte: „Das ist der Gastgeber."

Sein Grinsen verunsicherte Katty. Sie konnte den Mann kaum erkennen. Doch dann schob Paul die Tür zu und das schleifende Geräusch dabei erweckte die Aufmerksamkeit des Unbekannten. Er drehte sich um, als Katty gerade ansetzte:

„Hallo, ich bin ...

... Chris??? Was machst du denn hier?"

„Na, das wollte ich dich auch gerade fragen. Ich wohne hier."

„Und ich bin hier auf eine Feier eingeladen."

„Oh, dann bist du wohl die mysteriöse Unbekannte, um die Paul so ein Geheimnis gemacht hat." Chris begann zu lachen.

„Dieser Kerl! Mir erzählt er was von einem Gastgeber, den ich nicht kenne und dessen Namen er nicht verraten will. Mir hätte gleich ein Licht aufgehen müssen!" Katty war etwas genervt und hatte den Verkupplungsversuch zu spät durchschaut. Auch Chris musste nicht lange darüber nachdenken, um Pauls Hintergedanken zu erraten.

„Ich finde es schön, dass du da bist", sagte er und ging auf Katty zu. Zum ersten Mal nahm sie ihn richtig wahr. Wieder trug er ein weißes Hemd, dazu eine lässige Jeans. Er war groß, bestimmt 180 cm, und hatte leuchtend grüne Augen. Sein muskulöser Oberkörper strahlte Stärke und Selbstsicherheit aus. Die markanten Gesichtszüge ließen ihn sehr erwachsen wirken. Katty lächelte ihn an und vergaß den Ärger über Paul.

Chris nahm sie in den Arm und für ein paar Sekunden schmiegte sie ihren Kopf an seine Brust. Dann verließen beide das Zimmer und gingen zu den anderen. Die Gläser hatte Christian vergessen.

Als sie nach draußen kamen und Paul sie erblickte, versteckte er sich direkt hinter seiner neuen Freundin. Katty funkelte ihn böse an, sagte aber nichts dazu. Chris hatte die anderen Freunde durch Paul bereits kennengelernt und somit war nur Sarah neu in der Gruppe. Alle waren neugierig auf das Mädchen, welches Paul schon seit Monaten nicht mehr aus dem Kopf bekam. In gemütlicher Runde saßen alle am Tisch. Jeder hatte sich ein Getränk gemixt oder mischen lassen, nur Katty saß mit ihrer Cola ganz ohne Alkohol da.

„Warum trinkst du eigentlich nichts?", wollte Jason wissen.

„Ach, ich komme lieber nüchtern nach Hause, sonst verlaufe ich mich noch. Und das meine ich ernst, so was ist typisch für mich!"

„Na, wie wäre es denn, wenn du hier übernachtest!?", platze es aus Paul heraus, der auf so eine Vorlage gewartet hatte. Wieder warf sie ihm einen tödlichen Blick zu.

Paul war bemüht, es nicht so auffällig aussehen zu

lassen, und fügte hinzu: „Sarah und ich schlafen auch hier."

Sarah enthielt sich, aber Chris meldete sich zu Wort: „Ja, er hat mich vorhin schon gefragt und ich habe auch noch ein weiteres, freies Zimmer, mehrere sogar. Du kannst ruhig was trinken und dich hier ausschlafen."

Katty grübelte kurz über das Angebot nach, schaute zur errichteten Bar und bekam einen wässrigen Mund bei dem Gedanken an fruchtige Longdrinks. Mit einem kurzen „Okay" stimmte sie schließlich zu, stand auf und verschwand an der Bar. Frische Erdbeeren und auch alle anderen Zutaten für einen Daiquiri standen bereit. Kurz darauf kehrte sie mit einem gut gefüllten Plastikbecher zur Gruppe zurück.

„Der Cocktail schmeckt echt gut. Traumhaft wäre jetzt noch das passende Glas dazu", bemerkte sie.

„Verdammt! Ich wusste doch, ich habe vorhin im Haus was vergessen", fluchte Chris überraschend.

Paul musste sich zusammenreißen, um ein lautes und herzhaftes Lachen zu unterdrücken. *Na, wenn er schon die Gläser vergisst, weil sie auftaucht, habe ich ja alles richtig gemacht*, dachte er.

Chris verschwand im Haus. Irgendwann schlug Michael ein Trinkspiel vor und alle waren einverstanden. Jeder musste der Reihe nach würfeln. Die Augenzahl, welche dabei herauskam, war die Anzahl der Schlucke, die verteilt werden mussten. Jeder hatte ein alkoholisches Getränk in der Hand. Michael würfelte und begann direkt mit einer Sechs. Er ließ Paul und Katty je zwei Schluck trinken. Chris und Jason bekamen einen ab. Anschließend würfelte Kristin eine Drei. Diese verteilte sie unter Sarah, Michael und Katharina. So ging es weiter. Die Runde wurde immer lustiger. Es wurde bereits laut gesungen und die Augenzahl war für die Anwesenden kaum noch zu erkennen. Innerhalb einer Stunde konnte keiner mehr an diesem Spiel teilnehmen. Alle lachten viel, Kristin und Sarah lagen bereits auf der Wiese. Sie vertrugen nicht so viel Alkohol und konnten kaum mehr allein aufstehen. Jason wollte den Frauen aufhelfen. Er reichte Kristin die Hand, wobei er sie nur an den langen, blonden Haaren erkannte. Ihr Gesicht verschwamm vor seinen Augen. Doch beim Aufstehversuch verlor Jason den Halt und landete ebenfalls unsanft auf dem Boden. Die Drei lachten unaufhörlich und mussten sich dabei ihre Bäuche halten. Sie blieben einfach liegen.

Michael hatte das Schauspiel beobachtet und klatschte laut in die Hände: „Jungs und Mädels, der Abend war lang, wir sollten aufbrechen, ehe wir nach Hause kriechen müssen!"

Allgemeine Zustimmung folgte. Paul schlich mit Unschuldsmiene zu Katty und Chris, die gerade quatschend beim Grill standen.

„Chris, wir werden wohl doch heimgehen, Sarah möchte in ihr Bett."

Katty seufzte genervt und schüttelte den Kopf. Gerade als Christian zur Antwort ansetzte, platze es aus ihr heraus: „Sag mal, denkst du ernsthaft, das fällt nicht auf? Renn doch gleich mit einem Schild an der Stirn herum, auf dem steht ‚Ich verkuppel jetzt Chris und Katty!' Das wäre genauso unauffällig." Sie war versucht, ihm sein Getränk ins Gesicht zu schütten, unterließ es aber. Nur selten war sie wirklich sauer auf Paul, aber Verkupplungen hasste sie, egal mit wem. Ihrer Meinung nach schafften das die Menschen auch allein. Sie stapfte an die Bar und bereitete sich einen neuen Cocktail zu. Eine leere Flasche knallte sie so auf den Tisch, dass diese umfiel und vom Tisch rollte. Sie landete im Gras ohne dabei zu zerbrechen. Kattys Augen folgten der Flasche, doch sie schnaubte nur verächtlich und winkte ab. Nachdem sie ihren Drink gegriffen hatte, verließ sie die Bar. Dabei schwappte etwas Flüssigkeit aus dem Becher. Den letzten Longdrink hatte sie vor lauter Wut in einem Zug heruntergekippt. Katharina vertrug Alkohol sehr gut. Obwohl sie bei dem Trinkspiel einiges abbekommen hatte, konnte sie noch gerade stehen. Aber sie spürte die Promillezahl in ihrem Körper. Nüchtern hätte sie sich Paul gegenüber anders geäußert.

Christian stand nun neben ihr.

„Er schiebt seine Freundin als Ausrede vor", begann er.

„Ich weiß. Sorry, das ist echt peinlich. Paul weiß, dass mich so etwas nervt. Als würde ich ohne seine Hilfe ewig allein bleiben. Ich mag mein Single-Dasein!"

„Schade", witzelte Chris. „Aber mal im Ernst, lass ihn denken, was er will. Das ist doch nicht wichtig. Wir können selbst entscheiden, was wir tun. Du kannst dir zum Schlafen ein Zimmer aussuchen und morgen auch als Single wieder das Haus verlassen." Er zwinkerte ihr zu. Chris hatte ein Talent, Katty zu beruhigen. Sie lächelte wieder und ihre Wut flaute ab. Große Lust sich von Paul zu verabschieden hatte sie jedoch nicht.

Nachdem auch die letzten Gäste aufgebrochen waren,

legten sich Chris und Katty mit weiteren Cocktails in zwei Liegestühle, die im Garten standen. Es war eine milde Nacht und die beiden konnten den Sternenhimmel sehen. Sie unterhielten sich und als Katty zu Chris hinüber blickte, verspürte sie den Drang, sich an ihn zu kuscheln. Sie widerstand und trank weiter.

„Willll schschlllllafn", lallte Katty und stand auf. Sie torkelte Richtung Haus. Christian war ebenfalls sichtlich betrunken, aber etwas klarer im Kopf. Er wankte an ihr vorbei und geleitete sie ins Gebäude. Im ersten und zweiten Obergeschoss gab es je zwei Gästezimmer.

„Grrrossses Aus!" Katty lehnte sich an Chris, als er sie im mittleren Geschoss fragte, welches Zimmer sie wünsche. Sie blickte ihn mit gläsernen Augen an.

„Wwo issn dein Schimmer?"

„Dafür müssen wir nach oben."

Katty wunderte sich, wie Chris noch so klar sprechen konnte, und folgte ihm nach oben. Er zeigte ihr seine Räumlichkeiten und brachte sie in den Raum nebenan.

Christian lag bereits im Bett und Katty wälzte sich im Nebenzimmer herum. Vor ihrem inneren Auge sah sie immer wieder nur Chris. Daher schwanke sie schließlich aus ihrer Schlafstätte und schleppte sich in sein Zimmer. Schlaftrunken erreichte sie sein Bett und kuschelte sich einfach zu ihm. Er öffnete überrascht die Augen und nahm sie in den Arm. Geschlafen hatte er noch nicht. Katty hob den Kopf und ihre Lippen näherten sich den seinen. Aus dem Nichts heraus küsste sie ihn. Er erwiderte dies, ohne zu zögern.

Plötzlich sank Kattys Kopf auf Christians Brust und sie schlief ein. Chris lag dagegen mit aufgerissenen Augen da und versuchte, sich darüber klar zu werden, was gerade geschehen war. Bei dieser Berührung war ihm ganz schön heiß geworden. Sein Verstand hatte in dem Moment ausgesetzt, als Katty in sein Bett kroch. Die Gedanken waren wie von einem Tornado durcheinandergewirbelt. Während er versuchte, diese zu ordnen, schlief er ein.

12. Kapitel - August 2008

Eine Woche war vergangen, als Katty bei Chris geschlafen hatte - seitdem war Funkstille. Sie hatte sich am nächsten Morgen aus dem Haus geschlichen, bevor Chris erwachte. Auf dem Heimweg dachte sie die ganze Zeit über die letzte Nacht nach. Sie konnte sich nicht an alles erinnern:

Wie bin ich eigentlich in seinem Bett gelandet? Hmm, nüchtern hätte ich sicher nicht den Mut gefunden, ihn zu küssen. Aber wenn ich keinen Alkohol getrunken hätte, wäre dann überhaupt ein Kuss zustande gekommen? Habe ich das wirklich gewollt?

Sie wusste nicht einmal, ob Chris eine Freundin hatte.

Was, wenn ja? Warum hat er sich dann auf den Kuss eingelassen? Waren wir so betrunken? Aber noch viel schlimmer, was ist, wenn er keine Freundin hat? Was bedeutet das nun? Sind wir dann ein Paar!? Wohl eher nicht, immerhin hat er sich gar nicht gemeldet ... und ich mich auch nicht ...

Solche Gedanken verfolgten sie nun seit einer Woche, Antworten auf ihre Fragen fand sie nicht. Paul drängte sie, ihn doch einfach anzurufen. Scheinbar sei Chris genauso unsicher wie sie. Vielleicht stelle er sich sogar die gleichen Fragen wie sie, meinte Kattys bester Freund. Aber Katty war sich selbst nicht sicher, was sie wirklich wollte. Somit war sie auch nicht bereit, zu hören, was Chris dachte.

Es verging eine weitere Woche, als es am Samstagvormittag plötzlich an Kattys Tür klingelte. Besuch hatte sie gar nicht erwartet. Katharina trug noch ihren Schlafanzug, sie war verschlafen und ihr Haar verwuschelt. Über die Gegensprechanlage fragte sie: „Wer ist denn da? Ich schlafe doch noch."

„Ich bin's, Chris."

Plötzlich war Katty hellwach. Sie drückte den Summer und hörte, wie sich die Tür öffnete. Ganz durcheinander drehte sie sich dreimal im Kreis und überlegte, ob sie sich erst kämmen, umziehen oder sich das Gesicht waschen sollte. Noch bevor sie eine Entscheidung treffen konnte, stand Chris vor der Tür. Katty versuchte ergebnislos ihr Haar mit den Händen zu ordnen und öffnete dann.

Chris taxierte sie und trat dann ein. Ein Lächeln breitete sich langsam auf seinem Gesicht aus.

„Hab ich dich etwa geweckt? Es ist elf Uhr."

„Ab und zu darf ich am Wochenende mal

ausschlafen. Ich bin erst vor zehn Minuten aus dem Bett gekrochen."

Wieder musterte er sie komplett: „Schicker Schlafanzug."

Katty war peinlich berührt und sie versuchte, ihren rosa Pyjama hinter ihren Armen zu verstecken, doch es war unmöglich. Ein großes Katzengesicht leuchtete auf Brusthöhe. Chris schaute nach unten und sah knallig pinke Puschelhausschuhe, die Kattys Füße zierten. Noch bevor er etwas sagen konnte, konterte Katty:

„Lass mich! Ich habe gar nicht mit Besuch gerechnet."

Chris grinste nur.

„Wie wäre es, wenn du dich einfach mal umdrehst oder in die Küche verschwindest, damit ich mich umziehen kann!?"

„Ach, nein, ich finde es recht amüsant." Da kam seine neckende Art wieder zum Vorschein.

Katharina funkelte ihn böse an und drehte sich dann um.

„Schön!", sagte sie mit genervtem Unterton und stapfte ins Schlafzimmer. Sie schnappte sich frische

Klamotten und verschwand eine Weile im Bad. Als sie gewaschen, gekämmt und umgezogen zurückkam, stand Chris immer noch an der gleichen Stelle. Sein Lächeln war verschwunden.

„Willst du einen Kaffee?", fragte Katty.

„Ja, gern."

„Dann komm mit in die Küche und erzähl mir doch mal, warum du eigentlich hier bist!"

Er folgte ihr und jeder setzte sich kurz darauf mit einer Kaffeetasse an den Esstisch.

Chris wirkte jetzt sehr ernst, und begann zu reden.

„Seit zwei Wochen rätsel ich über die Nacht herum, die du bei mir verbracht hast. Und seit zwei Wochen finde ich keine Antworten. Also dachte ich mir, vielleicht finden wir gemeinsam welche!? Ich habe Paul angerufen und er gab mir deine Adresse."

„Hmm ..."

„Hmm? Mehr fällt dir dazu nicht ein?", fragte Chris verwundert.

Katty hatte nicht vor, sich kurz nach dem Aufwachen mit diesem Thema zu beschäftigen. Gerade als sie beschlossen hatte, sich nicht weiter dazu zu äußern, sprudelte es aus ihr heraus.

„Na ja, ich hab auch viel darüber nachgedacht. Vor allem darüber, ob du eine Freundin hast. Und, wenn ja, warum küssten wir uns dann? Und, wenn nein, ja, was dann? Und was überhaupt?"

Chris lächelte wieder: „Immerhin bin ich nicht der Einzige, der sich den Kopf zerbricht. Also, ich habe keine Freundin. Sonst hätte ich dich nicht so nah an mich herangelassen, dass du mich überhaupt küssen konntest."

Nun lächelte auch Katty. Verlegen drehte sie die Tasse zwischen ihren Händen und blickte in die schwarze Brühe.

„Ich habe auch keinen Freund.", murmelte sie fast unverständlich in ihren Kaffee.

„Noch nicht", stellte Chris trocken fest. Jetzt blickte Katty auf. Sie sah ihm in die Augen und er erwiderte den Blick. Chris beugte sich zu ihr herüber und wollte sie küssen. Doch im letzten Moment stand Katharina auf und lief ins Wohnzimmer. Verwirrt ging Chris ihr nach. Sie war am Fenster und stierte in die Ferne.

„Warum läufst du weg?"

„Hmm ..." Sie wusste es selbst nicht. Chris war

genervt, aber er wollte nicht aufgeben. Er spürte doch, dass zwischen ihnen etwas war. Zögerlich machte er einen Schritt auf sie zu und trat dann doch wieder zurück. Völlig verunsichert ging er zur Tür und verließ die Wohnung.

Katty schaute weiter aus dem Fenster. Sie war erleichtert, nun allein zu sein. Diese Situation hatte sie überfordert. Plötzlich stellte sie fest, dass Chris vor dem Haus an die Wand gelehnt stand. Sie drückte ihre Nase gegen die Scheibe, um ihn besser sehen zu können. Ein Lächeln huschte über ihr Gesicht. Regungslos blieb sie stehen und beobachtete, was er tat. Doch eigentlich machte er gar nichts. Christian stand genauso bewegungslos da, wie sie oben am Fenster.

Der Sekundenzeiger hatte die Uhr etwa zehn mal umrundet, als Katty ihr Gesicht von der Fensterscheibe löste, in den Flur spurtete und sich eine dünne Jacke überwarf. Sie verließ die Wohnung und ging nach unten zu Chris.

„Du bist ja immer noch hier", stellte sie fest.

„Sieht so aus." Christ lehnte den Kopf an die Hauswand und schaute nach oben. „Du ja auch."

„Na ich wohne doch hier."

„Stimmt, hast du noch was zu sagen?"

Katty runzelte die Stirn. „Bist du sauer?"

Chris schüttelte kaum merklich den Kopf. Sein Blick wanderte von rechts nach links, doch er brachte es nicht fertig, Katharina anzuschauen.

„Okay gut, also ich laufe jetzt nicht mehr weg!" Katty beobachtete jede Reaktion von Chris genau. Selbstsicher stand sie da, die Hände in den Hosentaschen.

Nun senkte Chris den Kopf und schaffte es endlich, sie anzusehen. „Was?"

„Also ich zeige dir einfach, was ich meine."

Sie nahm die Hände aus den Taschen, trat einen Schritt näher an Chris heran und berührte sanft seine Wangen. Dann küsste sie ihn mit einer Zärtlichkeit, die ihn aus seiner Gedankenwelt riss. Als sie Chris wieder freigab und ein Stück zurücktreten wollte, zog er sie in eine enge Umarmung. Katty spürte eine unglaubliche Wärme. Das Gefühl von Geborgenheit breitete sich in ihr aus und sie lächelte zufrieden, während ihr Kopf auf seiner Brust ruhte.

13. Kapitel - Sommer 2011

Knapp drei Jahre waren seit diesem Tag vergangen. Katty und Chris waren ein glückliches Paar. Aber Christian hatte gelegentlich das Gefühl, Katty wäre unnahbar und würde sich gewisse Wege zurück nicht versperren wollen. Erklären konnte er das nicht. Wenn er sie darauf ansprach, wehrte Katharina diese Gedanken ab und meinte, er wäre paranoid.

Chris liebte sie sehr, ein Leben ohne sie, konnte er sich schon bald nicht mehr vorstellen. Nach etwa zwei Beziehungsjahren schlug er ihr vor, zusammenzuziehen. Katty hatte um Bedenkzeit gebeten und schließlich abgelehnt. Sie sagte, sie fühle sich heimisch in ihrer Wohnung und man würde heraufbeschwören, dass etwas schiefginge, wenn man zusammenziehe. So würde keiner einen Rückzugsort haben. Befriedigend fand ihr Freund diese Erklärung nicht. Zumindest war es in seinen Augen lediglich ein Vorwand. Das hatte er aber nicht erwähnt, denn bedrängen wollte er sie auch nicht. Lange hatte er über einen möglichen, weiteren Grund nachgedacht, aber ihm wollte keiner einfallen. Er verkniff es sich daher auch, Themen wie Kinder oder Hochzeit anzusprechen. Dabei war er ein Mann, dem diese Dinge sehr am Herzen lagen.

Andererseits hatten die beiden ein sehr ausgefülltes Leben. Jeder ging seinem Job nach, sie trafen sich mehrfach die Woche und gingen ab und zu mit Freunden feiern. Chris hatte sich in die Clique sehr gut integriert. Auch die Zweisamkeit kam nicht zu kurz. Oft führte er sie aus und die Zwei genossen romantische Rendezvous genauso, wie abenteuerliche Reisen. Dreimal waren sie gemeinsam weggefahren.

Einmal ging es in ein Skigebiet und Katty stellte sich auf der Piste gar nicht so dumm an. Immerhin hatte sie noch nie irgendwelche Wintersportarten ausprobiert. Sonne, Strand und Meer war das, was sie eigentlich begeisterte. Daher zog es die beiden in den Süden. Sie verbrachten ihren zweiten und dritten Urlaub auf den Kanarischen Inseln. Tauchen auf Teneriffa war ein unvergessliches Erlebnis. Lange Strandspaziergänge bei Sonnenuntergang rundeten die Tage ab. Arm in Arm streiften sie eines Abends am Wasser entlang, während die Wellen ihre Füße umspülten. Chris drehte sich zu Katty um und küsste sie leidenschaftlich im Mondschein. Diesen Moment auf Teneriffa haben beide als Höhepunkt ihrer Beziehung in Erinnerung, denn er untermalte ihre nahezu perfekte, gemeinsame Zeit. Aber ihr glückliches Beisammensein erlitt anschließend keinen Abbruch, nur solche romantischen Augenblicke erlebten sie nicht täglich.

Es war der 30. Juni 2011, als Katty und Chris durch die Stadt trödelten. Beide hatten einen freien Nachmittag und wollten die Zeit für eine Shoppingtour nutzen. Die Sonne erstrahlte am Himmel, kein Wölkchen war zu sehen. Das Wetter sorgte für heitere Stimmung unter den Menschen und die Fußgängerzone in Kirrlich war voll. Die Eisdielen waren überlaufen und Katty bekam richtig Heißhunger.

„Holst du uns zwei Kugeln?", fragte sie Chris.

„Klar, das mache ich gern für dich, mein Schatz. Warte kurz hier, ich bin gleich zurück."

Sie ging etwas auf die Seite, um nicht im Weg zu stehen, und kramte ihr Handy aus der Hosentasche. Während sie auf Chris wartete, wollte sie nachsehen, ob sie neue Nachrichten bekommen hatte. In ihr Telefon vertieft, wurde sie plötzlich von hinten angerempelt.

„Pass doch auf!", schnauzte sie, ohne sich umzudrehen.

„Tschuldigung, keine Absicht!"

Kattys Augen weiteten sich, sie richtete ihren Körper kerzengerade auf und blitzschnell drehte sie sich um.

Diese Stimme kannte sie und sie hoffte, sich verhört zu haben. Doch da stand er vor ihr.

Der Mann hatte seine linke Hand in der Tasche seiner Jeans und hielt in der Rechten ebenfalls ein Smartphone. Sein braunes Wuschelhaar fiel ihm ins Gesicht und sein kurzer Bart umspielte seine sinnlichen Lippen. Es war Jake.

Erst als Katty sich umdrehte, erkannte ihr Exfreund, wen er da unabsichtlich angerempelt hatte. Jedes weitere Wort blieb ihm im Hals stecken. Er konnte sie nur anstarren, dabei ließ er sein Handy in die Hosentasche gleiten. Auch Katharina blieb stumm. Ihr Bauch war schlagartig von tausenden Schmetterlingen bewohnt, die eine wilde Party zu feiern schienen.

„Hi ...", brachte sie gerade so hervor.

„Hi", sagte auch Jake, der sich am Kopf kratzte und überhaupt nicht mehr so selbstbewusst wirkte, wie Katty es von ihm in Erinnerung hatte.

„Ich wusste gar nicht, dass du noch in der Stadt wohnst", meinte sie und verschränkte die Arme.

„Wieder ... Ich habe die letzten drei Jahre im Ausland studiert und in anderen Städten Praktika gemacht. Seit diesem Semester bin ich wieder hier", erzählte Jake, der unruhig mit den Füßen scharrte und nicht wusste, wohin mit seinen Händen.

„Schatz, ich habe das Eis." Chris war wieder da und gab ihr eine Waffel mit einer Schokokugel. Dann blickte er zu Jake. Er spürte die angespannte Stimmung.

„Alles in Ordnung hier?"

„Ähm, ja, natürlich ... Chris, das ist Jake. Jake, das ist Chris, mein Freund." Die letzten beiden Worte betonte sie besonders.

Jakes Selbstbewusstsein war wieder da. Er reichte Chris die Hand und dieser nahm sie.

„Hi, schön dich kennenzulernen", sagte Katharinas Exfreund.

„Lass doch die Förmlichkeiten." Katty wirkte gereizt. „Wir müssen jetzt auch gehen, mach´s gut Jake."

Sie hakte sich bei Chris ein und zerrte ihn regelrecht herum. Dann lief sie los und freute sich endlich über ihr Eis.

Die Shoppingtour endete erfolglos. Katharina war nach dem Zusammentreffen ziemlich ruhig geworden. Als sie bei Chris zu Hause ankamen, fragte dieser nach.

„Alles in Ordnung mit dir? Du bist so komisch, seit du diesen Jake getroffen hast."

„Ach was, alles gut, ich denke nur viel über die Arbeit nach", wich sie ihm aus.

„So, so und wer ist dieser Jake eigentlich?", wollte Chris wissen.

Katty brauchte ein paar Sekunden, bevor sie antwortete:

„Ach, wir waren nur mal kurz zusammen. Hab ihn Jahre nicht gesehen. Kaum erwähnenswert." Sie winkte ab und schaute zu Boden.

„Kaum erwähnenswert?", wiederholte Chris ihre Worte.

„Du hast diesen Mann nie erwähnt, obwohl er dein Ex ist. Ich finde das schon erwähnenswert!" Er war aufgebracht.

„Hey, beruhige dich! Ich will einfach nicht über ihn reden. Können wir das Thema jetzt abschließen? Wir haben uns ja nur zufällig gesehen und das wiederholt sich hoffentlich nicht", sagte Katty, die es weiterhin nicht schaffte, Chris in die Augen zu sehen. Daher lief sie in die Küche und blickte suchend in den Kühlschrank. Chris folgte ihr.

„Also entweder hat er dich tierisch verletzt oder du hast noch Gefühle für ihn. In meinen Augen gibt es keinen anderen Grund, warum es schlimm sein sollte, über frühere Beziehungen zu reden", stellte er trocken fest.

Katty knallte die Kühlschranktür zu und wandte sich zu ihrem Freund. Mit in Falten gelegter Stirn sagte sie etwas lauter:

„So ein Quatsch! Ich möchte auch nichts über deine Exfreundinnen wissen, weil ich mir einfach nicht vorstellen will, wie du und eine andere ..." Sie machte kreisende Handbewegungen und schüttelte den Gedanken ab. „Und wenn du mich entschuldigst, ich gehe mir jetzt Zähne putzen und dann ins Bett."

Während sie es ankündigte, verschwand sie bereits im Bad.

„Wir haben noch nicht mal zu Abend gegessen", rief Chris ihr nach, doch die Antwort blieb sie ihm schuldig. Aber so einfach würde er das Thema nicht auf sich beruhen lassen. Katty versperrte jetzt jedoch nicht nur die Badezimmertür, sondern auch sich selbst. Daher ließ Chris die Angelegenheit für den Moment ruhen und setzte sich vor den Fernseher.

Während Katty wie verrückt ihre Zähne schrubbte und dabei ihr Spiegelbild böse anfunkelte, ertönte ihr

Handy - eine eingehende Nachricht. Sie spuckte aus und blickte auf das Display. Jake hatte geschrieben. Die Zahnbürste in der Hand und den Mund noch nicht ausgespült, tippte sie die SMS an.

„Hey Katty, die Begegnung mit dir hat mich völlig durcheinandergebracht. Können wir uns sehen?"

Sie hielt inne, dann schnaubte sie verächtlich, spülte sich den Mund aus und beschloss, die Nachricht unbeantwortet zu lassen. Ohne ein weiteres Wort zu Chris legte sie sich ins Bett. Schlafen konnte sie nicht, sie war nicht einmal müde.

Etwa zwei Stunden später kam auch Chris ins Bett. Seine Freundin lag noch immer wach da und dachte nach. Als sie die Nähe ihres Partners spürte, drehte sie sich zu ihm und kuschelte sich an seinen Oberkörper. Sie begann, ihn zu streicheln, doch Chris packte ihre Hand so, dass keine Bewegung mehr möglich war.

„Denkst du, du kannst mit Sex das letzte Gespräch überspielen?"

Katty schmollte: „Ich dachte eigentlich eher, du hast

vielleicht Lust ..."

Doch Chris unterbrach sie: „Vergiss es!"

Katty hielt inne und bewegte sich nicht.

„Erzähle mir lieber, warum dich Jake so durcheinanderbringt. Darauf habe ich Lust!"

Brummend wandte Katty ihm den Rücken zu. Sie hatte kein Interesse, die Unterhaltung wiederholt zu führen.

„Dann eben nicht."

Chris klang eingeschnappt und drehte ihr ebenfalls den Rücken zu. Da nahm Katty ihr Handy, welches sie zuvor auf den Nachttisch gelegt hatte und las die Nachricht von Jake erneut. Sie tippte nun doch eine Antwort.

„Ich muss arbeiten."

Am nächsten Tag musste Katty tatsächlich im Restaurant erscheinen. Sie liebte ihren Job. Es war jene Arbeitsstelle, bei der sie es bisher am längsten aushielt. Mittlerweile war sie zur Store-Managerin aufgestiegen. Obwohl sie auch weiterhin im Service

170

arbeitete, hatte sie ihr eigenes, kleines Büro im Gebäude. Genau in diesem saß sie gerade und aß ihr Mittag. Da klopfte es.

„Ist es wichtig? Ich habe Pause!", fragte sie, nachdem sie hastig hinuntergeschluckt hatte. Beim Essen gestört zu werden, mochte sie gar nicht. Daher versuchte sie so, den Störenfried bereits vor dem Eintreten abzuwimmeln. Doch die Tür öffnete sich und Jake trat ein. Katty hatte gerade hintergeschluckt, sonst wäre ihr der Bissen unterwegs steckengeblieben.

„Was machst du denn hier?", fragte sie erschrocken.

„Ich hatte gehofft, du würdest noch hier arbeiten. Wollte dich sehen. Hast jetzt was zu sagen hier, hmm?"

„Jake, ich bin mit Chris zusammen und du gehst jetzt besser."

Er ging nicht und machte einen Schritt auf sie zu. Katharina erhob sich von ihrem Stuhl.

„Ich dachte schon, du hast vielleicht eine neue Nummer oder hast meine bereits vergessen. Aber du wusstest, dass ich es bin", sagte er.

Katty konnte seinem Blick nicht ausweichen. Sie war

wie in Trance und er stand nun unmittelbar vor ihr.

„Ich habe deine Nummer nie gelöscht", hörte sie sich selbst reden.

Langsam berührte Jakes Hand ihre Wange, er hielt kurz inne. Dann zog er Katty sanft zu sich heran und küsste sie.

Katty ließ ihn gewähren. Doch nach einigen Sekunden riss sie sich los und lief zur Tür, welche sie demonstrativ weit öffnete.

„Jake, ich bin vergeben. Du kannst nicht hier auftauchen und so tun, als hätten wir uns nie getrennt, als wärst du nie gegangen! Verschwinde einfach!" Ihre Stimme war fest und entschlossen, ihre Hand an der Tür aber zitterte.

Jake durchquerte das kleine Büro und löste die Tür aus Kattys Griff, um sie zu schließen.

„Ich kann jetzt nicht gehen, du machst mich ganz verrückt. Ich will dich viel lieber küssen!"

„Vergiss es!"

Doch Jake ignorierte ihre Worte und küsste sie erneut. Das Desinteresse, was sie mit aller Deutlichkeit ausdrücken wollte, hatte keinen Wert mehr. Katty war wie Wachs in seinen Händen. Mit dem Rücken zur Tür drehte sie blind den Schlüssel um und blendete die Gedanken an Chris aus. Jake war hier und er berührte, ja, küsste sie sogar. In diesem Moment existierte nur er in ihrer Welt. Sie ließ ihre Zunge in seinen Mund gleiten und berührte mit ihren Fingern Jakes Körper. Die Erregung der beiden stieg mit jeder Sekunde. Jakes Hände wanderten unter ihren Po und hoben Katty hoch. Sie schlang ihre Beine um seine Hüften. Dabei drehte er sich zum Tisch und machte zwei Schritte darauf zu. Katty hatte ihre Arme und seinen Hals gelegt. Als er sie auf der Tischplatte absetzte, löste sie ihren Griff und schob den Laptop und einige Unterlagen zur Seite. Ein Teil der Dokumente fiel auf den Boden, doch das interessierte sie nicht.

Katty blickte zu Jake hoch und öffnete seine Hose. Sie selbst trug nur einen Rock, den er nach oben schob. Den Slip zog er ihr aus und sie legte sich nach hinten, während er ein Kondom überstreifte. Jake drang sanft in sie ein.

* * *

Als die beiden sich wieder anzogen und ihre Kleidung richteten, sprach keiner ein Wort. Jake schaute Katty

173

hoffnungsvoll an. Worauf er hoffte, wusste er dabei nicht so genau. Aber auch sie konnte seinen Blick nicht deuten.

„Ich schätze mal, ich gehe dann!?"

„Jake ... das hier ist nie passiert." Sie machte eine kurze Pause, um dann mit Nachdruck weiterzusprechen: „Ich liebe Chris und ich will ihn nicht verlieren. Vielleicht ist es Zeit, deine Nummer endlich zu löschen. Bitte melde dich nicht mehr bei mir und komm auch nicht wieder her."

Jake nickte und verließ mit hängendem Kopf das Restaurant. Katty sammelte derweil die heruntergefallenen Unterlagen auf und legte sie auf den Tisch. Dann setzte sie sich auf den Stuhl und starrte an die Decke. Ihr schlechtes Gewissen begann unmittelbar nach dem Akt. *Warum taucht er denn jetzt einfach wieder in meinem Leben auf, nachdem er so plötzlich verschwand. Wie konnte ich mich nur auf ihn einlassen?*

Der Tag verging und Katty hatte Schwierigkeiten, sich auf die Arbeit zu konzentrieren. Daher machte sie früh Feierabend und ging nach Hause. Ratlos dachte sie über ihre ´ Situation nach. Die Gewissensbisse nagten unaufhörlich an ihr. Am liebsten wäre sie zu Chris gegangen, um sich vor der

Welt zu verstecken. Doch der Streit um das Thema Jake stand noch im Raum. Sie wusste, dass er es nicht einfach vergessen würde. Und gerade jetzt wollte sie noch weniger über ihren Exfreund reden. Sie rief Chris nicht an.

Gegen 18 Uhr klingelte ihr Telefon. Es war Christian.

„Hallo Schatz, wie war dein Tag?", fragte Chris.

„Hi, ganz okay und deiner?"

„Alles gut. Ich würde dich gern sehen. Wäre es in Ordnung, wenn wir die Jake-Diskussion vertagen und heute einfach einen schönen Abend verbringen?"

„Ja, das klingt toll, aber nur, wenn du kochst", sagte Katty und ihr Lächeln war förmlich zu hören.

„Wie wäre es, wenn ich gleich mal vorbeikomme und wir bestellen was? Ich lade dich ein."

„Das funktioniert natürlich auch", lachte Katty.

Eine halbe Stunde später war Chris da und wie versprochen blieb das Thema des Exfreundes unberührt. Während die beiden auf den Lieferdienst warteten, begannen sie mit dem Film. Katty kuschelte sich an Chris heran. Bei der ersten Berührung durchfuhr es sie wie ein Blitz. Für einen

Moment sah sie Jake vor ihrem inneren Auge. Doch sie verdrängte den Gedanken und konzentrierte sich auf ihren Freund. Das schlechte Gewissen blieb jedoch.

Als das Essen ankam und die beiden ihre Mahlzeit einnahmen, erreichte Katharina eine emotionale Pause. Sie konnte endlich dem Film folgen. An diesem Abend schlief sie mit Chris. Obwohl die Beziehung der beiden sehr harmonisch war und sich keiner über das Sexualleben beschwerte, empfand Katty es heute als sehr monoton. Chris hatte zwar das Gefühl, dass Katty etwas abgelenkt war, sagte aber nichts. Chris fand kurz nach seinem Höhepunkt in den Schlaf und ließ Katty unbefriedigt zurück. Jake brachte Aufregung in ihr Leben, Sex im Büro war neu für sie. *Ich sollte aufhören, die beiden zu vergleichen.* Mit diesem Gedanken schlief sie ein.

Von Jake war nichts mehr zu hören und bei Katty verflog das schlechte Gewissen mit jedem Tag ein bisschen mehr. Sie hatte beschlossen, Chris nichts zu erzählen und ihre Beziehung dadurch zu schützen.

Zwei Wochen später stand ein kleines Sommerfest bei Jason an. Seine Familie war erneut verreist. Katharina und Chris freuten sich darüber, mal wieder aus dem Haus zu kommen. An diesem Tag waren sie nicht die Letzten, die die Feier erreichten.

176

Neben Jason waren Kristin, Paul und Sarah da. In letzter Zeit sah Katharina ihren besten Freund sehr selten und so kamen sie sofort ins Gespräch und plauderten. Jeder hatte sich ein Bier genommen und auch Sarah hatte sich dazugesellt.

Plötzlich kam Michael um die Ecke. Dabei drückte er Jake kumpelhaft die Schulter.

„Schaut mal, wen ich mitgebracht habe! Habe Jake heute Mittag in der Stadt aufgegabelt und erfahren, dass er wieder im Lande ist. Da habe ich ihn einfach eingeladen."

Katty hätte sich am liebsten umgedreht und wäre weggerannt. Doch sie spürte Chris Blicke auf sich ruhen. Er schien auf eine Reaktion zu warten. Scheinbar hatte er noch nicht entschieden, ob das Verhalten seiner Freundin auf heimliche Gefühle oder tiefen Hass zurückzuführen sei. Das Gespräch, welches ihn so brennend interessierte, hatten sie bis heute nicht fortgeführt. Daher reagierte Katty gar nicht. In ihrem Bauch rumorte es, doch auch dieses Gefühl beachtete sie nicht weiter. Sie setzte ein gekünsteltes Lächeln auf und tat, als hätte sie Jake gar nicht gesehen.

Jason und Kristin begrüßten Jake, während Pauls Blicke ebenfalls auf Katty ruhten. Er war der

Einzige, der das Ende detailliert kannte. Sarah war etwas schüchtern, sie kannte Jake nicht und blieb an Pauls Seite stehen.

Katty wandte sich ab und ging an die Bar. Ein Cocktail musste her. Paul folgte ihr und fragte, ob alles okay sei. Sie hatte ihm nicht erzählt, dass sie Jake bereits vorher wiedergesehen hatte. Da wurde ihr klar, dass sie so Einiges, was mit Jake zu tun hatte, niemandem anvertraute. Sie beschloss es dabei zu belassen, wusste aber, dass Paul auf die Trennung anspielte.

„Ist etwas überraschend, aber schon okay. Ich gehe ihm einfach aus dem Weg."

„Michael wusste nicht, wie eure Trennung ablief, sonst hätte er ihn sicher nicht angeschleppt", wollte Paul sie trösten.

Katty schaute Paul berührt an: „Bitte mach dir keine Sorgen, ich bin glücklich mit Chris und es ist Jahre her."

„Okay", schloss Paul das Gespräch.

Der Abend verlief bis Mitternacht sehr ruhig. Katty versuchte, Jake so gut es ging auszuweichen und lehnte sich an Chris. Sie liebte ihn und das wollte sie deutlich erkennbar für alle machen, besonders für

Jake. Dieser nahm sie zwar wahr, sprach sie aber nur in allgemeinen Gruppengesprächen an.

Draußen hatte es begonnen, zu nieseln.

„Mensch, es war doch gar kein Regen angesagt! Wir sollten besser reingehen", schlug Jason vor.

Die Freunde hatten sich ins Wohnzimmer gesetzt. Katty löste sich aus Chris Armen und ging zur Toilette. Als sie herauskam, stand Jake vor der Tür. Katharina funkelte ihn böse an und wollte an ihm vorbei laufen.

„Warte", sagte Jake leise, aber bestimmt.

„Was ist?"

Dann zog er sie in den Raum neben der Wohnstube. Es war stockdunkel, doch als Jake den Lichtschalter betätigte, erkannten sie ein Schlafzimmer. Das Bett war gemacht und alles war aufgeräumt. Persönliche Gegenstände oder Bilder konnten sie hier nicht sehen. *Scheinbar handelt es sich um ein Gästezimmer*, schlussfolgerte Katty.

Jake begann das Gespräch: „Schau mich nicht so an, als wäre ich hier, um dich zu verfolgen. Michael hatte nicht erwähnt, dass du und Chris auch kommen."

„Na und? Ich muss trotzdem nicht mit dir reden."

„Ach, komm schon, was passiert ist, liegt nicht nur an mir."

Katty schnaubte verächtlich und verschränkte die Arme vor der Brust. Sie konnte ihm nicht widersprechen, keiner hatte sie zum Sex gezwungen.

„Es wird sich nicht wiederholen, also such dir die Nähe einer anderen."

„Es gibt momentan aber keine andere."

„Momentan?" Katty lachte. „Da findet sich sicher bald eine, du bist doch schnell bei so etwas."

Wie es Kattys Art war, wollte sie einfach gehen. Das war die leichteste Methode, wenn ein Gespräch oder eine Situation unangenehm wurde.

„Katharina Salvatore!", sagte Jake etwas lauter.

„Was ist? Wir hatten Sex, es wird nicht wieder vorkommen und Ende. Falls du es vergessen hast: Chris ist im Nebenzimmer. Chris, mein Freund Chris, den ich liebe und sicher nicht für jemanden wie dich verlassen werde! Da brauchst du mich auch nicht heimlich in irgendwelche Nebenzimmer entführen."

Sie erschrak selbst darüber, wie laut sie wurde. Aber

die Freunde in der Wohnstube übertönten die Unterhaltung und hatten nichts mitbekommen.

„Ich will dich gar nicht wütend machen. Lieber möchte ich ..."

„Ja, was willst du denn?" Katty verdrehte die Augen.

Dann trat Jake nah an sie heran und fuhr mit dem Handrücken an ihrer Schulter herab bis zur Hüfte.

Dabei flüsterte er: „Ich will dich spüren, überall."

„Lass das!" Katty wich seiner Berührung aus, die Arme immer noch verschränkt.

Er wisperte weiter. „Ich möchte dich küssen. Dabei würde ich bei deinen Lippen beginnen und mich herabarbeiten."

Katty konnte nicht anders, als sich das vorzustellen. Ihre Arme lockerten sich, er sprach weiter.

„Dann würde ich die Bluse aufknöpfen, die du gerade trägst. Deine Brüste würde ich massieren und deinen Bauchnabel mit meiner Zunge erkunden." Während er sprach, schloss sie die Augen. Er lief um sie herum und sie spürte seinen Atem im Nacken. Jake hatte es bereits geschafft, sie erneut in seinen Bann zu ziehen. In ihr Ohr flüsterte er, wie er ihre Hose ausziehen würde.

„Deinen Po würde ich kneifen und deinen Slip an dir herabgleiten lassen. Meine Zunge würde mit deinem Schmuckkästchen spielen bis du dich vor Spannung nicht mehr halten kannst."

Mehr konnte Katty nicht ertragen, sie fühlte, dass ihr Höschen feucht wurde. Jake stand immer noch ganz nah hinter ihr. Er hatte die Hände an ihre Hüften gelegt und sie konnte die Beule in seiner Hose am Po spüren. Daraufhin drehte Katty sich um und küsste Jake. Die Finger glitten von seiner Wange hinauf durch seine Haare. Ineinander verschlungen wankten sie zum Bett und ließen sich darauf fallen. Für ein paar Sekunden lösten sich ihre Lippen voneinander und sie schauten sich einfach nur an. Da war er wieder, der Moment, in dem es für Katty nur Jake gab, der ihre Welt zumindest für eine Zeit lang perfekt machte. Die beiden erlebten hemmungslosen Sex und keiner hatte daran gedacht, dass die Tür unverschlossen war.

Als Jake gerade das Kondom abstreifte und in ein Taschentuch wickelte, klopfte es an der Tür. Katty lag splitternackt auf dem Bett, genauso wie Jake. Doch während sie nur erschrocken in den Raum starrte, blieb er ganz entspannt. Die Kleidung auf dem Boden schob er blitzschnell unter das Bett. Dann warf er die Decke über Katty und verschwand selbst, bis zum Oberkörper darunter. Den Lichtschalter neben dem Bett betätigte er auch, sodass es dunkel im Zimmer wurde.

In sehr verschlafenem Ton murmelte er: „Ja?" Die Tür öffnete sich und Chris lugte durch einen Spalt in den Raum.

„Oh, hast du schon gepennt? Ich suche Katty."

„Ah, sorry, hab mich schon vor ner Weile hingelegt. Keine Ahnung wo sie ist."

„Okay, dann schlaf mal weiter." Chris schloss leise die Tür. Einige Sekunden blieben beide reglos liegen. Dann kam Katty zaghaft unter der Decke hervorgekrochen. Ihr Herz pochte spürbar schnell.

„Hast du in den drei Jahren Schauspielerei gelernt oder lag dir das schon immer?", fragte sie spöttisch.

„Wie man's braucht", gab Jake eine eher nichtssagende Antwort. Das störte Katty nicht, denn die Frage war eher rhetorisch gemeint. Sie stand auf und zog sich an.

„Nie wieder!", sagte sie erneut mit Nachdruck.

„Du wiederholst dich", lachte Jake, der die Situation viel lockerer sah als Katharina.

Diese schüttelte nur den Kopf und ging. Sie linste

kurz zur Tür heraus und als sie sah, dass die Luft rein war, schlüpfte sie hindurch. Katty suchte Chris und als dieser fragte, wo sie gewesen sei, erklärte sie, dass Kopfschmerzen ihr übel mitspielten. Sie wäre eine Runde spazieren gegangen, in der Hoffnung, es würde besser werden. Chris wirkte besorgt und schlug vor, nach Hause zu gehen. Sie fand den Vorschlag gut und begleitete ihn.

An diesem Tag schlief sie ein, kaum das ihr Kopf das Kissen berührte.

Eigentlich hatte Chris vorgeschlagen, das schöne Wetter zu nutzen und den Samstag am See zu verbringen. Doch Katty meinte, dass sie auf der Party bereits eine Verabredung mit Paul getroffen habe, da sie sich in letzter Zeit selten sahen. Das war okay für Christian, er ging, um spontan seine Familie zu besuchen.

So setzte sich Katty in den Bus und fuhr zu Paul. Es waren ein paar Meter zu gehen, die öffentlichen Verkehrsmittel hielten nicht in der richtigen Straße. Dann klingelte sie bei Paul. Sarah öffnete die Tür und informierte Katty darüber, dass Paul noch schliefe. Natürlich hatten sie nichts abgesprochen, aber Katharina brauchte dringend jemanden zum Reden.

„Sorry, aber es ist super wichtig. Bitte, lass mich ihn wecken."

In den letzten drei Jahren hatte Sarah verstanden, dass die beiden immer zu dem jeweils anderen konnten, wenn ihnen etwas auf dem Herzen lag, selbst wenn es drei Uhr nachts gewesen wäre. Also winkte sie Katty rein. Diese stürmte zu Paul und weckte ihn. Sarah verabschiedete sich kurz darauf. Sie meinte, sie ließe die Zwei nun allein und würde sich später bei Paul melden. Katty bedankte sich.

Als Paul einigermaßen zu sich gekommen war und die beiden die Wohnung für sich allein hatten, begann Katharina zu berichten.

„Ich habe Mist gebaut! Ich habe so verdammt riesigen Scheiß gemacht und ich weiß nicht, was ich tun soll!" Sie war so hysterisch, dass sich ihre Stimme überschlug und sie die Wörter förmlich hinaus schrie.

„Dann fang doch mal damit an, dich zu beruhigen. Es wird nicht besser, wenn du eine Herzattacke erleidest, während du mir alles erzählst. Was ist passiert?"

Katty atmete tief und hörbar ein, hielt die Luft kurz inne und stieß sie dann wieder aus.

„Jake ist passiert." Sie klang gefasster.

„Hab ich mir schon gedacht. Aber du hast doch gestern gemeint, es sei alles so lange her und okay für dich."

„Ja, verdammt, ich habe gelogen. Chris stand ja auch neben mir." Die Ruhe hielt nur kurz an, ihr Blutdruck stieg und trieb ihr die Röte ins Gesicht. „Ich habe ihn gestern nicht das erste Mal gesehen. Wir haben uns bereits vor zwei Wochen getroffen."

Jetzt stieg Pauls Neugier, er setzte sich aufrecht hin. „Erzähl!"

Und Katty begann zu berichten. Sie erläuterte das erste Zusammentreffen und das Wiedersehen am nächsten Tag. Sie vertraute ihm die Situation im Büro an und fasste zusammen, was gestern im Nebenzimmer geschah. Erst als sie damit fertig war, endete ihr Redefluss.

„Schöne Scheiße", äußerte Paul. Er hatte das Bedürfnis seine beste Freundin zu ohrfeigen, doch getan hätte er es nie. „Und was machst du jetzt? Dir ist hoffentlich klar, dass ihr keine Zukunft habt und deine Beziehung mit Chris seit drei Jahren fast immer bilderbuchmäßig war!?"

„Ja, das weiß ich doch. Ich will Chris nicht verlieren.

Aber ich bin auch Wachs in Jakes Händen. Allein, wenn er mich ansieht, könnte ich schmelzen, doch wenn er mich berührt, dann schaltet mein Hirn völlig aus."

„Ich frage mich, warum dieser Kerl so einen Einfluss auf dich hat. Ich kann es kaum ertragen, wenn ich daran denke, wie sehr du damals gelitten hast. Nun habe ich das Gefühl, es steht dir wieder bevor. Du solltest seine Nummer löschen und ihm aus dem Weg gehen."

„Ich weiß", Katty ließ den Kopf hängen. Sie wusste, dass es so richtig gewesen wäre, aber glücklich war sie damit nicht. Eigentlich wollte sie am liebsten in Jakes Armen liegen.

Paul konnte scheinbar Gedanken lesen: „Glaub mir, es ist wirklich besser so und Chris werde ich nichts sagen." Er nahm sie in den Arm und Katty schloss die Augen.

„Danke.", murmelte sie.

14. Kapitel - Oktober 2011

Jake wohnte wieder in seiner alten Wohnung. Während er weg gewesen war, hatte er sie untervermietet. Doch nun war er zurück in Kirrlich und Katty hatte seine Welt erneut auf den Kopf gestellt. Nach der Beziehung zu ihr konnte er keine feste Bindung mehr eingehen. Er hatte zwar diverse sexuelle Abenteuer, doch er ließ emotional nie jemanden wirklich nah an sich heran. Sobald auch nur Worte wie „Ich liebe dich" oder ähnliche Geständnisse fielen, sperrte sich sein Geist gegen jegliche weitere Interaktionen und er verschwand aus dem Leben der entsprechenden Dame.

Gerade lag er auf seinem Bett, starrte an die Decke und dachte über Katharina Salvatore nach.

Vor wenigen Wochen war er in Gedanken versunken durch die Stadt geschlendert. Der Tag hatte ihn daran erinnert, wie er Katty in das Restaurant ausgeführt hatte, in welchem sie Hummer gegessen hatten. Er hatte nicht darauf geachtet, wohin ihn seine Füße trugen und war prompt in den Rücken der Frau gestolpert, die in eben diesem Moment seine Gedanken eingefangen hatte. Als Jake sie erkannt hatte, setzte sein Herz für den Bruchteil einer Sekunde aus.

Seit diesem Augenblick konnte er an nichts anderes denken, als an sie. Er wollte Katty sehen, berühren, spüren. Dieses unbändige Verlangen konnte er nicht kontrollieren. So kam es, dass er sich am nächsten Tag in ihrem Büro wiedergefunden hatte. Als Katty ihn aufgefordert hatte zu gehen, spielte er kurz mit dem Gedanken, ihre Wünsche zu respektieren. Doch sein Körper hatte sich dagegen gewehrt. Er war wie gelähmt gewesen und seine Lippen hatten widersprochen, ohne dass er es hätte ändern können. Jake war geblieben.

Etwas leichter war es, wenn er ihr nicht gegenüber stand. So nahm er sich fest vor, ihr künftig aus dem Weg zu gehen. Ihr Glück mit Chris wollte er nicht zerstören. Dass Katty glücklich war, war das, was zählte. Seine Wünsche seien unwichtig, redete er sich ein.

Etwa zwei Wochen später war er auf Michael getroffen, der ihn spontan zu einer Party bei Jason eingeladen hatte. Jake hatte nicht darüber nachgedacht, dass Katty dort sein könnte, ja, dass es sogar sehr wahrscheinlich war, sie bei ihrer Clique zu treffen. Als er sie gesehen hatte, hatte sein Hirn augenblicklich abgeschaltet. Es war unmöglich für ihn gewesen, in ihrer Gegenwart vernünftige Entscheidungen zu treffen. Nach dem Sex hätte er sie am liebsten wie eine Puppe, einfach eingepackt und mit nach Hause genommen.

Ein schlechtes Gewissen kannte er nicht. Zwar wollte Jake Katty das Leben nicht schwermachen, doch es existierten keine Schuldgefühle gegenüber Chris. Immerhin kannte er ihn kaum. Daher fiel es ihm auch sehr leicht, ihn zu belügen.

Und nun lag er hier, nur wenige Tage nach Jasons Feier. Er verspürte den Drang, Katty anzurufen, doch er ließ es sein. Selbstbeherrschung funktionierte eigentlich ganz gut, aber das klappte nur dann, wenn sie nicht anwesend war.

* * *

Mitten in der Nacht klingelte es an Jakes Tür. Davon wachte er auf. Nur einen Spalt öffnete er seine Augen, richtete sich leicht auf und blinzelte auf den Wecker. Es war vierzehn Minuten nach drei Uhr. Jake stöhnte und ließ sich schläfrig wieder in sein Kissen fallen. Sicher hatte er das Klingeln nur geträumt.

Plötzlich läutete es erneut. Dazu wurde heftig an

seine Tür gehämmert.

„Jake, bist du da?"

Schlagartig waren seine Augen weit geöffnet. Er sprang aus dem Bett, eilte zur Tür und öffnete sie.

„Katty, was machst du denn hier?"

Sie stürmte in seine Wohnung und Jake machte die Tür hinter ihr zu.

„Hab´s zu Hause nicht mehr ausgehalten. Diese ständigen Streitereien ertrage ich nicht mehr."

„Du streitest mit Chris? Worüber?" Jake wurde hellhörig und ging zwei Schritte auf sie zu.

Katty lehnte am Esstisch, mit dem Rücken ihm zugewandt. Dann senkte sie ihren Blick gen Boden.

„Über dich."

„Warum? Weiß er was?"

„Natürlich nicht!" Katty blickte wieder auf und begann, im Zimmer Auf und Ab zu laufen. „Er will immerzu wissen, was zwischen uns war, warum ich dich nie erwähnt habe, weshalb ich nicht über dich reden will und so ein Kram. Gerade hatten wir wieder dieses Gespräch und ich bin es leid, es jeden Tag zu führen. Dann habe ich ihn angebrüllt und bin weggelaufen. Ich kann nicht mehr klar denken. Einerseits nerven mich diese Streitereien mit ihm tierisch, andererseits habe ich Chris gegenüber ein so schlechtes Gewissen, dass ich es kaum ertrage, ihn anzusehen."

„Und warum klingelst du dann ausgerechnet bei mir?"

Katty wandte sich zu ihm. Mit festem Blick sprach sie:

„Keine Ahnung. Das wüsste ich auch gern! Ich bin durch die Stadt gelaufen und habe versucht, meine Gedanken zu ordnen. Auf einmal stand ich vor deinem Haus. Ich war einfach hier und hoffte plötzlich, dass du da bist. Genau jetzt bin ich wohl lieber bei dir als bei ihm", murmelte sie die letzten Worte.

„Willst du weiter darüber reden?"

„Nein, eigentlich nicht. Chris regt mich gerade einfach nur auf. Also halt die Klappe und ..." Während sie sprach, ging sie auf ihn zu und küsste Jake einfach. Für einen Moment lösten sie ihren Kuss und Jake starrte sie ungläubig an.

„Was ist?", fragte Katty.

„Ich warte darauf, aufzuwachen."

Katty lachte. „Wirst du nicht. Ich bin wirklich hier und ich will nirgendwo anders sein."

Jetzt ging der Kuss von Jake aus. Liebevoll nahm er sie anschließend in den Arm und die beiden gingen ins Schlafzimmer. In dieser Nacht hielt er Katty nur im Arm, streichelte ihren Kopf und sie schlief an ihn gekuschelt ein.

Am nächsten Morgen erwachten sie ineinander verschlungen. Katty war die Erste, die die Augen öffnete. Als ihr klar wurde, in wessen Armen sie lag, schmunzelte sie und genoss die Geborgenheit. *Warum haben wir uns nur getrennt?*, ging es ihr durch den Kopf. Dabei hatte sie die negativen Erinnerungen, die andere Frau und ihren katastrophalen Gemütszustand nach der Trennung einfach beiseitegeschoben und nahezu vergessen. Sie gab sich der Illusion hin, dass dieser Mann einfach perfekt für sie war.

Auch Jake regte sich und bemerkte, dass er Katty noch immer im Arm hatte.

„Guten Morgen", begrüßte er sie.

Als Antwort schaute sie zu ihm auf und küsste ihn.

„Du bist ja noch hier", stellte er fest. „Kein

schlechtes Gewissen wegen Chris?"

„Kannst du seinen Namen bitte jetzt nicht erwähnen?" Katty küsste ihn wieder und kletterte dabei auf Jake. Die Zwei schliefen miteinander. Dieses Mal war es ruhig, sanft und kuschelig. Auch danach ging Katty noch nicht. Beide lagen lange im Bett und genossen die Zweisamkeit. Keiner sprach ein Wort. Irgendwann stand Katty auf und zog sich an.

„Ich muss jetzt gehen", sagte sie auf dem Weg zur Tür. „Wenn du willst, sehen wir uns die Tage wieder. Ich melde mich."

Dann war sie verschwunden und Jake lag nackt unter seiner Decke. Er blickte ihr hinterher, obwohl sie das Zimmer und die Wohnung schon längst verlassen hatte.

Chris fragte gar nicht, wo Katty die Nacht verbracht hatte. Er ging davon aus, dass sie sich bei einer Freundin über ihn ausgelassen hatte und dortgeblieben war. Allgemein wurde das Verhältnis der beiden nicht besser. Katty entfernte sich immer mehr von Chris. Sie erzählte ihm nichts von Jake. Immer, wenn Christian versuchte zu ergründen, warum sie so distanziert war, blockte sie ab. Häufig endeten diese Diskussionen im Streit und jedes Mal flüchtete Katty dann zu Jake. Die Affäre der beiden blieb unbemerkt. Katty liebte Jake wie damals, doch verlassen wollte sie Chris nicht. Schließlich hatte sie auch für ihn Gefühle und ihm vertraute sie, Jake nicht.

Jake genoss die Gesellschaft Kattys. Es störte ihn nicht, dass sie vergeben war und er sprach eine mögliche Beziehung nie an. Nicht, dass er es nicht wollte, er dachte einfach nicht darüber nach.

Mit der Zeit nagte das schlechte Gewissen immer mehr an Katharina und das Bedürfnis, Chris die Wahrheit zu sagen, wuchs.

Heute war ein Dienstag. Die Liaison von Jake und Katty zog sich nun schon etwa drei Monate hin. Chris vertraute und liebte seine Freundin so sehr, dass ihm nie etwas auffiel und er bisher keinen Verdacht schöpfte. Nur, dass Katty bis heute nicht über Jake reden wollte, kam ihm seltsam vor.

Jake saß auf dem Sofa und Katharina, mit dem Gesicht ihm zugewandt, auf seinem Schoß. Katty trug ein weites T-Shirt von Jake und einen schwarzen Slip, sonst nichts. Die Arme hatte sie um seinen Hals gelegt. Seine Hände ruhten über ihrem Po. *Dieser gut aussehende Mann sieht sogar in seiner Trainingshose und seinem locker, am*

Oberkörper herabfallendem, grauen Oberteil echt heiß aus. Am liebsten würde ich ihm die Kleider direkt wieder vom Leib reißen.

„Ich muss es ihm sagen", begann Katty das Gespräch, nachdem sie Jake geküsst hatte. Nur mit viel Mühe konnte sie ihre Lust beherrschen und sich auf den Dialog konzentrieren.

„Hmm ... Wieso?", wollte er wissen.

„Weil ich viel lieber bei dir bin, als bei ihm und wir nur noch streiten. Eine gute Beziehung ist das schon lange nicht mehr. Außerdem ...", Katty hielt inne und überlegte eine Weile, ob sie aussprechen sollte, was sie dachte. Jake wartete darauf, dass sie weitersprach, und schaute sie durchdringlich an.

„Außerdem könnten wir dann endlich wieder ein Paar sein, wenn du das willst."

Er gab ihr keine Antwort und küsste sie stattdessen.

„Paul wird mir wieder Standpauken halten", sagte Jake plötzlich aus dem Nichts heraus.

Fragend runzelte Katty die Stirn: „Standpauken?"

„Ach, na ja, er wollte mich vor ein paar Wochen treffen. Kurz nach der Party bei Jason war das. Ich kam und wir unterhielten uns. Er führte sich ein bisschen wie ein großer Bruder auf und sagte Dinge wie: ‚Wenn du ihr wieder wehtust, kriegst du richtig Ärger mit mir' oder irgendwie so." Jake zucke mit den Schultern.

Kattys Gesichtsausdruck schwankte zwischen erschrocken und belustigt.

„Das hast du mir gar nicht erzählt ... und er auch nicht!", stellte sie fest.

„Na ja, ich fand's jetzt nicht so wichtig. Bin davon ausgegangen, dass du ihm von unseren Treffen erzählt hast. Da mich aber noch kein anderer angesprochen oder verprügelt hat, nehme ich an, dass er es keinem weitergesagt hat."

„Verprügelt?" Kattys Kinnlade fiel hinunter und ihre Augen nahmen eine angsterregende Größe an. Jake drückte ihr einen Kuss auf.

„Du bist immerhin vergeben und ich lasse die Finger trotzdem nicht von dir. Das findet nicht jeder toll."

Katty hob fragend die Arme und zog die Augenbrauen hoch, nicht wissend, was sie daraufhin sagen sollte. Diese Gedanken und solche Gespräche mit Jake kannte sie nicht. Er gab ihr noch einen Kuss.

„Entspann dich", sagte er lässig.

Für ihn schien das kein großes Thema zu sein. Katharinas Gesichtszüge normalisierten sich und ihre Mundwinkel verzogen sich zu einem Lächeln. Sie schüttelte kaum merklich den Kopf und küsste Jake, während sie ihre Arme um seinen Hals legte. Ihre Zungen spielten miteinander und beide vergaßen das Gespräch wieder. Dann schnappte Jake Katty und warf sie auf das Sofa. Sie juchzte vergnügt und er legte sich auf sie. Ihr Oberteil hatte Katharina schnell verloren, ebenso wie Jake. Er kramte aus seiner Hose ein Kondom und Katty fragte sich, ob er wohl vorsorglich in jeder Tasche eines hatte. Nie musste sie erleben, dass er aufstand, um ein Gummi zu holen. Sie waren immer griffbereit. Viel zu schnell war Jake nackt und Katty von ihren nebensächlichen Gedanken abgelenkt.

„Lass mich mal", sagte sie und nahm ihrem Geliebten das Kondom aus der Hand. Sanft streifte sie es ihm über, was ihn so sehr erregte, dass er aufstöhnte. Dann drückte Katty Jakes Oberkörper nach hinten, sodass er rücklings auf das Sofa fiel. Sie setzte sich auf ihn und übernahm die Führung. Beide waren so heiß aufeinander, dass bereits das Eindringen eine Art Erlösung war. Ein Seufzen entfuhr ihnen gleichzeitig. Ihre rhythmischen

Bewegungen wurden schneller, stürmischer und leidenschaftlicher. Sie konnten ihr Tempo nicht zügeln und erreichten ihren gemeinsamen Höhepunkt schon nach kurzer Zeit. Jake krallte sich in Kattys Rücken fest und drückte sie sachte auf seine Brust. Ihr Kopf ruhte auf seiner Schulter.

„Ich liebe dich", rutschte es Katty heraus. Bisher hatte sie es vermieden, ihm diese Worte zu sagen. Sie biss sich auf die Lippen, als sie sich selbst reden hörte. Aufzuschauen wagte sie nicht. Jake nahm sie fester in den Arm und küsste sie auf den Kopf. Er sagte nichts zu ihrem Bekenntnis.

Nach einer Weile stand Katty auf.

„Ich muss jetzt zu Chris ...", sagte sie, während sie ihre Kleidung zusammensuchte und sich anzog. Jake beobachtete sie, ohne ein Wort zu sagen. Katharina gab ihm einen Abschiedskuss und ging zur Tür.

„Pass auf dich auf", waren Jakes letzte Worte an diesem Tag.

„Hast du endlich Feierabend?", begrüßte Chris seine Freundin, als diese nach Hause kam. Chris stand in Kattys schlauchförmiger Küche und bereitete Essen vor. Im Hintergrund lief leise das Radio. Die

Küchenzeile befand sich rechts im Raum. Links stand ein schmaler Esstisch mit zwei Stühlen.

„Ja, war ein langer Tag heute." Lügen fiel Katty gar nicht mehr so schwer. Sie hing ihre Jacke an den Haken und ging zu ihrem Freund in die Küche. Der Tisch war noch nicht gedeckt, nur eine Vase stand darauf. Christian war heute gut gelaunt, er ging auf seine Partnerin zu und küsste sie. Doch in Gedanken war sie noch immer in Jakes Wohnung. Sie drückte ihn weg und ging selbst ein paar Schritte zurück, sodass sie im Türrahmen stand.

„Es tut mir leid, ich kann das nicht", sagte sie.

„Katty, dieses Gefühls-Chaos kann ich nicht mehr ertragen. Sag mir endlich, was mit dir los ist. Seit Wochen streiten wir uns, genauer gesagt, seit Jake in der Stadt ist. Ich halte das einfach nicht mehr aus." Er wurde ungehalten und sauer, sein Puls stieg rasant an. „Und komm mir bitte nicht wieder mit deinen Ausreden, dass nichts sei. Da glaube ich dir kein Wort mehr. Ich will ..."

„Ich ...", unterbrach sie ihn, „... ich schlafe mit ihm ... seit drei Monaten." Sie konnte Chris nicht ansehen und starrte daher auf ihre Füße, auf den schlimmsten Wutausbruch überhaupt gefasst.

Er blieb ruhig und es geschah nichts. Katty empfand

diesen Moment als sehr unheimlich und so wagte sie es, aufzublicken. Chris war mitten in der Bewegung erstarrt. Er blickte sie an und rührte sich dabei keinen Zentimeter. Seinem Gesichtsausdruck nach, hatte er mit vielem gerechnet, aber nicht mit einer Affäre. Katty wagte es nicht, auch nur ein weiteres Wort zu sprechen. Beide standen da und schauten sich nur an. Katty wartete auf irgendeine Reaktion und Chris Blick war nicht zu deuten. Plötzlich nahm er die Vase vom Tisch und schleuderte sie mit ganzer Kraft gegen die Wand neben Katharina. Sie zuckte zusammen und erschrak fürchterlich. Doch bevor sie fluchen oder etwas anderes sagen konnte, stürmte Chris aus der Küche. Dabei rempelte er Katty unsanft an und floh anschließend aus der Wohnung. Im Vorbeigehen griff er sich seine Jacke von der Garderobe im Flur. Katty stand immer noch reglos in der Küchentür, mit dem Rücken zum Flur. Sie hörte ein lautes Rumsen, die Tür flog ins Schloss. Chris war weg.

Die Scherben lagen in der Küche verteilt und die Musik dudelte weiter. Noch einige Momente blieb Katty so stehen. Dann nahm sie einen Handfeger. Sie betrachtete die Teilstücke, der einst wunderschönen, türkis-geblümten Vase:

„Jetzt liegst du hier in Scherben - wie meine

Beziehung", murmelte sie und begann, die Sauerei aufzufegen.

Als sie fertig war, schrieb sie Jake eine Nachricht.

„Er weiß es, lauf ihm besser nicht über den Weg."

Keine Minute später klingelte das Telefon. Es war Jake.

„Hey Katty, hat Chris dir was getan? Geht es dir gut?"

„Hi, mach dir keine Sorgen. Alles in Ordnung." Katty erklärte kurz, was passiert war.

„Willst du vorbeikommen? Ich leiste dir Gesellschaft."

„Ach, Jake, das ist echt lieb von dir, aber ich möchte jetzt einfach gern allein sein."

„Okay, wie du meinst. Ruf an, wenn was ist!"

„Mach ich, danke."

„Ciao."

Katty legte auf. Sie hatte nicht vor, die Affäre mit Jake zu beenden, nur an diesem Tag wollte sie keinen der Männer sehen. Sie nahm das Handy und wählte eine Nummer. Als am anderen Ende abgenommen wurde und man sie mit einem ‚Hey' begrüßte, ging es ihr direkt besser.

„Hallo Paul. Ich muss dir was erzählen."

„Oje, wenn du so anfängst, klingt das gar nicht gut. Was hast du verbrochen?"

„Ich schlafe seit drei Monaten mit Jake und habe es gerade Chris gesagt. Er ist wütend davon gestürmt. Hast du Lust was zu unternehmen?"

„Ach, na wenn es weiter nichts ist ... Sei froh, dass ich am Telefon bin und dich nicht verhauen kann. Mädel, was machst du nur für Sachen. Ich schätze mal, es stört dich nicht, dass Chris weg ist!?"

„Nein, ich habs erwartet. Ich will Jake."

„Katty! Jake ist alles, aber sicher nicht gut für dich!"

Katty seufzte: „Ich weiß doch, aber trotzdem ..."

„Komm einfach gegen Acht zu mir und dann gehen wir was trinken. Aber nur, wenn du mir dann die ganze Geschichte erzählst. Und zwar nicht nur so beiläufig, als wäre es der Tratsch von gestern."

„Ja, Papa", scherzte sie und legte auf.

15. Kapitel - Oktober 2011

Paul kannte nun die ganze Geschichte. Obwohl er nicht gutheißen konnte, was Katty und Jake taten, hörte er ihr zu und war für sie da - wie immer. Paul versuchte, zu verstehen, warum Katty sich auf Jake einließ. Erst hatte er sie einfach hängenlassen, jetzt zerstörte er ihre Beziehung. Für Paul war klar, dass Jake nicht gut für sie war. Er verzweifelte daran, dass seine beste Freundin das nicht einsah und so an Jake hing. Seine größte Angst war, dass Katty wieder in eine Depression verfiel und das sagte er ihr auch. Beruhigen konnte sie ihn nicht, denn in ihrem Innersten wusste sie, dass Pauls Bedenken nicht unberechtigt waren.

* * *

Es war nun Ende Oktober, Katty und Jake hatten sich noch mehrmals gesehen und tolle Tage miteinander verbracht. Als Katharina eines Abends wieder einmal von einem Date mit Jake nach Hause schlenderte, stand Chris vor ihrer Tür. Sie hatte ihn seit der Beichte nicht gesprochen. In der Regel brachte Jake sie nach Hause, doch heute hatten sie sich bereits in der Stadt verabschiedet und Katty war allein.

Chris scharrte mit dem Fuß am Boden und hatte die Hände zu Fäusten geballt. Seine Körperhaltung schüchterte Katty ein. Sie lief langsamer und kramte ihren Schlüssel aus der Tasche, als Chris aufblickte.

„Kommst du von IHM?", fauchte er sie an und Katty zuckte zusammen.

„Nein", log sie. „Chris, lass mich bitte durch!"

„Lüg mich nicht an!", schrie er und drehte ihr kurz den Rücken zu. Katty fuhr erneut zusammen und fühlte sich ganz klein. Chris raufte sich die Haare und wandte sich wieder seiner Ex-Freundin zu. Für einen Moment überlegte sie, einfach wegzulaufen. Sie ging jedoch nicht davon aus, dass Chris ihr etwas antun würde. So probierte sie es in einem ruhigen und vernünftigen Ton.

„Chris, wir können über alles reden, aber bitte nicht auf diese Art und Weise. Ich bekomme Angst."

„Es ist mir egal, was du denkst! Du hast diesen Kerl gefickt und mir versucht, heile Welt vorzuspielen. Dabei hast du mir die ganze Zeit ins Gesicht gelogen, du Hure!" Er schrie immer noch und stampfte auf sie zu. Katty lief eine Träne über die

Wange. Sie wollte nur in ihre Wohnung.

„Und jetzt heulst du auch noch ..."

„Verschwinde und lass mich in Ruhe!"

Sie rannte an ihm vorbei und versuchte mit zitternden Händen die Tür zu öffnen. Der Schlüssel fiel ihr herunter und hastig hob sie ihn auf. Verachtend beobachtete Chris ihr Handeln. Dann öffnete sie die Tür und schlug sie hinter sich zu. Sie glitt mit dem Rücken an der Haustür herab. In der Hocke schnaufte sie durch und spürte ihr Herz rasen. Sie lehnte den Kopf an die Tür und schloss die Augen. Doch dann wurde ihr klar, dass Chris womöglich noch hinter der Tür stand und Nachbarn ins Treppenhaus kommen könnten. Sie rappelte sich auf, eilte in ihre Wohnung und verriegelte die Tür. Das gab ihr ein Gefühl von Sicherheit. Im Wohnzimmer warf sie die Jacke auf den Sessel und setzte sich mit angewinkelten Beinen auf das Sofa. Das Kinn legte sie auf den Knien ab und umklammerte ihre Waden.

Plötzlich läutete das Telefon. Es war Paul.

„J-ja?", meldete sie sich mit zittriger Stimme.

„Katty? Alles okay?" Er klang besorgt.

„Nicht so-so wirklich. Ch-Chris ist d-da unten. Er ist

206

zi-ziemlich m-mies drauf", stammelte sie.

„Bist du zu Hause? Soll ich mit ihm reden?"

„N-nein, schon g-gut. Ich bin in der Wo-Wohnung. Er ist d-draußen. Er hat mir ... nur ziemlich ... ziemlich Angst gemacht. So kenne ich ihn nicht." Ihre Stimme fing sich langsam wieder. „Kannst du nur einfach mit mir reden?"

„Ich bleibe dran. Eigentlich wollte ich dir von einem Ausflug erzählen, den ich mit Sarah gemacht habe ..."

Pauls Ablenkung funktionierte. Er redete eine ganze Weile und Katty kam zur Ruhe. Ihre Arme und Beine entspannten und lockerten sich. Während des Gespräches kuschelte sie sich in eine Decke. Chris war mittlerweile gegangen.

* * *

Zwei Tage später trafen sich Katty und Jake im Nighthouse. Sie hatte ihm erzählt, dass Chris ihr vor der Haustür aufgelauert hatte. Jake ärgerte sich, dass er nicht da gewesen war, um sie zu beschützen, versuchte aber jetzt, sie zu trösten. Die beiden

207

tanzten und nahmen zwei Drinks zu sich. Es war schon ein Uhr nachts vorbei, als sie den Heimweg zu Jakes Wohnung antraten. Sie brauchten ziemlich lange und lachten viel. Der Alkohol hatte Kattys bedrückte Stimmung gehoben und Jake war, wie nahezu immer, gut drauf. Sie näherten sich von links dem Park. Katty erinnerte sich, wie sie und Jake sich hier das erste Mal unterhalten hatten. Daher bat sie Jake, eine Runde durch den Park zu drehen, bevor sie nach Hause gingen. Er stimmte zu und die beiden begannen ihren Rundgang im Uhrzeigersinn. Katty hatte sich bei Jake eingehakt und wurde nun etwas ruhiger. Sie fand diese Situation sehr romantisch und legte ihren Kopf auf seine Schulter. Auch Jake erinnerte sich an ihre Begegnung an diesem Ort und genoss die Stille der Nacht.

* * *

Einige Zeit zuvor: Es war gerade Mitternacht. Chris lag in seinem Bett und versuchte, zu schlafen - die Augen weit geöffnet. Die Gedanken, dass Jake schon seit Monaten seine Freundin berührte, küsste und verführte, machten ihn rasend. Er wollte nicht mehr daran denken, doch sobald er die Augen schloss, tauchten diese Bilder auf. Selbst an der Decke, die er anstarrte, schienen sich Filme abzuspielen, die Katty und Jake in trauter Zweisamkeit zeigten.

Bereits seit zwei Stunden lag er so in seinem Bett. Immer wieder wälzte er sich von einer Seite auf die andere. Machte er die Augen zu, riss er sie kurz danach wieder auf, um den unerträglichen Bildern zu entfliehen. Er starrte auf einen Punkt im Zimmer, bis dieser sich in Katty und Jake zu verwandeln schien. Schnell schloss er abermals die Augen, um sich vor den Sinnestäuschungen zu schützen, doch dann ging alles wieder von vorn los. All diese Gedanken kurbelten seine Wut an. Gegen halb eins sprang er aus dem Bett, um etwas an die Wand zu feuern. So konnte er zumindest für einen Moment seinen Groll entladen und sich herunterfahren. Diesmal flog sein Telefon. Er war durch den Raum gelaufen, bevor er es warf. Allerdings verfehlte es die Wand knapp und schlug auf dem Bett auf. Es ging nicht kaputt. Diese Ausraster hatte er nun seit ein paar Tagen, vor allem in der Nacht. Chris schaltete das Licht an und ging auf den Balkon, um tief durchzuatmen. Er stand nur in Jogginghosen bekleidet barfuß auf den kalten Fliesen. Der frostige Herbstwind trieb ihm eine Gänsehaut über den

Oberkörper. Mit den Händen stemmte er sich in die Brüstung und atmete tief ein und aus. Einige Minuten stand er reglos so da.

Die frische Luft tat ihm gut. Als sich die Wut einigermaßen gelegt hatte, beschloss Chris erneut, zu versuchen, in den Schlaf zu finden. Doch als er vor seinem Bett ankam und es anstarrte, wurde ihm klar, der Teufelskreis würde von vorn beginnen.

Er zog sich einen Pullover, Socken, Schuhe und Jacke an und ging dann nach draußen. Ein Spaziergang sollte ihm helfen, zur Ruhe zu finden und müde zu werden. So lief er eine Weile quer durch Kirrlich, bis er an einem Schild ankam, welches den Südeingang des Mingo-Parks ausschilderte. *Eine gute Idee, um diese Zeit sollte im Park nicht viel los sein. Ich werde hier eine Runde spazieren und dann wieder heimgehen.*

* * *

„Sag mal Jake, wie heißt dieser Park eigentlich? Ich bin hier schon so oft durchgelaufen, habe aber nie auf die Schilder geachtet."

„Das müsste der Mingo-Park sein. Habe gelesen,

dass er in Kirrlich zu den schönsten und beliebtesten Anlagen gehört."

„Das glaube ich sofort, tagsüber ist hier auch immer ne Menge los."

* * *

Gegen halb zwei Uhr nachts betrat Chris den Park und freute sich über die angenehme Ruhe. Er bog nach rechts in den Weg ein und bemerkte nach einigen Schritten, dass aus der Ferne ein Paar auf ihn zu lief. *Na super, doch nicht allein*, dachte sich Chris.

* * *

„Jake, kommt da jemand?", fragte Katty und kniff die Augen zusammen, um den Schatten in der Ferne besser identifizieren zu können.

„Sieht so aus. Weiter vorn werden wir es im Laternenlicht genau sehen."

„Frage mich, wer um die Zeit noch hier herumirrt,

vor allem allein."

Jake antwortete nicht darauf und ging weiter.

* * *

Auch Chris versuchte zu erkennen, wer da auf ihn zukam, aber es war zu dunkel. Obwohl der Park beliebt war, war die Beleuchtung nicht sehr vorteilhaft. Es gab nur wenige Laternen und die ein oder andere war defekt.

* * *

Die Entfernung wurde immer kleiner und Katty war es unheimlich. Sie gruselte sich schnell und die schlechten Lichtverhältnisse machten ihre Gefühle nicht besser. Sie klammerte sich regelrecht an Jakes Arm und dieser flüsterte:

„Hey, das ist auch nur ein Mensch ..."

* * *

Und genau in diesem Moment standen sie sich gegenüber. Katty erschrak, als sie Chris erkannte und ließ Jake sofort los.

„Chris?"

„Das kann doch nicht wahr sein, dass ich ausgerechnet euch hier treffe!" Chris bebte und der Zorn kam diesmal nicht langsam, er rannte ihn förmlich um.

„Du ...", brüllte er und deutete auf Jake.

Katty zog an Jakes Arm: „Lass uns gehen!"

Doch Chris machte einen Schritt auf die beiden zu und wütete los: „Ihr geht nirgendwo hin, ihr verdammten ..."

Das Schimpfwort blieb aus, denn er hatte Tausende im Kopf und konnte sich nicht so schnell entscheiden. Dann packte er Katharina und schubste sie weg. Sie verlor den Halt und taumelte nach hinten. Dabei konnte sie gerade noch sehen, wie Chris Faust auf Jakes Gesicht traf, während sie zu Boden stürzte und ihr Kopf mit einem großen Stein kollidierte. Ihr wurde schwarz vor Augen.

16. Kapitel - Oktober 2011

Als Katharina wieder zu sich kam, war nicht viel zu hören. Eine Krähe kreischte in ihrer Nähe auf einem Baum. Sie konnte Blut riechen. War es ihres? Als sie die Stelle am Kopf berührte, mit der sie aufgeschlagen war, fühlte sie eine warme, klebrige Flüssigkeit an ihren Fingern. Langsam öffnete sie die Augen und sah nur verschwommene Schatten. Die Bäume und Laternen des Parks konnte sie schemenhaft an ihren Umrissen ausmachen. Jake lag am Boden und Chris kniete über ihm.

„Jake?", ächzte sie, doch ihre Stimme war so leise, dass sie niemand wahrnahm. Sie kniff die Augen zusammen und langsam wurde der Blick klarer. Die Gestalten neben ihr nahmen Form an und plötzlich konnte sie es genau sehen. Chris kniete auf Jakes Armen und würgte ihn. Jakes Gesichtsausdruck war angsterfüllt und flehend. Er konnte sich nicht wehren. Katty fand ihre Stimme wieder.

„CHRIS, hör auf!", schrie sie aus voller Kehle. Ihr Exfreund ließ erschrocken von Jakes Hals ab, richtete sich auf und schaute sie verständnislos an. Sein Blick wanderte von Katty, zu seinen Händen, bis hin zu Jake und wieder zurück. Nach wenigen Sekunden stand er auf und rannte in die Dunkelheit.

Katty rappelte sich auf und taumelte zu Jake herüber. Dieser lag reglos am Boden und starrte in den sternenklaren Himmel.

„Jake, oh mein Gott, Jake! Ist alles in Ordnung mit dir?" Vorsichtig berührte Katty seinen Hals. An den Stellen, an welchen Chris zugepackt hatte, war im Licht der Laterne eine dunkle Rötung zu erkennen. Tränen liefen über Kattys Wangen.

„Jake, sag doch was! Geht es dir gut? Soll ich einen Krankenwagen rufen? JAKE!" Sie rüttelte hysterisch an seinen Schultern. Endlich erwachte er aus seiner Schockstarre und richtete sich hustend auf.

Dann rieb er sich den Hals und murmelte: „Geht schon, brauche keinen Arzt."

„Sicher?" Katty war aufgestanden und half Jake auf die Beine.

„Ja, lass uns bitte einfach nach Hause gehen."

* * *

Chris rannte immer und immer weiter, bis er seine Wohnungstür hinter sich schließen konnte.

Was habe ich nur getan? Ich hätte ihn fast umgebracht. Wenn Katty mich nicht zur Besinnung gebracht hätte ... Aber als ich die beiden sah, so verliebt, so vertraut, so ... Da stieg diese Wut wieder in mir hoch, Wut, die ich in solch einem Ausmaß noch nie erlebt habe ... Wieso bin ich nur so wütend? Jetzt auch ... Weil ich sie geliebt habe. Katharina war alles für mich und dann läuft sie mit diesem Mistkerl durch den Park, als hätte ER die letzten Jahre mit ihr erlebt ... Er und nicht ich ... Da musste ich einfach zuschlagen ... Das war mein Recht! Er hatte es verdient! Aber dann ... Dann hab ich nur noch rot gesehen ... Und alles ging so schnell ... Plötzlich schrie Katty.

Chris Gedanken wiederholten sich wie ein Lied in Endlosschleife und er versuchte, die Situation zu verstehen. Doch er konnte es nicht wirklich. Mittlerweile war er auf die Knie gesunken. Er raufte sich die Haare und versteckte das Gesicht hinter seinen Händen. Christian weinte, aber auch das konnte er sich nicht erklären. Wut und Verzweiflung hatten sich vermischt und ihn übermannt.

* * *

Auch Katty und Jake waren zu Hause angekommen. Jake ließ sich auf das Sofa fallen und Katty knipste das Licht an.

„Lass mich mal deinen Hals anschauen."

Jake gehorchte und legte seinen Kopf in den Nacken. Katty kam näher, strich sanft darüber und wirkte besorgt.

„Es wird sicher blau. Tut es weh?"

„Ja, aber ich werde es aushalten. Ist ja Herbst, da fällt es nicht auf, wenn ich ein paar Tage einen Schal trage." Jake blickte Katty an und erst jetzt fiel ihm ihre Kopfwunde auf:

„Du blutest ja", stellte er fest und legte eine Hand auf ihre Wange.

„Es ist nicht schlimm, nur eine kleine Platzwunde. Was ist passiert, als ich bewusstlos war?"

„Hmm, ich wollte dir helfen und versuchte Chris wegzustoßen, doch bevor ich bei dir sein konnte, traf seine Faust mein Gesicht. Ich habe Sternchen gesehen, der hat nen echt harten Schlag. Hab versucht, ihn zu beruhigen und meine Hände schützend gehoben. Aber er steigerte sich so in seine Wut, dass mich ein erneuter Faustschlag seitlich an der Stirn traf. So benommen von dem Schmerz konnte ich mich nicht mehr halten und lag ne Sekunde später auf dem Boden. Bei dem Versuch, aufzustehen, beugte sich Chris über mich und schlug weiter auf mich ein. Er hat nicht aufgehört und ich versuchte, mich zu wehren. Doch als er sich auf meine Arme kniete, war ich hilflos. Wieder schrie ich ihn an, er solle aufhören und mal runterkommen, doch dann packte er meine Kehle. Er drückte zu und ich verabschiedete mich schon vom Leben. Mir blieben die Stimme und die Luft weg ... Plötzlich hörte ich deinen Ruf - Gott sei Dank, ey. Es war wie eine Erlösung, als er losließ und ich wieder atmen konnte. Na ja, den Rest hast du miterlebt."

Katty starrte weiter auf Jakes Hals. Sie nahm jedes Wort in sich auf und verstand nicht, wie Chris zu solch einer Tat fähig sein konnte. Zwar war ihr bewusst, dass sie ihm sehr wehgetan hatte, doch niemand hatte das Recht, jemand anderen umzubringen.

„Komm her", hauchte Jake und nahm Katty in den Arm. Sie legte ihren Kopf auf seine Brust.

„Ich lebe ja noch."

Katharina brummte nur und schloss die Augen. Dabei schaute Jake nach ihrer Verletzung. Sie war nicht sehr tief. Jake bemerkte, dass Katty eingeschlafen war. Er beschloss, sich einen kleinen Moment auszuruhen und dann die Wunde zu verarzten. Doch auch er schlief ein. So verbrachten sie die Nacht ungewollt auf der Couch in Jakes Wohnzimmer.

* * *

Am nächsten Morgen erwachte Jake zuerst. Sanft entglitt er Katharina und legte ihren Kopf sachte auf einem Zierkissen ab. Zusammengekauert schlief sie weiter, während Jake eine Decke aus dem Schlafzimmer holte und sie darin einhüllte. Dann ging er ins Bad, schaltete das Licht ein und betrachtete seinen Hals von allen Seiten. Vorsichtig betastete er ihn, es tat weh. Ein verächtliches Brummen entfuhr ihm und er verließ das Bad. Aus dem Schrank kramte er einen schwarzen Rollkragenpullover, der die Blutergüsse verdeckte.

Als Katty munter wurde, war Jake nicht mehr da. Suchend schaute sie sich um, doch alles, was sie fand, war ein Zettel auf dem Couchtisch:

„Guten Morgen! Ich musste leider schon weg, hab noch was zu erledigen. Warte nicht auf mich! Geh bitte mit deiner Platzwunde zum Arzt."

Katty nahm ihr Handy und rief Jake an, doch der nahm nicht ab. Sie hoffte, dass er nicht auf die Idee kam, die Sache mit Chris zu klären. Doch dann verdrängte sie diese Sorgen, sie halfen ihr nicht weiter. So schlurfte Katty verschlafen in die Küche und machte sich einen Kaffee. Als sie richtig wach und die Tasse leer war, nahm sie ihre Tasche und ging. Ihr erster Gedanke war Paul, doch das Bedürfnis über gestern zu reden, war gering. Daher machte sie sich in Richtung Arztpraxis auf den Weg.

Sie berichtete ihrem Hausarzt lediglich, dass sie gestürzt sei und sich den Kopf angeschlagen hatte. Zwar wurde sie ermahnt, da sie nicht sofort zum Arzt gegangen war, aber es war nur eine Platzwunde mit leichter Gehirnerschütterung. Eine Woche sollte sie sich schonen. Die Wunde wurde gesäubert und verbunden.

Nun wollte sich Katty selbst darüber klar werden, was bezüglich Chris passieren sollte. Den restlichen Tag bummelten sie durch die Stadt, machte in einem Restaurant zur Mittagszeit Halt und aß etwas. Gegen Abend stand sie wieder vor Jakes Wohnung. Er war zu Hause und ließ sie rein. Was er an diesem Tag gemacht hatte, fragte Katty gar nicht erst, dafür war sie zu sehr in eigenen Gedanken versunken.

„Wir müssen reden!", begrüßte sie ihn.

„Komm doch erst mal rein. Willst du was trinken? Und was hat der Arzt gesagt?" Er deutete auf ihren Verband.

„Nein, Jake, will ich nicht", gab sie mit fester Stimme wieder und setzte sich dabei auf das Sofa. „Und das am Kopf ist nichts weiter, nur ne Platzwunde. Aber wir müssen ihn anzeigen! Er könnte es wieder versuchen und wenn es beim nächsten Mal klappt, dann ..." Sie ließ den Satz unbeendet und wagte nicht, ihn zu komplettieren.

„Ich glaube nicht, dass wir ihn anzeigen sollten. Er hat einfach überreagiert. Du hast ihn mal geliebt und ihr wart sehr lange zusammen." Jake machte eine kurze Pause. „Und letztendlich habe ich es nicht anders verdient, ich habe mich immerhin an seiner Freundin vergriffen."

Mit in Falten gelegter Stirn und feuerroten Wangen sprang Katty auf. Ihre Hand zur Faust geballt, platze es aus ihr heraus: „Niemand hat es verdient, erwürgt zu werden. Zu dieser Sache gehören zwei und egal was wir gemacht haben, er darf dich nicht körperlich verletzen!"

„Katharina, bitte setz dich wieder. Ich verstehe deine Wut, aber mir geht es gut und wir zerstören sein Leben mit solch einem Vorwurf. Er würde ins Gefängnis kommen." Katty setzte sich nicht wieder.

„Da gehört er auch hin!"

„Nein, das tut er nicht. Er war sauer und das zurecht. Ich glaube nicht, dass er das wieder versucht."

„Willst du das etwa riskieren?", wollte Katty wissen, die sich nun doch wieder niederließ.

Jake legte den Kopf schief und schaute mit dem liebevollsten Dackelblick zu Katty.

„Deine braunen Rehaugen helfen dir da auch nicht weiter." Katty ließ den Kopf hängen.

„Na ja, ich freue mich nicht über diesen Angriff, aber ich verstehe ihn und möchte ihn nicht anzeigen. Die paar blauen Flecken lassen sich gut unter einem Schal oder diesem Pulli verstecken. Wenn du zur Polizei gehst, ist das okay für mich. Aber bitte schlafe eine Nacht drüber, denke an die Folgen und das du ihn lange Zeit geliebt hast."

„Ich verstehe dich nicht! Dich hat doch nie interessiert, wie es ihm geht. Warum nimmst du ihn jetzt in Schutz?"

Jake berührte Katty sanft an den Schultern: „Wenn mir ein Typ das Mädel ausspannen würde, würde ich wohl auch total durchdrehen. Das soll keine Entschuldigung sein, aber vielleicht habe ich es ja nicht anders verdient!?"

Damit war das Gespräch beendet. Die Worte klangen in Katharinas Kopf nach und ihr fiel kein Gegenargument mehr ein. Sie beschloss, dass es auf die eine Nacht nicht mehr ankam.

* * *

Christian fand keine Ruhe. Er spielte sogar mit dem Gedanken, sich selbst anzuzeigen. Doch diesen Triumph wollte er Jake um nichts in der Welt gönnen. So entschied er, seine Tat sogar abzustreiten, wenn es zur Anzeige käme, schließlich gab es keine weiteren Zeugen. Er konnte absolut nicht einschlafen. Mitten in der Nacht setzte er sich daher an seinen Computer und surfte ziellos durch das Internet. Da fand er ein verlockendes Stellenangebot ... über sechshundert Kilometer von Kirrlich entfernt ...

Am nächsten Morgen wurde Katharina vom Klingeln ihres Handys geweckt. Verschlafen rieb sie sich die Augen und tastete nach dem Mobiltelefon. Mit verklärtem Blick erkannte sie Pauls Nummer. Stöhnend ließ sie das Smartphone ins Bett fallen. „Jetzt nicht", grummelte sie und zog sich die Decke über den Kopf. Sie drehte sich auf die Seite und döste noch eine Weile weiter. Der Vormittag war schon vorangeschritten und so beschloss sie, doch noch aufzustehen. Katharina trug nur ein langes, weites Shirt, welches ihr bis zu den Knien reichte. Sie schlurfte barfuß in die Küche und legte sich zwei Aufbackbrötchen in den Ofen. Dann setzte sich Katty seitlich auf einen Stuhl, ihren Rücken lehnte sie gegen die Wand. Die Beine winkelte sie an und legte die Arme darum. Sie schloss die Augen und lauschte dem Brummen des Backofens.

Nach dem Frühstück fühlte sie sich etwas fitter. Ihre Kopfwunde tat nur noch bei Berührung weh. Da sie sich gut fühlte, wollte sie sich um Jake kümmern. Sie wählte seine Nummer. Nachdem es zweimal geklingelt hatte, nahm er ab.

„Ich lebe immer noch", begrüßte er sie.

„Nette Begrüßung, mir gehts auch gut", gab sie etwas schnippisch wieder.

224

„Du rufst doch nur an, um zu hören, wies mir geht", lachte Jake.

„Es tut mir leid, wenn es dich nervt, dass ich mir Sorgen mache."

„Hast du dich entschieden, ob du Chris anzeigen willst?", überging er ihre Bemerkung.

Stille am anderen Ende der Leitung. Katty ging nicht direkt auf diese Frage ein. Alles was sie dazu meinte, war schließlich: „Ich will ihn einfach nie wiedersehen!"

„Hmm."

Nach dem Telefonat überlegte Katty lange, ob sie mit Paul reden sollte. Doch dann wüsste eine Person mehr von der Sache und Katharina wollte ihren besten Freund nicht mit in die Geschichte hineinziehen. Sie blieb zu Hause und ließ seinen Anruf am Morgen unbeantwortet.

17. Kapitel - November 2011

Es war das letzte Novemberwochenende des Jahres: Katty saß mit einer heißen Tasse Kakao in eine Decke gekuschelt auf dem Sofa. Im Fernsehen lief ein Liebesfilm. Seit dem Angriff von Chris waren ein paar Wochen vergangen. Jake hatte sich wieder erholt und war ein paar Tage mit Schal herumgelaufen. Keiner der beiden entschied sich, Anzeige zu erstatten. Zwischen Jake und Katharina lief es nicht mehr so gut. Ein paar Mal hatten sie sich noch getroffen. Doch seit Katty ganz offiziell solo war und sich zu Jake bekannte, zog dieser sich immer mehr zurück. Katty sah und hörte immer seltener von ihm, was für sie nur schwer zu ertragen war. Doch ihr kam keine Idee, wie sie etwas an der Situation hätte ändern können. Bedrängen wollten sie ihn nicht, daher nahm sie es vorerst missbilligend hin und sprach ihn nicht darauf an.

Plötzlich klingelte es an Kattys Tür. Sie zuckte zusammen, denn mit Besuch hatte sie nicht gerechnet. So stellte sie ihre Tasse auf dem Couchtisch ab und schlüpfte unter der Decke hervor.

„Komme", rief sie, als es nun zusätzlich klopfte. Katharina machte auf und erstarrte. Christian stand vor ihr. Den Kopf schüttelnd wollte sie die Tür sofort wieder zuknallen, doch er hielt sie mit der Hand geöffnet.

„Warte, bitte hör mir nur für einen Moment zu."

„Nein!", sie drückte dagegen.

Doch als er sagte: „Ich werde weggehen", hielt sie kurz inne und öffnete die Tür langsam wieder. Mit gerunzelter Stirn funkelte sie ihn an.

„Was?"

„Ich bin hier, um mich zu verabschieden. Ich habe einen neuen Job gefunden. An dem Abend, als ... na, du weißt schon. Da habe ich diese Ausschreibung gesehen. Der Job ist aber ein paar Autofahrstunden von hier entfernt. Nachdem ich mir die halbe Nacht den Kopf darüber zerbrochen habe, dachte ich, spricht nichts dagegen, mal zu schreiben. Kurz darauf bekam ich ein Vorstellungsgespräch und na ja, ich werde die Stelle annehmen. Am ersten Dezember geht es los. Ich ziehe also weg und du wirst mich nicht wiedersehen."

Katty hatte sich mit verschränkten Armen seitlich an den Türrahmen gelehnt.

„Und was hat das mit mir zu tun?", gab sie mürrisch zurück.

„Ich wollte mich verabschieden." Er senkte den Blick.

„Pah ..., meinst du das interessiert mich ernsthaft?"

„Katty, ich liebe dich und ich wollte, dass du das weißt, bevor ich gehe." Mit diesem Satz drehte Chris sich um und ging. Kattys Kinn klappte nach unten und sie ließ ihre Arme sinken. Fassungslos stand sie da. Nach einigen Sekunden löste sich ihre Starre und sie ging irritiert in die Wohnung zurück. Doch bevor sie den Film weiterschaute, nahm sie ihr Telefon und wählte Pauls Nummer.

Er kam sie noch am selben Abend besuchen. Sie erzählte von der Nacht des Angriffs, ließ diesen selbst jedoch aus. In ihrer Erzählung war es ein heftiger Streit. Auch Christians verwirrenden Abschied berichtete sie ihm. Diesmal fand selbst Paul keine Worte. So genehmigten sich beide einen Drink und sahen gemeinsam einen Film. Das Genre wurde allerdings in etwas Männerkompatibles gewechselt.

Am nächsten Tag besuchte Katharina Jake. Das Bedürfnis zu klären, wie die beiden nun zueinanderstanden, war ihr sehr wichtig geworden. So erzählte sie ihm, dass Chris nun die Stadt verlassen würde und nichts mehr zwischen ihnen stünde. Sie fragte Jake, was das für sie beide bedeutete.

„Katty, wir haben Spaß zusammen und wir mögen uns. Reicht das nicht?" Er wich von ihr zurück und wollte in diesem Moment keine Berührungen.

„Liebst du mich?", wollte Katty wissen.

„Katty, du bist mir gerade echt viel zu aufdringlich. Warum muss die Sache denn jetzt einen Namen bekommen?"

Eine Träne rann über Kattys Wange. *Das ist eine deutliche Antwort.* Sie schniefte, drehte sich um und verließ fluchtartig seine Wohnung.

Für sie war es wie eine erneute Trennung. Wieder einmal saß sie weinend in Pauls Armen. Dieser war sehr wütend auf Jake, denn er hatte das Ende geahnt, noch bevor es etwas zu beenden gab. Nun saß er da, streichelte Kattys Rücken und legte sein Kinn auf ihrem Kopf ab. Ihr Körper bebte und das verzweifelte Weinen ließ sie immer wieder zusammenzucken. Paul sagte nichts. Nachdem Kattys Tränen verebbt waren, sie wie ein Baby zusammengekauert in den Armen ihres besten Freundes gelegen und vor sich hingestarrt hatte, stellte Paul die Frage:

„Willst du ein paar Tage bleiben?"

Katty schluchzte und zog die Nase hoch. „Nein,

schon gut ... ich kann nicht jedes Mal bei dir wohnen, wenn er wieder weg ist."

Paul hielt sie fest und nahm ihre Meinung hin, er gab keine Antwort. Dann blickte sie auf und klagte:

„Warum muss ich Weihnachten immer allein verbringen?"

* * *

Wie erwartet war die Aussprache mit Jake das Ende. Er meldete sich nicht mehr und reagierte weder auf Anrufe, noch auf Nachrichten. Katharina kannte das Gefühl bereits, von ihm derart zurückgewiesen zu werden. Doch dieses Mal wollte sie stark sein. Immerhin waren seit ihrer ersten Beziehung mehrere Jahre ins Land gezogen und sie hatte sich weiterentwickelt. Katty zog nicht bei Paul ein, redete aber sehr viel mit ihm, jedoch nicht täglich. Das neue Jahr sollte anders werden. Sie könne sich auf die Karriere konzentrieren und andere Männer kennenlernen. Das waren Kattys Ziele, Herrschaften, mit denen es keine gemeinsame Vergangenheit gab.

Und so fing das neue Jahr an. 2012 hatte Katharina das dringende Bedürfnis sich zu verändern, in jeder Hinsicht. Sie ertrug sich im Spiegel nicht mehr, also begann sie mit Sport. Ihre Ernährung stellte sie ebenfalls um. Zwar war sie nie dick, aber ein paar Kilos weniger würden ihr nicht schaden. Sie meldete sich im Fitnessstudio LaCrox an, welches sie nun jeden zweiten Tag besuchte. Regelmäßig hatte sie Trainertermine. Bob beriet sie entsprechend ihrer Ziele, zeigte ihr immer neue Übungen und spornte sie an, nicht aufzugeben. So viel Gewicht verlor Katty gar nicht, aber ihr Körper veränderte sich. Fettpölsterchen verschwanden und Muskeln bauten sich auf. Sie wirkte durchtrainierter und je mehr ihr Körperfettanteil sank, desto mehr wuchs ihr Selbstbewusstsein.

Ursprünglich hatte sie vor, sich eine völlig neue Frisur verpassen zu lassen. Doch als sie eines Tages beim Friseur saß, schaffte sie es nicht, sich von ihrer langen Haarpracht zu trennen. *Na ja, man muss ja nicht alles ändern*, sagte sie sich selbst und ließ nur die Spitzen nachschneiden.

Katharina hatte letztendlich auch das Bedürfnis, sich beruflich zu verändern. Zwar liebte sie ihren Job, aber sie fühlte sich dazu berufen, neue Ufer zu erkunden. Sie dachte viel darüber nach und als sie eines Tages in ihrem Büro saß, tippte sie ihre Kündigung. Der Drucker spuckte diese kurz danach aus. Sie stand auf, lief zu dem Gerät und faltete das Dokument für einen Briefumschlag. Plötzlich klopfte es an der Tür.

„Herein", sagte sie, das Blatt noch immer in der Hand haltend.

Da stand ihr Chef Peter vor ihr.

„Katharina, ich muss unbedingt mit dir reden."

„Peter, ich wusste gar nicht, dass du heute im Haus bist." In den letzten Jahren hatte sich die Geschäftsbeziehung der beiden locker entwickelt und sie waren schon lange per Du.

„Ich bin nur gekommen, um eine wichtige Angelegenheit mit dir zu besprechen. Können wir uns setzen?"

„Na klar", gab Katty wieder und deutete auf einen leeren Stuhl. Gleichzeitig setzte sie sich in ihren.

„Ich werde das Lokal verkaufen."

Kattys Augen weiteten sich, doch Peter sprach weiter.

„Lange habe ich darüber nachgedacht und mich letztendlich dazu entschieden, es abzugeben. In

Zukunft möchte ich mich mehr meiner Familie widmen. Katharina, wir beide haben immer sehr gut zusammengearbeitet und auf dich war jederzeit Verlass. Daher würde ich mich sehr freuen, wenn du das Restaurant übernimmst."

Diese Überraschung musste sie erst einmal verdauen. Ungläubig schüttelte sie kaum merklich den Kopf, doch dann kam sie zu Sinnen:

„Ich habe doch gar kein Geld, dieses Lokal zu kaufen. Und überhaupt ... das kommt so plötzlich!"

„Ich wollte es nicht aussprechen, solange es nicht wirklich spruchreif ist. Das Finanzielle sollte kein Problem sein, wir können uns auf eine Ratenzahlung einigen. Die Formalitäten diskutieren wir später in Ruhe. Erst mal wüsste ich gern, ob du Interesse hast!?", gab Peter zurück.

„Bitte lass mir etwas Bedenkzeit, ich kann das auf gar keinen Fall sofort entscheiden." Unbewusst fuhr Katty über die Briefkante ihrer Kündigung. Ihre Gedanken überschlugen sich. Welch einmalige Gelegenheit sich ihr gerade bot und das, obwohl sie gerade beschlossen hatte, einen völlig neuen Karriereweg einzuschlagen.

„Denk in Ruhe darüber nach. Ich komme einfach

nächste Woche noch mal darauf zurück, okay?"

„Alles klar", sagte Katty und starrte dabei ins Leere.

Peter tippte kurz auf den Schreibtisch, nickte zustimmend, stand auf und ging. An der Tür drehte er sich noch mal um.

„Was hast du da eigentlich? Ist das für mich?" Er deutete auf den Brief in Kattys Fingern, die den Falz immer noch entlangfuhren. Katty blickte erschrocken auf.

„Was? Oh, ach nein, das ist ... Müll ..." Sie zerknüllte das Schriftstück und warf es in den Papierkorb. Peter lächelte kurz, bevor er das Büro verließ.

* * *

Wenige Monate später hatte Katty das Restaurant tatsächlich gekauft. Unter ihrer Führung lief alles so gut, dass sie bereits kurz danach zwei weitere Filialen eröffnete. Für jedes Lokal hatte sie einen Geschäftsführer eingestellt. Sie selbst verschaffte sich vor Ort zwar immer wieder einen Überblick, arbeitete aber nicht mehr dort. Nun war sie selbstständig und traf sich regelmäßig mit den Managern zu Meetings. Hier wurden der aktuelle Stand, Kritik, Neuerungen und vieles mehr besprochen. Sie arbeitete nun mit einer Werbeagentur zusammen, um die Restaurants im Umkreis noch bekannter und beliebter zu machen. Zudem waren bereits weitere Eröffnungen in Planung. Katharinas Terminplan war stets so voll, dass gar keine Zeit mehr für Jake oder andere Männer blieb. Nur am Abend, wenn sie sich ins Bett legte, schlich sich Jake in ihre Gedanken und trübte ihre Stimmung. Meist war sie jedoch so erschöpft, dass sie kurz darauf einschlief. Am nächsten Morgen nahm sie dann der geschäftige Alltag wieder in Beschlag.

* * *

Nach und nach spielte sich aber die Routine ein und Katharina nahm sich neben der Arbeit wiederkehrend Zeit für sich. Auf Sport und ihre Ernährung achtete sie weiterhin. Wenn sie am Wochenende in eine Disco ging, zog sie viele Blicke auf sich. Ihr neues Aussehen und das dadurch gestärkte Selbstvertrauen wirkten wie eine magische

Anziehungskraft auf das andere Geschlecht.

Das Nighthouse mied sie bewusst, denn Katty ging nicht ohne Ziel aus. Die Männer flirteten mit ihr und sie genoss diese Aufmerksamkeit in vollen Zügen. Selten musste sie auch nur einen Drink zahlen und häufig ging sie nicht allein nach Hause. Allerdings ließ sich Katty auf keine festen Beziehungen mehr ein. Das war ihr neues Mantra: Länger als eine Nacht durfte kein Mann bleiben und verlieben hatte sie sich verboten.

Ihre Freunde und auch Paul wussten nichts von ihrer Freizeitbeschäftigung. Katty wollte vor allem eines: Ablenkung. Ablenkung von Jake und seinen Küssen, seinem Körper, seiner Zärtlichkeit.

Ganz so einfach war es anfangs allerdings nicht. Denn eigentlich war sie eine eher schüchterne junge Frau. Sex hatte Katharina bis dahin nur mit Jake und Chris gehabt. Jedoch stand Veränderung auf dem Programm und das schloss ihre Sexualität nicht aus. Nachdem sie merkte, dass Männer Interesse an ihr zeigten, beschloss sie eines abends, nicht allein nach Hause zu gehen. Doch leicht fiel es Katty nicht, sich zu öffnen. Im Laufe der Stunden bemerkte sie, dass der Alkohol ihre Stimmung lockerte und ihre Hemmschwelle sinken ließ.

Mit der Zeit brauchte Katharina immer weniger Drinks, um sich auf den Liebhaber der Nacht einzulassen. Oft verließ sie die Disco schon nach kurzer Zeit mit einem neuen Begleiter. Das Tanzlokal wechselte sie regelmäßig, um nicht bekannt zu werden.

Allerdings gab es ein Problem. Der viele Sex und die verschiedenen Männer halfen nicht. Sobald sie die Augen schloss, war es Jake, den sie vor sich sah und nicht der Mann, dessen Namen sie häufig nicht kannte. Sie spürte Jakes Hände auf ihrem Körper und Jakes Lippen auf ihren. In der Hoffnung, diese Gedanken würden sich legen, traf sie sich weiter mit den Herren der Nacht. Doch es änderte sich nichts.

Eines Abends verließ sie die Wohnung eines Lovers und spazierte in Richtung Heimat. Ein frischer Wind blies ihr ins Gesicht und wirbelte durch ihre langen Haare. Der Alkoholpegel sank, sie hatte nur wenig getrunken. Völlig in Gedanken kam sie an einen Park. Vor dem Schild blieb sie stehen.

„Mingo-Park". Ein tiefes Seufzen durchfuhr Katty und sie verschränkte die Arme vor dem Oberkörper. Dann betrat sie die Grünanlage und lief den Weg entlang. Kein Mensch war hier und Katharina setzte sich auf eine der Bänke. Sie rieb sich die Oberarme und nahm die Beine nah an den Körper. Die Füße standen auf der Sitzfläche. Als sie sich umblickte, fiel ihr auf, dass alle Laternen funktionstüchtig waren. Sie dachte an den Abend zurück, als Chris versuchte, Jake umzubringen. Als sie die beiden Männer in ihrem Geiste sah, schloss sie die Augen. Die letzten Monate spielten sich in ihren Gedanken ab. Die Trennung von Jake, ihre körperliche Veränderung, der Karriereaufstieg, die vielen Männer ... Ihr Gesicht verbarg sie plötzlich in ihren Knien. Katty versank in einem Meer aus Tränen. Sie weinte und weinte und weinte unaufhörlich.

Das Klingeln ihres Telefons nahm sie nicht wahr. Mitten in der Nacht rechnete sie auch nicht mit einem Anruf. Irgendwann war ihr Körper völlig erschöpft. Ihre Tränen versiegten und sie schlief auf der Parkbank ein.

Als am Morgen die Sonne ihre Nase kitzelte und ein Vögelchen neben ihr auf der Bank ein Lied zwitscherte, öffnete sie langsam die Augen. Im ersten Moment wusste sie nicht, wo sie war, erschrocken blickte sie gen Himmel und langsam kam die Erinnerung zurück. Sie reckte den Kopf, schaute nach rechts und links und streckte vorsichtig ihre Gliedmaßen. Überall schmerzte es. In der zusammengekrümmten Haltung, in welcher sie eingeschlafen war, war sie auch erwacht. Ihre

Muskeln dankten es ihr nicht. Katty erhob sich von der Bank und ging ein paar Schritte Auf und Ab. Ihr Körper fühlte sich wie der einer alten Greisin an. Doch mit jedem Schritt, den sie tat, wurde es ein bisschen besser. Sie blieb stehen, reckte und streckte sich erneut ausgiebig, um dann ihre Heimreise fortzusetzen. Dabei tastete sie in der Tasche nach ihrem Handy. Ein entgangener Anruf von Paul wurde angezeigt - mitten in der Nacht. *Er muss angerufen haben, als ich gerade auf der Bank weinte*, ging es ihr durch den Kopf. Sie tippe auf den Rückrufbutton und kurz darauf klingelte es.

Eine verschlafene Stimme begrüßte sie nach dem dritten Rufton.

„Jaah?"

„Hallo Paul, ich bin's, Katty. Du hast mich letzte Nacht angerufen? Ist was passiert?"

„Ja, weißt du, ich hatte irgendwie ein ungutes Gefühl und machte mir Sorgen, dass etwas nicht mit dir stimmte. Keine Ahnung woher dieser Gedanke kam, aber ich wollte hören, ob es dir gut geht ... Geht es dir gut?"

Katty wollte ‚ja' antworten, brachte es aber nicht über sich. Paul anzulügen war nie einfach, nicht für sie.

„Katty, bis du noch da?"

„Ja, du, ich hatte eine miese Nacht, bin nicht so ganz fit", versuchte sie, auszuweichen.

„Was hast du gemacht?"

„Ich, ähm, war in einer Bar. Hab etwas viel getrunken und bin dann Richtung Heimat geschwankt. Dabei lief ich durch einen Park und du kennst doch sicher diese verlockenden Parkbänke, wenn man kaum laufen kann!? Na ja, ich wollte mich auf so einer nur ganz kurz ausruhen ... wirklich nur ganz kurz ... und dann bin ich eingeschlafen. Jedenfalls tut mir gerade alles weh und ich gehe endlich nach Hause. Will nur noch duschen und in ein richtiges Bett fallen."

Zwar war ihre Aussage nicht wirklich gelogen, aber die wichtigen Details ließ sie bewusst weg.

„Katharina Salvatore, trink nicht so viel! Du machst echt Sachen. Geh heim und schlaf deinen Rausch aus. Vielleicht meldest du dich die Tage mal, wir haben uns ja ewig nicht gesehen."

„Mach ich, bis dann. Und du mach dir nicht so viele Sorgen."

„Ciao."

Katharina wollte Paul nicht sehen. Sie wusste, dass sie ihm niemals ins Gesicht lügen konnte. Aber wie sie sich verändert hatte, vor allem was die Männer angingen, dieses Bild durfte er von ihr nicht haben. Sie wollte nicht, dass er schlecht von ihr dachte.

Nach ihrem Zusammenbruch im Park besuchte sie eine Weile keine Disco oder Bar. Sie konzentrierte sich weiter auf ihre Karriere, begab sich auf Fortbildungen und begleitete die Neueröffnungen. Doch als der Winter und damit die Weihnachtszeit näher rückten, hielt das Gefühl der Einsamkeit erneut Einzug. Paul hatte sie noch immer nicht gesehen. Er rief sie ständig an. Da sie sich in diesem Jahr nie sahen, vermutete er, dass etwas nicht stimmte. Katty nahm nicht mehr ab. Sie öffnete ihm nicht einmal die Tür, wenn er klingelte. Anrufe wurden von ihr höchstens mit einer kurzen SMS beantwortet.

In der Vorweihnachtszeit verdrängte sie jeden Gedanken an den Park und ging wieder aus. Nach fünf Dates traf sie allerdings auf einen Mann, mit dem sie überhaupt nicht gerechnet hatte.

18. Kapitel - Weihnachten 2012

Es war der sechste Abend in Folge, an dem Katty ausging. Die Männer hatte sie immer am Morgen danach rausgeworfen, um pünktlich bei der Arbeit zu sein. Alkohol brauchte sie nun gar nicht mehr, um ihre Hemmungen zu überwinden. Das war gut so, denn ihren Job wollte sie nicht riskieren. Müde zu erscheinen war kein großes Problem für sie, betrunken wäre nicht vertretbar gewesen.

An diesem Montag war Heiligabend. Die Disco war weihnachtlich geschmückt. Riesige Prisma-Eiszapfen hingen von der Decke und boten mit den bunten Lichtern, die durch den Tanzsaal flackerten, atemberaubende Effekte. Künstliche Schneemänner zierten verschiedene Ecken der Räumlichkeiten. Der DJ trug eine Weihnachtsmannmütze und legte Klassiker des Festes als Rockversion auf. Katty genoss Eierpunch. Sie hatte nicht erwartet, dass eine kleine Disco im Nachbarort am Weihnachtstag so belebt sein würde. Doch nach dem zweiten Getränk war die Tanzfläche vor ihr nicht sicher. Sie tanzte und ließ ihre ganze Energie heraus. Nach dem dritten Lied machte sie eine Pause und trank an der Theke eine Cola. So erfrischt und voller Endorphine stürzte sie sich erneut in die tanzende Menschenmenge. Es war ziemlich eng und als sie aus einer Drehung heraus direkt vor Jakes maskulinem Körper zum Stehen kam, erstarrte sie.

Er musterte Katty, von oben bis unten. Nach ein paar Sekunden öffnete Jake den Mund. Doch Katty legte ihm einen Zeigefinger auf die Lippen. Sie hatte nicht mit ihm gerechnet. Doch jetzt wollte sie genießen und nicht darüber nachdenken, dass es besser wäre, ihm aus dem Weg zu gehen.

Er blieb stumm und ihre Hände fuhren herab zu seinem Po. Dabei schwang sie ihre Hüften und ging in die Knie. Langsam und rhythmisch kam sie wieder nach oben. Jetzt begann auch Jake, seinen Körper zur Musik zu bewegen. Sie tanzten und ihre Finger wanderten unter sein T-Shirt, während seine auf Kattys Hinterteil zur Ruhe kamen. Langsam näherte sich Kattys Gesicht dem von Jake. Als ihre Lippen fast seine berührten, lächelte sie ihn an und drehte ihm den Rücken zu. Ihren Po drückte sie an seinen Unterleib, gleichzeitig reckte sie die Arme in die Luft und tanzte weiter. Jake streifte ihre Schultern und fuhr ihren Körper seitlich entlang. Auf der Hüfte hielt er an und führte ihre Bewegungen. Sie schienen zu verschmelzen. Katharinas Arme sanken herab und sie legte ihre Hände auf Jakes. Kurz danach drehte er sie zu sich und küsste sie. Ihre Zungen spielten endlos miteinander und Jake drückte Kattys Unterleib gegen seinen. Sie spürte seine Erektion in der Hose und ihr Herz schlug höher.

Daraufhin löste sie sich von ihm und flüsterte ihm ins Ohr: „Komm mit!"

Sie nahm seine Hand und bewegte sich zum Ausgang. Schnellen Schrittes folgte Jake ihr. Direkt vor dem Gebäude befand sich der Parkplatz und Katharina steuerte auf ihr Fahrzeug zu.

Sie will zum Auto? Nein, nein, nein, eine Autofahrt ertrage ich nicht. Ich will sie, und zwar jetzt! Er stoppte und hielt sie zurück.

Nun zog er sie am Arm und bestimmte die Richtung.

Wo will er denn jetzt hin? Mit fragendem Blick, aber ohne Widerworte lief Katty Jake nach.

Er brachte sie hinter das Haus. Hier gab es keine Beleuchtung und niemand war zu sehen. Ein schmaler Trampelpfad befand sich neben der Rückseite des Gebäudes. Links davon ging es einen Abhang hinunter, der zu einem Bach führte.

Jake schob Katty an das Gemäuer und küsste sie. Dabei wollte Katharina ihre Arme um ihn schlingen, doch er packte sie an den Handgelenken und drückte sie über ihrem Kopf an die Wand. Genüsslich schloss

Katty die Augen und ließ sich vollkommen fallen. Jakes Küsse wanderten zu ihrem Hals und eine Gänsehaut überzog ihren Körper. Dann glitt er immer weiter hinab. Ihre Arme hatte er losgelassen und sie ließ sie langsam sinken. Sie genoss jede kleinste Berührung und hätte diesen Moment am liebsten eingefroren. *Keiner berührt mich so wie er.* Dieser kurze Gedanke brannte sich in ihr Herz ein.

Als Jake ihr T-Shirt leicht nach oben gestreift hatte und bei ihrem Bauchnabel angekommen war, öffnete er ihre Hose. Katharinas Finger ergriffen Jakes Schultern. Sie stützte sich an ihm ab und stöhnte leise. Kattys Jeans glitt an ihr herab und Jake zog auch den Slip nach unten. Dann liebkosten Jakes Lippen und Zunge ihre feuchte Scham. Sie konnte dieser Erregung nicht standhalten und erreichte kurz darauf keuchend ihren Höhepunkt. Jake küsste sich wieder nach oben, bis er bei ihrem Mund ankam und ihre Zungen wieder zusammen tanzten. Er konnte keinen klaren Gedanken mehr fassen. Alles woran er dachte, war Katty und ihr wunderbar geformter Körper, von dem er jeden Zentimeter erkunden und spüren wollte. Dabei öffnete er seinen Gürtel. Doch Katty stoppte ihn und löste ihn ab. Sie packte selbst aus, was sie so ersehnte. Jake rieb seinen Unterleib an ihr, bis er sich nicht mehr beherrschen konnte.

Jetzt ging es schnell. Er packte Kattys linken Oberschenkel und zog ihn nach oben, wo sie ihr Bein um seine Hüfte schlang. Ihr Körper bebte und konnte es kaum erwarten, seinen Penis endlich in sich zu spüren. Dann drang er in sie ein. Langsam und intensiv. Die beiden stöhnten auf. Sein Tempo erhöhte sich schnell. Mit jedem Stoß gelangte er tiefer in Katty und sie seufzte laut. Er hielt ihr den Mund zu, denn er hatte nicht vergessen, wo sie sich befanden. Liebevoll biss sie ihm in die Handfläche, als sie gemeinsam den nächsten Höhepunkt erreichten.

Den beiden war so heiß gewesen, dass sie die winterlichen Temperaturen ignorierten. Doch nun spürten sie die Kälte sehr deutlich. Sanft zog Jake sich aus Katty zurück und sie bekleidete sich schnell wieder. Dann blickte sie ihm tief in die Augen, gab ihm einen letzten Kuss und verschwand.

Jake schaute ihr mit heruntergelassener Hose hinterher.

* * *

Katty war in ihr Auto gestiegen und in Richtung

Heimat gefahren. Dabei dachte sie über das unerwartete Treffen mit Jake nach: *Wieso nur enden all unsere Zusammenkünfte auf diese Art und Weise? Eigentlich hätte ich in dem Moment gehen müssen, als ich ihn sah. Aber er hat mich sofort in seinen Bann gezogen. Ich schmelze in seinen Händen wie Schokolade. Hmm. Aber immerhin hab ich's geschafft zu gehen. Es wäre wohl besser, wenn wir uns nicht wieder begegnen würden. Herrje, ich liebe ihn immer noch*!

Am liebsten hätte Katty mit der Stirn gegen das Lenkrad geschlagen, so wütend machte sie diese Erkenntnis. Doch sie konzentrierte sich weiter auf die Straße und schlug nur mit der Faust auf das Steuer.

„Verdammt!", fluchte sie. Dann schaltete sie das Radio ein und drehte die Lautstärke nach oben. Es lief rockige Musik und sie sang lauthals mit.

* * *

Jake hatte Katharina hinterhergeblickt, bis sie um die Ecke des Hauses bog. Als er sie nicht mehr sehen konnte, packte er seine Hose und zog sie wieder hoch. In seinem Kopf spukte Kattys Name wie eine riesige Leuchtreklame. Zwischendurch tauchten immer wieder kurz die Bilder von Katharinas nacktem Körper und dem Sex der beiden auf. Doch die schillernden Buchstaben ihres Namens übernahmen die Kontrolle seiner Gedanken. Langsam lief Jake los, er achtete nicht auf den Weg, welchen seine Füße ihn entlang trugen. Ins Nichts starrend schlurfte er die Straßen vorwärts. Er versuchte, seine Gedanken zu ordnen, doch sie waren wie ferngesteuert und unverändert. Wie eine hängende Schallplatte sah er ihren Namen und ihren Körper. Nach einer kleinen Ewigkeit stand er vor seiner Wohnung. Doch er ging nicht hinein. Hunger machte sich bemerkbar und zum ersten Mal seit dem Zusammentreffen mit seiner Ex-Freundin konnte er an etwas anderes denken. Er schlenderte zum nächsten Imbiss und freute sich, dass dieser noch geöffnet hatte. Der Kebab war schnell bestellt und hinunter geschlungen. Er hatte sich im Lokal an einen Tisch gesetzt und trank noch eine Cola.

Warum zur Hölle bringt sie mich eigentlich jedes Mal so verdammt durcheinander? Das schafft sonst kein Mädel. Sex ohne Beziehung ist doch gar kein Problem: rein, raus, fertig. Aber wieso kann ich nur bei ihr nicht abschalten? Jedes mal hängt sie

Ewigkeiten in meinem Kopf fest ... Oh Mann, kann es sein? Kann es wirklich daran liegen, dass ...? Dass ich sie liebe? Immer noch? Warum hört das nur nicht auf, sie ist doch auch nur ... nein, sie ist nicht nur ... Sie ist ... ach, was weiß ich. Jake leerte seine Cola in einem letzten Zug. Bezahlt hatte er schon. Dann ging er nach Hause und warf sich in sein Bett, mehr als die Schuhe hatte er nicht ausgezogen. Diese flogen quer durch den Flur. Jake brachte es nicht einmal fertig, sich die Zähne zu putzen. Er wollte nur in seinem Kissen versinken und vor der Welt und seinen Gedanken fliehen. Es dauerte keine fünf Minuten und er schlief ein.

* * *

Drei Tage später waren die Feiertage überstanden und Jake traf sich mit seinem besten Freund Jim. Sie fuhren aus der Stadt raus und hielten an verlassenen Feldwegen. Das Flachland hier war schneebedeckt und auch die Trampelpfade waren davon nicht befreit. Die Männer hatten sich in dicke Wintermäntel, Stiefel, Mütze und Schal gehüllt. Mit je einer Flasche Bier gingen sie spazieren. Erst wollten sie sich zum Quatschen auf einer Bank niederlassen, doch schnell wurde es kalt. So blieben sie in Bewegung. Jake begann, von Katty und dem Abend in der Disco zu erzählen. Er jammerte, dass er sie einfach nicht vergessen könne und sich selbst nicht mehr verstünde.

„Ach Jake, wie lang geht das jetzt schon mit euch so hin und her, ein paar Jahre oder?", begann Jim.

„Na ja, wir waren nur einmal zusammen, dann die Affäre und das jetzt war ja nur was Einmaliges", versuchte er, sich herauszureden.

Jim brach in schallendes Gelächter aus. Er musste sogar stehen bleiben und hielt sich den Bauch vor Lachen. Dabei hatte er zu kämpfen, sein Bier nicht zu verschütten: „Was Einmaliges, du bist gut! Hahaha, haha, hahaha!", er konnte sich kaum noch halten. „Wenn es seit Jahren dieses Hin und Her gibt und ihr nicht die Finger voneinander lassen könnt, dann ist das definitiv nichts „Einmaliges"."

Jake brummte nur, ihm fiel dazu nichts mehr ein.

„Und was denkt Herr Oberschlau darüber?", fragte Jake mit ironischem Unterton. „Ich weiß einfach nicht, was ich will."

„Oh, ich denke, das weißt du ganz genau. Du hast nur Angst davor."

„Was soll das denn schon wieder heißen?", wollte Jake wissen.

„Na ja, ich denke, du liebst sie. Was heißt, ich denke, das sagst du ja selbst. Aber du hast einfach Schiss davor ..., dass aus euch etwas werden könnte. Bindungsangst nennt man sowas, Alter."

„Bindungsangst? Willst du mich verarschen? Ich hatte schon viele „Bindungen", wie soll ich also Angst davor haben?"

„Hmm, wie lang war deine anhaltendeste Beziehung!? Du hast noch nie eine Freundin für längere Zeit gehabt. Nicht mal bei Katty hast du das geschafft, obwohl du es so sehr wolltest. Immer wenn es ernst zwischen euch wurde, bist du abgehauen. Eure Affäre ging ja auch nur so lange gut, wie sie noch vergeben war. Klar, in der Zeit musstest du dich nicht sorgen, dass sie was Festes will. Und auch jetzt siehst du sie einmal und läufst direkt wieder weg."

„Sie ist weggelaufen!"

„Oh, hast du dich in den letzten Tagen etwa bei ihr gemeldet?"

„Nein, hab ich nicht", gab Jake kleinlaut mit gesenkten Blick zu. „Aber sie hat auch nicht angerufen oder geschrieben."

„Ja, warum auch? Du warst es, der jedes mal gegangen ist, also bist du nun dran. Du kannst ja nicht verlangen, dass sie ewig auf dich wartet."

„Na, aber, wenn sie einfach nach dem Sex geht ...", wiederholte Jake.

„Hmm, vielleicht, weil sie wusste, dass du so oder so gehst und sie das nicht erneut erleben wollte!?"

„Ich bin ja nicht der Meinung, dass ich irgendein Bindungsdingsbums-Problem habe. Aber nur mal angenommen, es wäre so, rein hypothetisch natürlich, was sollte ich dann, deiner Meinung nach, tun?"

„Du könntest dir professionelle Hilfe holen und dir erst mal eingestehen, dass du ein Problem hast. Ein Therapeut kann dir sicher helfen. Bindungsangst hat ja ne Ursache", erklärte Jim und klopfte seinem Kumpel augenzwinkernd auf die Schulter.

Jetzt war es Jake, der lachte. „Ich denke, soweit kommt es nicht. Ich werde schon ohne Therapeut über sie hinwegkommen. Ist besser so. Und jetzt lass uns über was anderes reden."

„Wenn du meinst. Ich glaube es nicht", beendete Jim das Gespräch und stieß mit seiner Bierflasche gegen die von Jake. Er war davon überzeugt, dass sein Kumpel tatsächlich Bindungsängste hatte. Ihm war aber bewusst, dass er sich durch das Weiterführen der Unterhaltung nur in die Enge getrieben fühlen und erst recht dicht machen würde. So hoffte Jim, dass Jake von allein dahinter kommen würde.

Die beiden stapften noch eine ganze Weile durch den Schnee. Das Bier war schon längst leer. Die Freunde unterhielten sich über die letzten Monate, vergangene Partys, das Studium und Vieles mehr. Ein frauenloser Nachmittag gefiel beiden sehr gut.

Als Jake wieder allein war, dachte er viel über Jims Worte nach. Ihm kam der Gedanke, dass er recht haben könnte. Nur vielleicht, versteht sich. Wobei er das nicht wahrhaben wollte. Aber da er Katty liebte, war es womöglich an der Zeit, sein Leben zu überdenken und zu ändern, zumindest im Bezug auf Frauen - so seine Gedanken. Nur, ob eine Therapie für ihn in Frage kam, konnte er noch lange Zeit nicht beantworten. Da er auch nicht wusste, wie er auf Katharina hätte zugehen sollen, vermied er den Kontakt mit ihr weiterhin und meldete sich nicht.

* * *

In den folgenden Tagen besuchte Katharina keine Discothek mehr. Das Erlebnis mit Jake machte ihr deutlich, wie sinnlos die sexuellen Aktivitäten mit ständig wechselnden Männern doch waren. Für sie gab es keinen, der auch nur annähernd so fantastisch wie Jake war. Und das empfand sie sowohl körperlich, als auch emotional.

Doch nun stand Silvester vor der Tür und Katty beschloss, auf eine Feier zu gehen. *Diesmal gehe ich aber allein nach Hause*, nahm sie sich vor. Paul hatte ihr geschrieben, wo er den Abend verbringen würde und das er hoffte, sie dort endlich wiederzusehen. Viel zu lang war es her. Nach langem Überlegen entschloss sie sich, ihn dort zu treffen.

Am Abend des 31. Dezembers machte sie sich hübsch. Sie trug ein rotes, knielanges Kleid, welches ihre Figur betonte. Darunter hatte sie eine schwarze Strumpfhose an. Das Haar fiel an ihrem Rücken herab und sie schminkte sich dezent. Gegen 21 Uhr kam sie an dem von Paul genannten Ort an. Es war mal wieder eine große Studentenfeier. Bei so vielen Menschen konnte sie Paul noch nicht ausmachen. Möglicherweise war er auch noch nicht anwesend. Als sie die Räumlichkeiten betrat, drang sofort ein für sie ekelhafter Geruch nach Alkohol in ihre Nase. Ein junger Mann lief an ihr vorbei und drückte ihr mit folgenden Worten ein Bier in die Hand:

„Du hast ja noch gar nichts zu trinken, so geht das nicht."

Und schon war er wieder in der Menge verschwunden. Katharina roch an dem Bier, aber es schüttelte sie regelrecht. Angewidert stellte sie die Flasche auf einem nahegelegenen Tisch ab. Sie verstand nicht, warum sie so reagierte, denn normalerweise trank sie Alkohol gern. Je weiter sie in die Räume vordrang, desto mehr vermischte sich der Geruch mit Zigaretten- und Shishaqualm. Das war zu viel für sie. Kattys Augen tränten und sie drückte sich durch die Menge zurück ins Freie. Dabei rempelte sie mehrere Studenten unsanft an, aber es war ihr egal. Sie wollte nur raus. An der frischen Luft angekommen, blieb sie mit den Händen auf den Oberschenkeln, leicht nach vorn gebeugt stehen. Sie atmete mehrmals tief ein und aus. Als Katty sich wohler fühlte, verließ sie das Gelände. Bei Paul meldete sie sich nicht und spazierte den Abend über quer durch die Stadt. Als Mitternacht immer näher rückte, suchte sie sich einen erhöhten Aussichtspunkt, von dem sie das prachtvolle Feuerwerk genießen konnte. Völlig erschöpft genoss sie in angenehmer Einsamkeit das Feuerwerk und den Jahreswechsel. Die Töne ihres Handys konnte sie nicht hören.

* * *

Mitte Januar: Ein Klingeln an der Tür weckte Paul aus schönen Träumen. Es war zehn Uhr am Morgen und mühsam schleppte er sich aus dem Bett, als es erneut läutete. Genervt und augenreibend schlurfte er zur Tür. Er fragte sich, wer ihn um diese Zeit besuchte.

Es klingelte zum dritten Mal. Als er öffnete, stand Katty vor ihm. Ihr Gesichtsausdruck verriet Paul, dass sie panisch und verzweifelt war. Doch sein erster Gedanke galt der Freude, seine beste Freundin nach langer Zeit wiederzusehen.

Mensch, sie sieht ganz anders aus, nach einem Jahr.

Aber was macht ihr nur solche Sorgen, stellte er fest, als er sie und ihren Gesichtsausdruck musterte. Plötzlich fiel sein Blick auf ihre Hand und sein Lächeln erstarb. Sie hielt darin einen noch nicht geöffneten Schwangerschaftstest.

19. Kapitel - Januar 2012

„Du lebst!", platzte es aus Paul heraus und er umarmte Katty so fest er konnte. Sie erwiderte diese Geste und so standen sie einige Sekunden da. Dann ging Paul ein Stück zurück und sah mit fragendem Blick wieder auf den Test.

„Wir müssen reden. Ich kann das nicht allein", sagte sie.

„Was hast du wieder angestellt?"

„Das würde ich dir lieber drinnen erzählen."

„Natürlich, komm rein!" Er trat einen Schritt zur Seite und Katty kam in die Wohnung. Die Sonne schien durch das Fenster.

„Mein Gott, du siehst ja furchtbar aus!", stellte Paul fest.

Katharina trug eine dunkelblaue Jogginghose und eine zu große, schwarze Trainingsjacke. Das Haar war zerzaust und ihr Blick gesenkt.

„Und du denkst, du bist schwanger?"

„Ich weiß nicht. Um das herauszufinden bin ich hier."

Sie wedelte mit dem Schwangerschaftstest.

„Hmm", entfuhr es Paul. Er holte ihr ein Glas Wasser, während sie sich auf sein Bett sinken ließ und in sich gekauert auf ihn wartete. Paul gesellte sich zu ihr und dann begann sie zu berichten. Sie erzählte von ihren Ablenkungsversuchen mit all den Männern und dass es ihr gar nichts brachte. Dabei erklärte Katty, dass sie sich nicht mehr bei ihm gemeldet habe, weil sie nicht wollte, dass Paul ihre dunkelste Seite kenne. Er seufzte und machte sich Vorwürfe, dass er nicht mehr unternommen hatte, um zu ihr durchzudringen. Paul hatte das Gefühl, seine beste Freundin im Stich gelassen zu haben. Dann mahnte er sie und erklärte, dass sie ihm alles sagen könne, und sei es auch noch so schlimm.

Katty fuhr mit ihrem Erzählungen fort und kam zu dem Abend des 24. Dezembers. Als Paul zum Sprechen ansetzte, hob Katty die Hand. Sie wollte nicht unterbrochen werden und sprach schnell weiter. Er schluckte seine Worte hinunter und hörte zu. Nun war sie fast am Ende ihrer Geschichte angekommen. Sie redete weiter: Sie sei zu der Silvesterfeier gekommen, konnte den Geruch aber nicht ertragen und sei dann rasch wieder gegangen.

„In den letzten zwei Wochen erging es mir gut. Abends bin ich nicht mehr weggegangen. Daran hab ich die Lust echt verloren. Aber meine Periode hätte vor einer Woche kommen müssen und sonst bin ich pünktlich wie ein Uhrwerk. Aber, Paul, ich schaffe das einfach nicht allein. Was ist, wenn der Test positiv ist? Das überstehe ich nicht."

„Kannst du denn schwanger sein? Habt ihr nicht verhütet?"

„Doch, ich habe drauf geachtet, dass der Typ jedes Mal ein Kondom benutzt. Aber was ist, wenn eins gerissen ist?"

„Katty, das merkt man doch."

„Mann, ich habe einfach Angst, was soll ich nur machen, wenn dieses Scheißding hier positiv ist?" Wieder fuchtelte sie mit dem Schwangerschaftstest vor Pauls Nase herum.

„Na, wenn ihr immer verhütet habt, dann hast du vielleicht nur wegen Stress noch keine Periode bekommen."

„Hmm, vielleicht ..."

Nun schnappte Paul Katty die Verpackung aus der Hand und nahm den Teststreifen heraus.

„Dann geh doch jetzt mal aufs Klo und pinkel auf das Teil und dann wissen wir gleich mehr. Am Ende machst du dich nur unnötig verrückt." Er hielt ihr den Test hin, sie nahm ihn und ging. Ihr Gesichtsausdruck wirkte dabei recht beklommen.

„Sieh's positiv, immerhin bist du durch deine Unsicherheit hier und wir sehen uns mal wieder", rief Paul ihr mit einem Augenzwinkern hinterher.

Ohne sich umzudrehen, erwiderte Katty trocken: „Ich hoffe, ich sehe gleich negativ ..."

Dann verschwand sie endlich im Badezimmer.

Kurz darauf kam sie mit dem Teststreifen zurück und drückte ihn Paul in die Hand. Sie setzte sich wieder auf sein Bett.

„Nimm du das Ding. Ich kann da nicht hinsehen."

„Du hast ja noch ein paar Minuten. Wie lang dauert das drei Mi...", mitten im Satz wanderten seine Augen auf den Streifen.

„Paul?" Kattys wurde unruhig. *Warum spricht er nicht weiter? Verdammt!* „PAUL?"

„Scheiße, zwei Striche sind nicht gut oder?"

„Waaas? Nein! Nein, nein, nein, Zwei bedeuten, ich bin schwanger. Es sollte nur einer sein!" Katty sprang auf und riss ihm den Beweis für ihre Schwangerschaft aus der Hand. Dieser zeigte zwei dicke Streifen, die nur wenige Sekunden gebraucht hatten, um sichtbar zu werden. Katharina sackte auf den Boden zusammen. Sie stierte ins Leere. Behutsam hockte sich Paul daneben und zog Katty zu sich. Sie legte ihren Kopf auf seine Schulter und schniefte.

„Katty, du musst doch eine Ahnung haben, mit wem die Verhütung schief ging."

„Mensch, ich kenne doch nicht mal alle Namen." Während sie diesen Satz aussprach, fiel es ihr wie Schuppen von den Augen. Wie von der Tarantel gestochen sprang sie wieder auf.

„Was ist los?", wollte Paul wissen.

„Oh Gott!" Sie schlug die Hände auf den Mund und drehte sich einmal um die eigene Achse.

„Ach du heilige Scheiße, oh mein Gott!"

„Katty, hör auf, zu fluchen, und sag mir, was los ist, sonst drehe ich mit durch!"

„Paul, ich sollte lieber gehen, sonst bringst du mich um."

Doch Paul stand ebenfalls auf und hielt sie fest: „Sag!"

„Es muss Jake gewesen sein. Wir waren so ... ich habe überhaupt nicht mehr nachgedacht und er wohl auch nicht. Und dann ... Wir haben kein Kondom verwendet. Er war der Einzige, bei dem ich nicht verhütet habe." Vor ihren Augen spielte sich die Szene hinter der Disco ab und es wurde ihr immer klarer. Sie hatte Paul an den Oberarmen gepackt, riss die Augen auf und schrie laut und hysterisch:

„Hilfe, ich bin von Jake schwanger!" Katharina zitterte nun am ganzen Körper und Paul schloss sie erneut in eine Umarmung ein. Er war sprachlos und obwohl seine Gedanken sich überschlugen, wusste er, kein ermunterndes Wort zu sagen. *Ist es nun gut oder schlecht, was Katty da sagt? Immerhin weiß sie, wer der Vater ist, aber andererseits ... Es ist Jake! Muss es ausgerechnet Jake sein?* Paul war besorgt und schüttelte kaum merklich den Kopf.

Plötzlich entriss sich Katharina seiner Umarmung.

„Ich muss zum Frauenarzt. Jetzt. Und du kommst mit!"

„Jetzt? Da musst du doch erst einen Termin machen, oder?"

„Ist mir egal! Wir gehen jetzt dahin und ich verlasse die Praxis erst, wenn die mir sagen, ob ich wirklich schwanger bin oder diesem Test ein Fehler unterlaufen ist!"

Sie packte Paul am Arm und zog ihn hinter sich her. Er kam gerade noch dazu, seine Schuhe und Jacke anzuziehen. Draußen versuchte er, sie zu beruhigen, doch es gelang ihm nicht.

„Katty, ich kenne mich ja so gar nicht mit den Dingern aus, aber ich meine, gehört zu haben, dass ein positives Ergebnis auch schwanger bedeutet. Die sind nicht falsch."

„Das ist ein Streifen, nur ein künstlich hergestelltes, kleines Etwas. Ich bin mir sicher, dass es bestimmt auch falsch sein kann."

Während des Gespräches blieb sie nicht stehen und lief zur Haltestelle. Paul gab nach. Er merkte, dass es sinnlos war, Katty aufhalten zu wollen. Auf dem Weg zur Arztpraxis sprachen beide kaum ein Wort. Paul beobachtete seine beste Freundin unerlässlich. Und Katty war hibbelig. Ihre Arme hatte sie die ganze Zeit über verschränkt und tippte mit den Fingern auf dem Oberarm herum. Dabei starrte sie oft ins Leere.

Kaum hatten sie das richtige Gebäude erreicht, hastete Katharina durch die Tür zur Anmeldung.

„Hallo", begann sie, „ich habe keinen Termin, aber ich muss trotzdem zur Frau Doktor. Ich glaube, ich bin schwanger und ich kann hier erst wieder weg, wenn ich es genau weiß!" Katty holte tief Luft, denn sie hatte diese Worte, ohne zu atmen, heruntergerasselt. Mittlerweile war auch Paul hinter ihr aufgetaucht.

„Guten Tag. Wie ist denn Ihr Name?", wollte die Sprechstundenhilfe wissen.

„Salvatore, Katharina Salvatore."

Die Arzthelferin tippte etwas in ihren Computer ein und erklärte, dass sie kurz schauen müsse, wie sie Katty weiterhelfen könne. Nach einigen Sekunden nervenaufreibender Stille sprach sie wieder: „Sie haben Glück, Frau Salvatore. Eine Patientin ist abgesprungen und Sie können ihren Termin nutzen. Etwas warten müssten Sie dennoch." Dabei deutete sie auf den Aufenthaltsraum.

„Vielen Dank", gab Katharina zurück und ging in die angedeutete Richtung.

„Soll ich hier im Wartezimmer bleiben, wenn du zur Ärztin rein gehst?", wollte Paul wissen.

Katty wusste darauf keine Antwort. Doch da sie von einer Untersuchung ausging, bejahte sie letztendlich. Währenddessen konnte sie die Augen nicht von den zwei Frauen ihr gegenüber lassen. Die beiden waren bereits da, als Katty und Paul ankamen. Sie unterhielten sich angeregt und hielten ihre Bäuche.

Oh Gott, die zwei haben schon so eine große Kugel ... Die entbinden bestimmt in den nächsten Tagen. Und die wirken so glücklich. Ich kann mir gar nicht vorstellen, bald auch so rund zu sein ... Ihr Blick wanderte auf ihren Bauch, den sie mittlerweile genauso, wie die zwei Frauen, festhielt. Doch plötzlich wurde sie aus ihren Gedanken gerissen.

Die Empfangsdame bat Katharina um eine Urinprobe. Daher verzog sich Katty auf die Toilette und gab den gefüllten Becher kurz darauf wieder ab. Sich auf der Lippe herumkauend, setzte sie sich wieder neben Paul. Dabei wippte sie unaufhörlich mit dem Fuß, bis ihr bester Freund seine Hand auf ihr Knie legte und es sanft drückte.

„Hör auf damit, das macht mich ganz verrückt!", flüsterte er.

Sie hielt inne und atmete tief durch. Wenige Minuten später wurde der Name Salvatore aufgerufen und Katharina verschwand zittrig aus dem Wartebereich. Paul hatte ihr noch kurz aufmunternd die Hand gedrückt.

„Hallo, Frau Salvatore. Ich habe gehört, Sie vermuten eine Schwangerschaft?"

„Ja, ich habe vorhin einen positiven Test gemacht."

„Na, dann wollen wir doch mal schauen. Bitte machen Sie sich unten herum frei und nehmen Sie dann auf dem Untersuchungsstuhl Platz. Wir machen einen Ultraschall."

Katharina nickte und begab sich hinter die lila Faltwand am Ende des Zimmers. Dort standen ein Stuhl und ein Kleiderständer, an welchen sie ihre Hose und ihren Slip hängte. Dann trat Katharina hinter dem Blickschutz hervor und setzte sich auf den Untersuchungsstuhl. Nervös wackelte sie mit dem Po hin und her, während sie an ihrem Oberteil herumzupfte. Kurz danach kam auch Doktor Stancy dazu. Sie hatte bis eben am Schreibtisch Notizen aufgeschrieben. Katharinas Frauenärztin war recht klein, sie ging Katty etwa bis zur Nase. Ihre blonden Haare hatten dunkle Strähnen und waren zum Zopf gebunden. Doktor Stancy war schlank, sehr einfühlsam und freundlich. Die Brille auf ihrer Nase hatte einen schwarzen Rahmen und große Gläser. Diese typische Nerdbrille trug sie allerdings nur zum Lesen.

„Um zu schauen, ob sie tatsächlich schwanger sind, werden wir heute einen vaginalen Ultraschall machen. Das wird etwas kalt, es tut aber nicht weh", erklärte sie, während sie den Stab des

266

Ultraschallgeräts vorbereitete. Der Schallkopf bekam eine Einweghülle und wurde mit etwas Gleitgel eingeschmiert.

„Achtung, es geht los", warnte Doktor Stancy.

Katty schaute zur Decke und zog die Luft tief ein, als der schmale, kühle Schallkopf in ihre Vagina eingeführt wurde. Es war nur im ersten Moment unangenehm, dann spürte sie kaum noch etwas.

„Alles in Ordnung, Frau Salvatore?"

„Ja, es geht schon. Ich bin nur etwas aufgeregt."

„Entspannen Sie sich. Gleich wissen wir mehr", gab die Gynäkologin mit einem Lächeln zurück. Katharina brachte es nicht über sich, auf den Bildschirm zu schauen. Während sich die Ärztin suchend auf den Monitor konzentrierte, schloss Katty die Augen.

„Sie sind tatsächlich schwanger."

Katharina kniff die Augen zu, als hätte man sie geohrfeigt, sie stöhnte kaum hörbar und öffnete dann doch ihre Lider.

„Schauen Sie hier", sagte Doktor Stancy, während sie den Bildschirm weiter zu Katty drehte und darauf etwas zeigte.

„Man kann die aufgebaute Schleimhaut sehen. Und das winzige Ding ...", sie deutete auf eine andere Stelle, „... ist Ihr Baby. Noch sieht und hört man keinen Herzschlag, was zu diesem Zeitpunkt der Schwangerschaft aber vollkommen normal ist. Sie sind jetzt etwa in der fünften Woche. Es sieht alles gut aus."

Katharina war sprachlos, ihr Kopf war wie leer gefegt. Doktor Stancy schaltete das Ultraschallgerät aus und Katty wurde von dem Stab befreit. Sie durfte sich wieder ankleiden. Anschließend erklärte die Gynäkologin, dass in vier Wochen ein neuer Termin ausgemacht werden sollte. Sie begleitete Katty aus dem Zimmer heraus. Paul kam direkt auf sie zu.

„Herzlichen Glückwunsch, Sie werden Vater", die Frau Doktor schnappte sich Pauls Hand und schüttelte sie überschwänglich.

„Nein, er ist nicht der Vater. Er ist mein bester Freund." Das waren Kattys erste Worte nach dem Ultraschall. Bisher hatte sie nur zustimmend genickt.

„Oh, entschuldigen Sie bitte. Ich war etwas voreilig."

Katty vereinbarte einen neuen Termin, verabschiedete sich und verließ dann mit Paul die

Praxis. Draußen erzählte sie ihm alles.

„Seltsam, wird man normalerweise nicht gefragt, ob das Kind geplant war und man es behalten will. Uns wurde gratuliert, als hätten wir einen Sechser im Lotto."

„Ich denke, die meisten Frauen freuen sich über Nachwuchs und die anderen würden es wohl von sich aus sagen. Willst du denn abtreiben?", fragte Paul vorsichtig.

„Ich weiß es nicht. Ich weiß gar nichts", gab Katty zurück.

* * *

Katharina saß in ihrer Küche am Esstisch. Zwischen den Händen drehte sie eine warme Tasse Kakao. Sie blickte in die trübe Brühe und dachte über ihre ungewollte Schwangerschaft nach. Kurz nach dem Arzttermin hatte sie sich von Paul verabschiedet. Sie wollte allein sein. Nun kam sie endlich zur Ruhe, zumindest körperlich. Ihre Gedanken fuhren Achterbahn, immer und immer wieder, ohne Pause.

Schwanger. Ich bin schwanger und es ist von Jake.

Dem Mann meiner Träume, mit dem ich aber nie eine Familie sein werde. Schon ironisch, er wäre der einzige Mann, mit dem ich mir Kinder und eine Zukunft vorstellen könnte, aber er ist unerreichbar. Was soll ich nur tun? Kann ich es schaffen, eine gute Mutter zu sein? So ganz allein? Vielleicht sollte ich es Jake sagen. Aber ich will auch nicht, dass er nur zu mir zurückkommt, weil wir ein Kind bekommen. Ach Mensch, das ist alles so verdammt kompliziert!

Sie hielt die Hand auf ihren Bauch und schloss die Augen.

Na du! Was mache ich nur mit dir? Du hast mich total überrumpelt und stellst mein Leben gerade total auf den Kopf.

Sie ließ ihren Bauch wieder los und legte den Kopf in den Nacken.

Okay, versuchen wir es mal ganz sachlich. Was spricht denn dafür und was dagegen? Nun, also, ich bin allein und ich werde auch nicht mit Jake zusammen sein. Ich könnte also nicht weiter arbeiten, zumindest eine Zeit lang. Wahrscheinlich will Jake auch gar keine Kinder ... Aber was spricht dafür?

Hmm ...

Hmm ...

Es ist von Jake ...

Katharina seufzte, so kam sie nicht weiter. Die Tatsache, dass das Kind von Jake war, sprach für und gegen das Baby. Sie konnte keine Beziehung mit Jake führen, was ihrer Meinung nach ein Kontra war. Allerdings war es das Ungeborene des Mannes, den sie über alles liebte, was wiederum ein Pro war. Sie legte die Arme verschränkt auf den Tisch und ließ ihre Stirn darauf fallen.

Ich sollte es ihm so oder so sagen. Immerhin ist es sein Baby und er muss wissen, dass es existiert, selbst wenn ich es wegmachen lasse.

Katty holte ihr Telefon aus der Tasche und klickte im Telefonbuch auf Jakes Namen. Sein Bild und seine Nummer erschienen im Display. Eine Ewigkeit starrte sie darauf, unfähig das Anrufsymbol anzutippen. Immer, wenn der Bildschirm dunkel wurde, berührte sie ihn kurz. So schaltete er sich nicht aus. Nach langem Grübeln schloss sie für einen kurzen Moment die Augen, atmete einmal tief durch und machte das Display aus. Sie ließ ihr Mobiltelefon zurück in die Hosentasche gleiten. Der Kakao war mittlerweile kalt geworden.

* * *

In den nächsten Tagen konnte Katty sich auf nichts konzentrieren. Immer wieder schwirrten die Gedanken über die Schwangerschaft durch ihren Kopf und verdrängten alles andere. Selbst in der Arbeit war sie kaum mehr fähig, wichtige Entscheidungen zu treffen, auch den Meetings konnte sie nicht mehr folgen. Zudem litt sie an Übermüdung, denn ihre Gedanken ließen sie kaum noch schlafen. Sie hatte Jake nicht darüber informiert, dass er eventuell Vater wurde. Katty beschloss, vorher zu entscheiden, ob sie sein Kind bekam oder nicht. Doch war dies nicht so leicht, wie sie gehofft hatte. Zu Beginn überwogen Überlegungen zur Abtreibung. Doch immer mehr ließ sie der Gedanke nicht los, dass sie unmöglich die Schwangerschaft von Jakes Baby abbrechen konnte. Auch Paul rief immer wieder an. Sie trafen sich alle paar Tage und redeten miteinander. Doch Katty wurde müde des Themas. Als Jake eines Tages im Bus an ihr vorbeifuhr, war das zu viel für sie. Er bemerkte sie nicht, doch Katty hatte ihn erkannt. Es war wie ein Messerstich in ihren Magen. Katharina war gerade auf dem Weg zum Restaurant gewesen, als der Bus sie passiert hatte. Kurz darauf kehrte sie um und rief im Lokal an. Dabei erklärte, dass sie in den kommenden Wochen nicht zur Arbeit kommen könne. Sie schob familiäre Gründe vor.

Jetzt rief sie Paul an. Ihm berichtete sie, dass sie mal abschalten und rauskommen müsse und für eine Zeit lang in den Urlaub fliege. Ihr bester Freund zeigte Verständnis und bat sie, gut auf sich aufzupassen. Sie solle sich melden, wenn sie wieder zu Hause wäre.

Nachdem Katharina eine halbe Stunde am PC verbracht hatte, packte sie die Koffer und machte sich anschließend auf den Weg zum Flughafen. Sie hatte noch ein paar Stunden Zeit, bis ihr Flug startete. Da sie Angst hatte, sich umzuentscheiden, kam sie direkt her. Katty setzte sich in eine der Gaststätten und aß etwas. Zu Beginn stocherte sie nur in ihrem Essen herum, doch am Ende war der Teller leer. Sie hatte ein Buch dabei, welches sie nach der Mahlzeit las. Die Geschichte der Romanfiguren lenkte sie von ihren eigenen Problemen ab.

Als die Zeit kam, stand sie auf, nahm ihre Sachen und ging zum Schalter, an welchem sie ihr Gepäck eincheckte. Nun hatte sie nur noch ihre Handtasche. Wie froh sie war, einen gültigen Reisepass zu haben. Ohne diesen würde sie ihr Ziel nicht erreichen. Kurz nach der Kofferabgabe ging es zur Sicherheitskontrolle. Ihr Handgepäck wurde kontrolliert, wie auch Katty selbst. Natürlich trug sie keine gefährlichen oder verbotenen Gegenstände bei sich. Sie hatte sich zu Hause informiert. So verlief der Safety Check problemlos. Es dauerte noch einige Zeit, bis das Boarding begann. Und noch etwas länger, bis sie im Flugzeug saß, das Handgepäck verstaut hatte und auf den Start ihrer Reise wartete.

Nun setzte sich der Flieger in Bewegung. Er rollte in Richtung Startbahn und eine Stewardess erklärte die Sicherheitsvorkehrungen. Die Passagiere wurden gebeten sich anzuschnallen und die Tische hochzuklappen. Alle elektronischen Geräte sollten ausgeschaltet werden. Nachdem auch die Fluchtwege aufgezeigt und die bekannten Durchsagen abgeschlossen waren, verschwand die Flugbegleiterin wieder.

Kurz darauf beschleunigte das Flugzeug und hob ab. Dabei wurde Katty in den Sitz gedrückt. Sie krallte sich an den Armlehnen fest. Ihr Kreislauf vertrug den Steigflug nicht wie gewünscht und Übelkeit stieg in ihr auf. Katty kramte zur Sicherheit nach dem

Spuckbeutel. Eine halbe Stunde saß sie mit geschlossenen Augen da und wartete auf das Unvermeidliche. Doch dann legte sich der Brechreiz, sie atmete tief durch und verstaute die Tüte wieder.

Nach etwa einer Stunde wurde die erste Mahlzeit gebracht. Aber Katharinas Magen hielt nichts von Nahrungsaufnahme und so ließ sie das Tablett unberührt stehen, bis es wieder abgeholt wurde. Sie trank lediglich etwas Tomatensaft. Draußen hatte die Dunkelheit Einzug gehalten. Katharinas Flug würde die ganze Nacht andauern. Sie hatte einen Sitzplatz am Fenster, drehte sich zur Seite, lehnte sich an die Flugzeugwand und schlief ein.

Es war ein ruhiger Flug. Nach etwa sechs Stunden erwachte Katty wieder und streckte sich. So ausgeruht und von Reisekrankheit befreit, fühlte sie sich fit wie ein Turnschuh. Nur der Nacken schmerzte etwas von der Schlafposition der letzten Nacht. Sie wiegte ihren Kopf mehrfach vorsichtig von rechts nach links und es knackte. Im Fernsehen lief gerade ein Zeichentrickfilm mit Pinguinen. Während sie diesen stumm verfolgte, wurde die zweite Mahlzeit, das Frühstück, serviert. Diesmal fiel es Katty leichter, zuzuschlagen. Nach etwa acht Stunden Flugzeit landeten sie komplikationslos und Katty begann, zu applaudieren. Ihr war bewusst, dass dies heutzutage nicht mehr zum Alltag des Fliegens gehörte. Doch Katty vertrat die Meinung, dass der Pilot diese Anerkennung verdiente. Nach den ersten Klatschern stimmten weitere Passagiere ein, es wurden immer mehr und schon bald applaudierten fast alle Fluggäste.

Nachdem Katty ihr Gepäck wieder hatte, war sie noch nicht am Ziel angekommen. Es ging nun mit dem Bus weiter zum Startplatz der Wasserflugzeuge. Dieser Flug dauerte aber nicht sehr lang. Von oben konnte man die ganzen Inseln sehen. Katty fand, sie sahen aus wie Spiegeleier im Meer. Sie freute sich bereits jetzt darauf, bald unter Palmen zu liegen und im Ozean bunte Fische zu sehen. Zappelig wie ein kleines Kind rutschte sie auf ihrem Sitz hin und her. Als der Flieger mitten auf dem Großen Teich landete, fand sie das sehr spektakulär und zugleich unheimlich. Sie stieg in ein kleines Boot, was sich als wackelige Angelegenheit herausstellte. Doch ein Helfer gab ihr die Hand und sie schaffte es, ohne ins Wasser zu stürzen. Nun war es nicht mehr weit. Katty konnte die Insel sehen, auf der sie die nächsten Wochen verbringen würde - abgeschieden von der Welt und ihrem Durcheinander der letzten Jahre. Hier, in diesem tropischen Paradies, würde sie endlich zur Ruhe kommen. Dieser Gedanke zauberte ihr ein breites Lächeln ins Gesicht, welches nicht mehr verschwinden wollte.

Sie genoss den Fahrtwind, denn das kleine Boot hatte mehr Tempo drauf, als sie erwartet hätte. Die Haare wehten ihr um die Ohren und sie konnte Fische springen sehen. Nach einer weiteren gefühlten Ewigkeit hatte sie ihr Ziel erreicht, eingecheckt und ihre Koffer in ihrem Bungalow wiedergefunden. Sie standen neben dem Bett, welches sich mittig im Raum befand. Katty staunte nicht schlecht über diesen Service.

„Willkommen auf Maya Lunky Island", ein kleiner Prospekt mit diesem Titel lag auf dem Kopfkissen und gab Informationen über ihre Urlaubsinsel wider.

Decken gab es nicht, hier bedeckte man sich lediglich mit einem Bettlaken, welches zu einer Blume gefaltet auf der Schlafstätte lag. Kleine Nachttische waren links und rechts neben dem Bett platziert, auf einem befand sich ein Telefon. Eine Tür führte ins Bad. Katty schaute sich darin um und fand eine begehbare Dusche, mit einem Duschkopf, der fast so groß wie ein Teller war. Er leuchtete bunt, als Katty das Wasser einschaltete. Drehte man die Brause, veränderte sich der Wasserstrahl. *Nette Spielerei,* dachte sich Katharina schmunzelnd und drehte das Wasser wieder ab. Über dem Waschbecken hing ein großer Spiegel. Ein kleiner Schminkspiegel war an einer Stange an der Wand befestigt. Katty konnte ihn zu sich heranziehen. Der Wasserhahn war sehr breit. Auch dieser strahlte beim Aufdrehen in bunten Farben und ließ das Wasser wie bei einem Wasserfall herabströmen. Solche modernen Sanitäreinrichtungen hätte Katty nicht erwartet. Hier glänzte jede Ecke. Die beigen Fliesen und das gesamte Bad machten den Eindruck, erst kürzlich eingebaut worden zu sein.

Nun ging Katty wieder in das Schlafzimmer, in dem sich neben dem Bett auch ein Schreibtisch, ein Stuhl und ein geräumiger Kleiderschrank befanden. Einen Fernseher gab es nicht.

Erschöpft von der Reise, aber glücklich, ließ sie sich mit dem Rücken auf das Bett fallen, Arme und Beine weit von sich gestreckt. Da erblickte sie an der Decke einen Ventilator, in dem eine Lampe integriert war. Wieder schmunzelte sie, diese Vorrichtung würde ihr sicher helfen, auch bei diesen Temperaturen gut schlafen zu können.

20. Kapitel - Februar 2013

Als Katty sich nach einigen Minuten der Entspannung wieder erhob, konnte sie kaum glauben, angekommen zu sein. Ihr Fenster ermöglichte einen Blick auf das Meer und den weißen Sandstrand. Direkt vor ihrem Bungalow erstreckten sich Palmen mit langen Wedeln. Sie standen weit auseinander und ermöglichten eine wunderbare Aussicht. Katharina zog ihre Schuhe aus und verließ ihre Unterkunft. Sie lief wenige Schritte geradeaus und befand sich nun am Strand. Es war gerade Flut und große Wellen umspülten in regelmäßigen Abständen ihre Füße.

An ihrem Urlaubsort, Maya Lunky Island, war jetzt Mittagszeit, doch Katty verspürte keinen Hunger. Die nassen Hosenbeine störten sie kaum. Seit ihrer Ankunft hatte sie sich noch nicht umgezogen. Da es in Deutschland im Februar recht kalt war, trug sie noch immer eine lange Jeans und ein T-Shirt. Der Jacke hatte sie sich im Bungalow entledigt. Doch es wurde Zeit, sich in luftigere Kleidung zu hüllen. Die Mittagssonne stand prall am Himmel, kein Wölkchen war zu sehen. Tropische Hitze trieb Katty Schweiß über die Haut und ihre Kleidung klebte unangenehm. Sie drehte sich um und ging zurück in ihre Behausung. Dort öffnete sie den Koffer und kramte ein kurzes, gelbes Sommerkleid heraus. Sie zog es über, nachdem sie Hose und Oberteil ausgezogen hatte. Vor ihrer Hütte standen zwei Liegestühle. Auf einer davon machte es sich Katty bequem. Das Vordach bot Schatten vor der stechend heißen und glühenden Sonne. Da Katty aufgrund des Jetlags und der langen Reise sehr erschöpft war, schlief sie binnen Sekunden ein.

* * *

Die ersten Tage verlebte Katharina hauptsächlich am Strand und im Meer. Sie hatte eine Taucherbrille dabei und genoss die bunte Welt der Meerestiere. Nur wenige Meter von der Insel entfernt reichten die ersten Korallenriffe über lange Strecken. Fische verschiedener Größen und in herrlichen Farben wuselten in und um die Korallen. Ab und zu zog ein Schwarm mit vielen kleinen, eher farblosen Schwimmern an der Insel vorbei. Jeden Morgen nahm sich Katty vom Frühstücksbuffet trockene Brötchen mit, mit denen sie die Kleinen fütterte. Den Mittag verbrachte Katty im Bungalow oder in einer Bar mit kühlen Getränken. Die tropische Mittagssonne war zu dieser Tageszeit kaum zu ertragen. Geregnet hatte es bisher gar nicht, Katty konnte auch nur ein oder zwei weiße Quellwölkchen seit ihrer Ankunft sichten. Seit langem kam Katharina zur Ruhe. Sie dachte über vieles nach, aber so völlig aus dem Alltag gezogen, konnte sie ihre Gedanken ohne Druck ordnen. Ihre Schwangerschaft verlief bisher symptomfrei. Außer dem Unwohlsein im Flugzeug fühlte sie sich blendend. 28 Jahre war sie mittlerweile alt. Im Mai würde sie 29 werden. Hätte man ihr im Jahr 2007 gesagt, wo sie nun stehen würde, sie hätte es nicht geglaubt.

Es war Montag, der 18. Februar 2013, Katty lag im weißen Sand, bekleidet mit einem hellen Shirt und schwarzem Minirock. Es war gerade sieben Uhr und die meisten Touristen waren beim Frühstück oder noch in ihren Betten. In der Ferne hörte sie eine Möwe kreischen. Katharina stand gern um diese Zeit auf und legte sich an den Strand. Sie konnte die Ruhe genießen, nur wenige Stunden später würde es hier sehr belebt sein. Die Augen hatte sie geschlossen und sann darüber nach, wie ihre letzten Jahre verlaufen waren und was sie dazu veranlasst hatte, in diese ruhige, aber traumhaft schöne Gegend zu flüchten.

Etwa fünfeinhalb Jahre ist es nun her, als ich Jake

das erste Mal gesehen habe. Unsere „Beziehung" war das reinste Hin und Her. Schon Wahnsinn, wie viel Zeit seitdem vergangen ist. Jetzt sind wir doch schon recht lang getrennt und ich liege hier - schwanger von ihm. Ich werde es ihm nicht sagen. Es wird besser so sein.

Außerdem werden wir nie eine richtige Partnerschaft führen. Vielleicht lerne ich irgendwann einen Mann kennen und denke dann nicht mehr an Jake. Ob es zu schaffen ist, sein Kind, ohne ihn großzuziehen? Kann ich das meistern?

Es ist wichtig, dass man sich selbst vertraut, ging es ihr durch den Kopf. Sie musste ihre eigenen Entscheidungen treffen und ihrem Gefühl vertrauen. Keiner konnte ihr dabei helfen. Ihre Gedanken kehrten zu dem ungeborenen Baby zurück. Abermals wurde ihr bewusst, dass sie sich endlich entscheiden müsse, ob sie das Kind bekommen wolle oder nicht. Während sie das Für und Wider abwog, spielte sie mit den Füßen im warmen Sand. Sie zog in Erwägung, diese Entscheidung einfach nicht zu fällen und sich für immer auf dieser Insel zu verstecken. Schmerzlich kam die Erkenntnis, dass es ein Ding der Unmöglichkeit sei, einen Urlaub auf Lebenszeit zu finanzieren und eine Schwangerschaft zu ignorieren.

Katty begann ihren Bauch zu streicheln und sich vorzustellen, wie er immer größer werden würde. Sie malte sich aus, wie sie die ersten Kindsbewegungen spüre. Die Ultraschalluntersuchung, welche das Geschlecht verrate, sah sie vor sich und die Gedanken an eine schmerzhafte, aber komplikationslose Geburt folgten. Zwar jagte ihr die bevorstehende Entbindung Angst ein, doch wurde sie von der Vorstellung vertrieben, ihr Baby das erste Mal im Arm zu halten. Ein warmes und wohliges Gefühl durchströmte sie bei diesen Bildern im Kopf.

Abtreibung wäre eine endgültige und nicht rückgängig zu machende Entscheidung. Meine ganzen Fantasien hätten keine Chance, zur Wirklichkeit zu werden ...

Sonnenstrahlen und ein Windzug kitzelten ihre Haut. Katty öffnete die Augen und stand auf. Sie zog das T-Shirt aus und streifte den Rock ab. Beides legte sie an den Fuß einer großen Palme. Unter ihrer Alltagskleidung trug sie einen lila Bikini mit weißen Blumen, in welchem sie sich nun ins Wasser stürzte. Bei so vielen, wichtigen Gedanken, war eine Abkühlung nötig. Sie tauchte auf, warf ihre nassen Haare nach hinten und genoss die Freiheit, das zu tun, wonach ihr gerade war.

Ihre Schwangerschaft stellte sich Katharina nun

immer häufiger und plastischer vor. Unbewusst stieg in ihr die Vorfreude auf das Ungeborene. In ihrem Kopf entstanden Kinderzimmer in zwei Variationen, für einen Jungen und für ein Mädchen. Die Gedanken, das Baby auf dem Arm zu halten, zu kuscheln oder gemeinsam spazieren zu gehen, verfestigten sich. Immer wieder dachte sie unwillkürlich an das Kind: Beim Essen, beim Schwimmen, beim Duschen, beim Zubettgehen, ja selbst in ihren Träumen war es präsent. Und immer zauberten diese Gedanken ein Lächeln auf Kattys Lippen.

Mittlerweile waren zwei Wochen seit ihrer Ankunft vergangen. Das Thema Abtreibung tauchte fast gar nicht mehr in Katharinas Gedanken auf. Nun saß sie auf einer Liege vor ihrem Bungalow und wollte für sich selbst endlich einen Entschluss fassen. Es fiel ihr nicht mehr schwer. Die Muttergefühle hatten sie vollkommen eingenommen. Doch ihr letzter Gedanke war: *Es ist Jakes Baby. Es ist von Jake! Ich kann unmöglich sein Kind abtreiben.*

Mit dieser Entscheidung im Herzen verbrachte sie die restlichen Urlaubstage. Entspannung stand auf dem Programm. Katty ließ sich sogar auf einen Urlaubsflirt ein, sein Name war Georg. Es blieb jedoch vorerst beim Flirt, denn sie dachte, für neue

Männergeschichten nicht bereit zu sein. Allerdings wurde ihr durch den charmanten jungen Mann bewusst, dass es auch ein Leben ohne Jake gab.

Ihrem Exfreund wollte sie nichts von der Schwangerschaft erzählen und das Kind allein groß ziehen. Die Angst, er würde nur wegen des Babys zurückkommen und am Ende wieder gehen, war zu groß. Noch während des Urlaubs löschte sie Jakes Nummer.

Am letzten Abend vor der Abreise spazierten Georg und Katty barfuß am Wasser entlang. Sie hatten den Sonnenuntergang vor etwa einer Stunde am Strand beobachtet. Es war ein tolles Gefühl auf dem Boden aneinandergelehnt zu sitzen, vor sich nichts weiter als das weite Meer und die Sonne, die darin zu versinken schien. Über ihnen schwankten große Palmenwedel langsam hin und her. Mehr als das Meeresrauschen und ein paar singende Vögel waren nicht zu hören.

Mittlerweile hatte die sternenklare Nacht sie umhüllt und beide umrundeten die kleine Insel. Georg war größer als Katty und mit seinen zwanzig Jahren etwas jünger als sie. Sein dunkelblondes, schulterlanges Haar und seine sportliche Figur machten ihn zum Frauenschwarm der Insel. Er war Surfer und mit seinen Eltern hier. Berlin war seine

Heimatstadt, doch diese lag weit von Kirrlich entfernt. Es war unwahrscheinlich, dass die beiden sich nach der Heimreise wiedersehen würden. Hand in Hand streiften sie durch den feuchten Sand.

„Morgen werde ich abreisen", begann Katty das Gespräch.

„Hmmhm, dann ist das wohl unser letzter Spaziergang."

„Sieht so aus."

Georg blieb plötzlich stehen, zog Katty an sich heran und küsste sie, was Katharina sehr überraschte. Im ersten Moment blickte sie ihn geschockt an, doch dann schloss sie die Augen und genoss die Berührung seiner Lippen. Es war ihr erster Kuss mit Georg, mehr als Umarmungen und Händchenhalten war zwischen den beiden nicht passiert. Nun tanzten ihre Zungen Tango und Schmetterlinge flatterten in Kattys Bauch umher.

„Einmal wollte ich das wenigstens getan haben", sagte Georg nach dem innigen Kuss, der auch ihn emotional aufgewühlt hatte. Errötend schaute Katty zu Boden und wühlte nervös mit dem nackten Fuß im Sand. In den letzten Monaten hatte selten ein Mann bei ihr Gefühle ausgelöst. Sie lief weiter und Georg folgte ihr. Das Gespräch widmete sich wieder belanglosen Dingen. Irgendwann kamen beide an einer großen Schaukel vorbei, auf der sie gemeinsam Platz fanden. Diese lag abseits der Wege. Palmen und die Dunkelheit schützten vor neugierigen Blicken anderer Touristen. Katty legte ihren Kopf auf seine Schulter und sie blickten in die Sterne. Während Katharina über deren Bedeutung philosophierte, begann Georg erneut sie zu küssen. Jetzt waren es nicht mehr nur Schmetterlinge, die diese Zärtlichkeit begleiteten. Seine Erregung war spürbar und seine Atmung ging schneller. Finger wanderten unter Kattys luftiges Oberteil und sie ließ es zu, ohne darüber nachzudenken.

So viele Schmetterlinge in meinem Bauch hatte ich lange nicht. Eigentlich wollte ich doch nur die Gesellschaft eines netten Mannes genießen und mich nicht verlieben. Aber wie er mich berührt ... Das ist so schön. Ich möchte ihn auch ...

Er entledigte sich seines T-Shirt und grinste sie breit an. Ihre Hände fuhren über seinen muskulösen Oberkörper, dem deutlich anzusehen war, dass er regelmäßig Sport trieb. Kurz darauf öffnete Georg seine Hose.

Nanu, der legt aber ein Tempo vor ... Was solls, ich hab ja nur noch bis morgen Zeit.

287

Katty trug einen kurzen Rock, den Georg schnell beiseiteschob. Als Katty das bekannte Reißen eines Tütchens hörte, schmunzelte sie.

Na ja, ein Baby wird wohl nicht dabei rauskommen, dachte Katty. Aber sie sagte nichts.

Georgs Hände zitterten und sein Penis sprang Katharina regelrecht entgegen, als er ihn aus den Boxershorts befreite. Er war viel gewaltiger, als Katty es erwartet hatte. Ihre Augen wurden groß, doch Georg bemerkte dies nicht. Verkrampft versuchte er, das Kondom überzustreifen. Dann fing sich Katharina wieder und half ihm, was ihn sehr entspannte. Nun machte sich Georg nicht mal die Mühe, ihren Slip auszuziehen. Er schob ihn einfach beiseite und drang in sie ein.

Ein kurzes „Ooh", entfuhr Katty und dann bewegte sie sich im gleichen Rhythmus wie Georg. Er ließ sich Zeit und regte sich langsam, aber intensiv. Katty stöhnte dabei wohlig und spürte jedes Stoßen durchdringender. Als sie sich dem Höhepunkt näherte, krallte sie sich in seinem Rücken fest. Plötzlich wurde er schneller und schneller, was ihn selbst immer mehr erregte. Und kurz darauf erlebten sie einen gemeinsamen Orgasmus und erschlafften in den Armen des anderen.

„Was für ein schöner Abschied", schwärmte Katty auf dem Weg zurück zum Bungalow. Georg erwiderte nichts und hakte sich lediglich bei ihr ein. Nach wenigen Momenten gab er doch seine Meinung kund: „Schade, dass es ein Abschied war."

Nun schwieg Katty.

Er begleitete sie bis zu ihren Räumlichkeiten, in welchen schon die gepackten Koffer standen. Vor der Tür küsste er sie und wollte dann gehen, doch Katty hielt ihn am Arm zurück. Als Georg sich zu ihr umdrehte, zog sie ihn mit ins Zimmer, schloss die Tür und schubste ihn aufs Bett.

Am nächsten Morgen wachte Katty unbekleidet in den Armen von Georg auf, der ebenfalls nackt war. In dieser Nacht hatten sie kaum geschlafen und Georgs Kondomvorrat war beachtlich gesunken. Katty hatte sich noch gewundert, wie viele er davon in seiner Hosentasche mit sich herumgetragen hatte. Nun erwachte auch er und Katty ging ganz nach dem Motto „Sex am Morgen vertreibt Kummer und Sorgen". Sie wollte sich nicht verabschieden und gab sich Georg erneut voll und ganz hin. Doch unmittelbar nach dem Liebesspiel musste Katty Lebewohl sagen. Für sie ging es nach Hause.

21. Kapitel - März 2013

Im Flieger stellte Katty fest, dass sich in ihrer Hosentasche ein Zettel befand. Sie hielt ihn nun in der Hand und entfaltete ihn. Darauf stand Georgs Name, seine Handynummer und der Satz: „Ich würde mich freuen, dich wieder zu sehen." Katharina war gerührt, doch für sie war es nicht mehr als ein Urlaubsflirt. Zwar kehrten die Schmetterlinge in ihrem Bauch beim Lesen der Nachricht sofort zurück, doch sie hatte anderes im Kopf. Georg wusste nichts von ihrer Schwangerschaft und ihrem Leben.

Georg, wann auch immer du den Zettel heimlich in meine Tasche gesteckt hast ... Ich bin nicht nur auf dem Heimweg, sondern auf der Reise in ein neues Leben und da ist derzeit kein Platz für einen neuen Mann.

Sie faltete den Zettel wieder zusammen, gab ihm einen symbolischen Kuss und steckte ihn wieder in die Hosentasche, mit dem Gedanken, ihn baldmöglichst zu entsorgen. Sie wollte kein Risiko eingehen, ihm doch noch zu schreiben.

* * *

Die Heimreise hatte Katty gut überstanden. Bereits seit drei Tagen war sie wieder zuhause und hatte Paul über ihre Entscheidung informiert. Auch ein neuer Frauenarzttermin wurde vereinbart, denn ihren letzten hatte sie durch die Reise verpasst. Nun konnte sie es kaum erwarten, denn diesmal war Freude über das Kind und die Schwangerschaft da.

Im Urlaub hatte Katty neue Energie getankt. Ihr Tatendrang war enorm und sie arbeitete produktiver denn je. Meetings wurden gehalten, Entscheidungen getroffen, Projekte umgesetzt und dabei war gerade erst ihr zweiter Arbeitstag nach der Reise angebrochen. Heute kam ihr ehemaliger Chef in eines der Restaurants und die beiden aßen gemeinsam. Peter erzählte, wie es ihm ergangen war, seit er die Geschäftsaufgabe hinter sich gebracht hatte. Jedoch interessierte ihn viel mehr, was Katty zu berichten hatte. Niemals hätte er geahnt, dass sich sein ehemaliges Unternehmen so gut entwickeln und ausbreiten würde, und schon gar nicht in dieser Geschwindigkeit.

„Du scheinst deinen Job echt gut zu machen", stellte Peter anerkennend fest. Katty bedankte sich für dieses Kompliment und gab zurück, dass sie ihr bestes gäbe und sie diese Arbeit sehr erfülle.

Nach diesem Gespräch dachte Katty viel darüber

nach, wie es gegen Ende der Schwangerschaft und nach der Geburt weitergehen würde. Auf keinen Fall wollte sie ihren Job aufgeben. Dafür hatte sie zu viel Freude daran, außerdem brachte die Arbeit mittlerweile viel Geld und das brauchte sie für sich und das Baby. Es war aber klar, dass sie zumindest für eine gewisse Zeit eine Vertretung benötigte. Selbst wenn sie kein ganzes Jahr Auszeit nehmen würde, so wäre sie nicht in vollem Umfang einsatzbereit. Dafür forderte ihr Job zu viel Zeit. Sie war es gewohnt, regelmäßig Überstunden zu machen. Ohne diese Zeitinvestition wäre das Unternehmen nicht in so kurzer Zeit da, wo es nun war.

Aber nun stand das Wochenende vor der Tür. Am Montag würde sie zum Frauenarzt gehen, hoffentlich die Herztöne hören und sehen, dass alles gut sei.

Samstag und Sonntag verbrachte Katty allein. Sie konnte erst nicht aufhören, über ihre berufliche Zukunft nachzudenken. Daher zog sie sich ihren Mantel und Schuhe an und ging nach draußen. Der Mingo-Park stellte dann eine angenehme Abwechslung für Katty dar. Obwohl sie hier die schlimmste Szene ihres Daseins erlebt hatte, verband sie diesen Ort hauptsächlich mit schönen Erinnerungen. Sie dachte an den Vater ihres ungeborenen Kindes und saß verträumt auf einer

Bank. Die Vögel zwitscherten und die Sonne schien. Es war ein milder Wintertag. Zwischen Spaziergängen, auf der Bank sitzen und dem schlichten Nichtstun pendelte Katty hin und her. Zur Mittagszeit setzte sie sich in ein Restaurant. Seltsame Gelüste verspürte sie noch nicht und so gab es Knödel mit Ente und gekochtem Rotkohl. Allerdings musste es als Nachtisch ein Bananensplit sein. Hier war Katty die Einzige, die ein Eis aß, denn für die meisten war es dafür einfach zu kalt. Jeden einzelnen Löffel ließ Katty sich genüsslich auf der Zunge zergehen, dabei schloss sie die Augen und genoss die Glücksgefühle, die diese Nachspeise in ihr auslöste.

Am Sonntag lümmelte Katty viel auf dem Sofa vor dem Fernseher. Je weiter der Tag voranschritt, desto nervöser wurde sie. Der Arzttermin rückte immer näher und sie war sehr unruhig. Katty hatte lange gebraucht, um sich für das Kind zu entscheiden. Und plötzlich war da diese unerklärliche Angst, sie könne es verlieren.

Am nächsten Tag holte Paul Katharina um neun Uhr ab. Die beiden gingen ins Zentrum der Stadt und aßen in einem kleinen Lokal Frühstück. Hier gab es ein extra großes Lunchbuffet. Bei Rührei mit gebratenen Tomaten, Speck und frischem Brot plauderten die Zwei über Kattys Urlaub und vertrieben sich die Zeit bis zum Frauenarzttermin.

Paul blieb erneut im Wartezimmer, während Katty auf den Fingernägeln herumkauend im Untersuchungsraum saß. Kurze Zeit später kam die blonde Ärztin mit einem Lächeln im Gesicht zur Tür herein, welche sie hinter sich schloss.

„Guten Tag, Frau Salvatore. Wie geht es Ihnen?", fragte sie und reichte Katty die Hand.

„Sehr gut und ich hoffe dem Baby auch, Frau Stancy."

„Das schauen wir uns gleich mal an." Die Ärztin saß nun an ihrem Schreibtisch und stöberte in den Unterlagen. „Wie ich sehe, haben Sie Ihren letzten Termin verpasst", stellte sie fest und blickte auf.

„Ja, ich musste einiges überdenken und bin spontan für längere Zeit in den Urlaub geflogen", wich Katty aus, ohne den eigentlichen Grund genau zu definieren. „Aber jetzt freue ich mich auf das Baby und bin froh, hier zu sein!"

„Geflogen? Das ist aber im ersten Schwangerschaftsdrittel nicht so gut. Es besteht dabei ein erhöhtes Risiko, für eine Fehlgeburt", unterrichtete Frau Stancy Katty mit strengem Blick über die Brille.

Katty bekam Angst. „Das wusste ich nicht, darüber hatte ich gar nicht nachgedacht. Bitte sagen Sie mir, dass alles in Ordnung ist." Katty zitterte. Nun hatte sie sich nach so vielen Überlegungen für das Kind entschieden und erhielt diese erschreckende Nachricht.

Wieso war ich nur so naiv und hab mich nicht darüber informiert?

„Beruhigen Sie sich. Wir schauen mal nach, wie es Ihrem Baby geht. Es muss ja nichts passiert sein." Doktor Stancy erhob sich, lief um den Tisch herum und legte ihre Hand tröstend auf Kattys Schulter. „Bitte nehmen Sie auf dem Untersuchungsstuhl Platz. Wir werden erneut einen vaginalen Ultraschall machen, da man bei der Bauchbeschallung noch nicht genug sieht."

„Okay ..." Katty ging hinter die bekannte lila Faltwand und entkleidete sich. Nachdem sie auf dem Stuhl Platz nahm, ging es auch schon los. Der kalte Stab wurde vorsichtig eingeführt und Katty dribbelte nervös mit den Fingern über ihren Brüsten herum. Nach kurzem Suchen konnte man einen kleinen Fleck auf dem Bildschirm erkennen und Katty lächelte. Die Gynäkologin schaute noch etwas genauer und plötzlich hörte man das kleine Herz schlagen.

„Sehen Sie hier", sagte die Frau Doktor und deutete auf den pulsierenden Punkt am Monitor, „das ist das Herz Ihres Babys. Es schlägt ganz wunderbar. Und auch sonst sieht für Ihre aktuelle Schwangerschaftswoche alles gut aus."

„Gott sei Dank", seufzte Katty erleichtert.

Nach der Untersuchung wurde Katty noch gewogen. Auch das Blutdruckmessen ließ sie über sich ergehen, dann war sie entlassen. Gemeinsam mit Paul verließ sie die Praxis und zeigte ihm draußen stolz das Ultraschallbild, welches sie mit nach Hause nehmen durfte.

„Kaum zu glauben, dass du echt schwanger bist", stellte Paul fest.

„Ja, ich bin schon ganz gespannt, wie das alles wird, wenn das Baby mal da ist. Aber irgendwie habe ich Schiss vor der Geburt."

„Bis dahin ist ja noch etwas Zeit. Am besten denkst du erstmal nicht zu viel darüber nach. Das kriegst du schon hin!"

So spazierten beide weiter plaudernd durch die Straßen. Paul erzählte noch von seinem

Wochenendausflug mit Sarah. Sie hatten gemeinsam einen Freizeitpark besucht. Katty freute sich sehr für ihren Kumpel und seine Bilderbuchbeziehung. Sie wünschte sich auch einen liebevollen Partner an ihrer Seite.

Paul legte einen Arm um sie. „Du findest den Richtigen noch."

Wie auf Befehl landeten zwei Spatzen direkt vor ihnen in der Sonne und paarten sich.

„Die wollen mir wohl vormachen, wie schön es als Paar sein kann", kommentierte Katty und beide kicherten los. Kurze Zeit später verabschiedete sich Katharina, sie musste zur Arbeit.

* * *

In den folgenden zwei Wochen hatte Katty viel für die Zukunft geplant. Drei große Punkte standen auf ihrer To-Do-Liste. Erstens: Eine größere Wohnung musste her, denn früher oder später sollte das Baby ein eigenes Zimmer bekommen. Ihr gefiel der Gedanke, schwanger umzuziehen besser, als mit Neugeborenem. Schließlich würde sich dann einiges in ihrem Alltag verändern und da wollte sie keinen

Umzug planen und durchführen müssen. Durch ihren Job hatte sie keine Geldprobleme, eine größere Wohnung wäre finanziell kein Problem. Sie musste nur gefunden werden.

Der zweite große Punkt war, eine gut qualifizierte und passende Vertretung für sich selbst zu finden. Katty beschloss, nicht komplett aus dem Geschäft auszusteigen. Aber persönlich konnte sie nicht mehr im Restaurant arbeiten oder an Meetings teilnehmen. Sie brauchte jemanden, der dies für sie übernahm, ihr alles berichtete und umsetzte, worum sie bat. Für Katty hieß das, es musste eine Vertrauensperson sein, die entsprechende Fähigkeiten besaß. Die Suche gestaltete sich jedoch recht schwierig.

Die letzte ihrer Absichten galt dem seelischen Wohl, denn langsam fühlte sie sich einsam. Mit der Clique ging sie nicht mehr so oft aus, da sie nichts trinken durfte und den anderen dabei nicht zusehen wollte. Ab und an ging sie noch mit Kristin shoppen oder sie trafen sich auf einen Snack in der Stadt. Essen konnte Katty jederzeit, seit sie schwanger war. Nach langem Nachdenken und gemeinsamer Beratung mit Paul beschloss sie, sich eine Katze anzuschaffen. Dieses Vorhaben sollte nicht lang auf sich warten lassen, denn bereits Ende März begab sich Katty in das Kirrlicher Tierheim.

In bunten Farben stand „Schenken Sie süßen Pfötchen ein neues Zuhause", auf einem billig gemachten Plakat über der Eingangstür. Die Fassade des Hauses war bröckelig und hatte Risse. Viel Geld gab es hier scheinbar nicht. Die Einrichtung war laut Internet, auf Spenden und ehrenamtliche Mitarbeiter angewiesen. Katty störte das nicht, sie wollte einem Tier ein schönes Zuhause für das restliche Leben bieten. So betrat sie das Gebäude und befand sich direkt an einem alten Holztresen, hinter dem eine Frau stand und etwas in ein Buch kritzelte. Das Licht hier war dunkel und alles wirkte staubig und verkommen. Die Frau reagierte nicht auf Kattys Erscheinen, also ergriff Katharina das Wort.

„Hallo, ich würde gern eine Katze bei mir aufnehmen. Sind denn welche da?"

Die Frau blickte endlich auf und wirkte genauso schmuddelig wie der Rest des Raumes. Ihre schwarzen Locken hingen schlaff am Kopf herunter und ihr Jogginganzug hatte eine Reinigung dringend nötig. Die Pickel in ihrem Gesicht kannten mit Sicherheit kein Make-up oder andere Kosmetik. Sie kaute laut schmatzend auf einem Kaugummi.

„Klar ham wir Katzen da, haufenweise und in Massen. Kommen Se ma mit." Sie ging voraus und hörte laut Namensschild auf Louisa. *Ihr Gang gleicht dem eines Gorillas,* dachte sich Katty. Die Arme hielt die Frau vom Körper weg, wie ein Affe, ebenso spreizte sie beim Laufen die Beine und trampelte den Weg entlang. Katty war zum ersten Mal in diesem Tierheim und hatte langsam etwas Bedenken, was sie hier wohl noch erwarten würde. Stirnrunzelnd folgte sie Louisa. Doch dann kamen sie an den Gehegen an. Zuerst passierten sie die Hunde. Alle Tiere wirkten sehr gepflegt, die Näpfe waren mit Wasser gefüllt und die Zwinger so sauber, wie frisch gereinigt. Es war kein Vergleich zum Eingangsbereich und dem Erscheinungsbild von Louisa. Die Vierbeiner kamen schwanzwedelnd und teilweise bellend nach vorn gerannt. Neugierig inspizierten sie die zwei Vorbeigehenden. Nach den Hunden folgte der Bereich für die Katzen und auch hier war alles makellos. Louisa hatte nicht übertrieben. Mindestens zwanzig Samtpfötchen tummelten sich in diesem Areal des Tierheims. Es gab mehrere, geräumige Gehege für die Stubentiger und jedes war mit vier bis fünf Katzen belegt. Sie maunzten und beobachteten die beiden Frauen argwöhnisch. Louisa wollte gerade zum Reden ansetzen, als Katty eine getigerte Katze ins Auge fiel. Sie saß auf dem oberen Teil eines Kratzbaumes, welcher sicher über zwei Meter in die Höhe erstreckte. Vom Podest baumelte der Schwanz der

Katze, der sich langsam bewegte. Wie eine Statue saß der Vierbeiner da und ließ Katty keine Sekunde aus den tief-dunklen Augen.

„Die Katze da oben, die gefällt mir", sagte Katharina und deutete mit dem Zeigefinger auf den Kratzbaum. Sie blickte der Katze ebenso gebannt entgegen.

„Dat is Chili", meinte Louisa. „Sie is schon en paar Monate hier und ziemlich kratzbürstig vom Gemüt, wenn Se wissen wie ich dat meene. Daher auch der Name."

„Ich verstehe", nickte Katty. „Darf ich zu ihr?"

„Klar, passen Se aber uff, die kratzt ganz schön dolle."

„Ich werde vorsichtig sein."

Louisa öffnete die Tür zum Gehege und die Frauen traten ein. Dabei achteten sie darauf, dass keine Katze floh. Langsam näherte sich Katty dem Kratzbaum und der Vierbeiner blieb weiter angespannt, seine Augen folgten Katharina. Mit etwas Abstand blieb sie stehen und wartete. Chili beäugte sie noch eine Weile, erhob sich dann und sprang über die unteren Podeste bis nach unten. Währenddessen liefen die anderen Stubentiger aufgeregt und durcheinander um Louisa herum. Sie erhofften sich Futter und maunzten um die Wette. Die Katzen aus den anliegenden Gehegen drückten ihre Nasen durch die Gitter und steckten ihre Pfoten durch. Dann schlich Chili um Kattys Beine, schmiegte ihren Körper an diese und schnurrte. Katty freute sich und ging langsam in die Hocke. Freundlich sprach sie die Katze an. Chili ließ sich sogar streicheln.

Louisa beobachtete das Treiben von weitem. „Mensch, sowat hat se ja noch nie jemacht. Keener wollte dat Tier, weil se alle immer verjagt, mit ihren Krallen", stellte sie überrascht fest. Sie hielt dabei weiter Sicherheitsabstand, denn offensichtlich war ihr Chili nicht geheuer.

„Ich mag sie, und sie scheint mir auch nicht abgeneigt", gab Katty in sanften Tönen zurück, immer noch die Katze streichelnd. „Ist es ein Mädchen oder ein Junge?"

„Dat is ne Diva, en olles Mädel. Meinetwegen können Se die gleich mitnehmen, dann isse endlich versorgt."

„Oh nein, ich möchte nichts überstürzen. Wenigstens eine Nacht möchte ich darüber schlafen." Katty erhob sich. Louisa schien das nichts auszumachen. Sie ließ die beiden noch eine Weile allein und Katty genoss die Gesellschaft der Katze. Dann verabschiedete sie sich und versprach, sich am darauffolgenden Tag zu melden.

Und das tat sie auch. Am nächsten Morgen rief sie im Tierheim an und vereinbarte einen Termin für den Nachmittag. Bis dahin vertrieb sie sich die Zeit im Zoohandel. Es wurden Katzentoiletten, Futternäpfe, Nahrung für den Vierbeiner und Spielzeug gekauft. Zum Schluss besorgte sie noch eine Transportbox. Nachdem sie alles nach Hause gebracht hatte, ging es wieder ins Tierheim.

Louisa hatte erneut Dienst und wirkte genauso ungepflegt, wie am Tag zuvor. Sie begrüßte Katty in genervtem Ton und trampelte voraus, Richtung Katzengehege. Chili saß, wie am Vortag, auf dem obersten Podest des Kratzbaumes und ließ Katty nicht aus den Augen. Als diese das Gehege betrat, hatte sie den Blick auf die getigerte Katze gerichtet. Sie stellte die Transportbox, die sie mitgebracht hatte, auf dem Boden ab und öffnete sie. Chili schien nur darauf gewartet zu haben. Denn, ohne den anderen Katzen Beachtung zu schenken, sprang sie nach unten und machte es sich augenblicklich in der Box gemütlich. Vorsichtig streckte Katty ihre Hand nach Chili aus und streichelte sie kurz. Das Tier schnurrte und Louisa schüttelte ungläubig den Kopf.

Nachdem der Papierkram erledigt war,

verabschiedete sich Katty und machte sich mit ihrem neuen Begleiter auf den Heimweg. Die Katze verschlief die Fahrt.

Zuhause erkundete Chili ausgiebig die Wohnung. Dabei behielt sie stets ihre anmutige und elegante Körperhaltung. Sie wirkte fast schon arrogant, doch Katty mochte Chili sofort. Katharina stellte die Katzenklos an verschiedenen Orten auf und befüllte sie mit Einstreu. Dann wurden Futter- und Wassernapf gefüllt. Chili machte sich sogleich über das Fressen her und schlang es mit geschlossenen Augen hinunter. Katty beobachtete ihr neues Haustier dabei und setzte sich anschließend vor den Fernseher. Sie wollte der Katze etwas Ruhe gönnen. Doch es dauerte nicht lang, da kam Chili zum Sofa, hüpfte hinauf und rollte sich auf Kattys Schoß ein. Katharina lächelte zufrieden und war doch erstaunt, wie zutraulich Chili war.

So vergingen die Tage und die Katze lebte sich schnell ein. Auch Katty gewöhnte sich sehr schnell an ihren neuen Begleiter. Sie würde Chili nicht mehr hergeben wollen.

22. Kapitel - Mai 2013

In den folgenden Wochen kümmerte sich Katty hauptsächlich um die Wohnungs- und Vertretungssuche. Sie sprach mit vielen Mitarbeitern, die schon lange da waren, ohne direkt zu verraten, worum es ging. Bei keinem hatte sie ein sicheres Gefühl, wenn sie diese Personen als Nachfolger oder Vertretung ansah.

Sie unterhielt sich mit Kristin über das Thema, als beide gemeinsam in Kirrlich die Zeit verbummelten. Es war ein sonniger Tag und für die Jahreszeit recht mild. Beide saßen im Außenbereich eines Cafés und wärmten sich bei einer heißen Tasse Kaffee. Dabei fiel Katty ein, dass auch ihre Freundin Erfahrung in der Gastronomie hatte und die Chefetage traute sie ihr durchaus zu. Immerhin kannten sich beide schon viele Jahre und Katty vertraute Kristin voll und ganz. Außerdem konnte sie ihrer Freundin jederzeit mit Rat und Tat zur Seite stehen. So fragte sie Kristin, ob sie Interesse an dem Job habe.

Die kleine, blonde Frau freute sich sehr über dieses entgegengebrachte Vertrauen und nahm den Job dankend an. Aufgeregt rutschte sie auf ihrem Stuhl hin und her, während Katty grob erklärte, was auf sie zukommen würde. Die beiden vereinbarten, dass

Kristin in der nächsten Zeit gemeinsam mit Katharina arbeiten würde. Kristin solle sie bei Meetings begleiten und ihre Meinung kundtun. Katty wolle ihr alles zeigen, so dass sie später mit ruhigem Gewissen in den Mutterschutz gehen konnte. Kristin war derzeit arbeitslos, daher war dieses Abkommen die beste Lösung für beide. So unterhielten sich die Freundinnen noch lange über die berufliche Zukunft. Der erste Kaffee war leer und eine zweite Tasse folgte.

Schließlich war alles Wichtige besprochen, die beiden bezahlten und schlenderten noch eine Weile durch die Stadt. Als sie sich verabschiedeten, drückten sie sich fest und gingen, voller Vorfreude auf die kommende Zeit, nach Hause.

Parallel zur Vertretungssuche hatte Katty immer wieder Termine für Wohnungsbesichtigungen. So einfach war das alles gar nicht. Erst wurden ihr die heruntergekommensten Wohnungen der Stadt gezeigt, die mit Sicherheit schon seit Jahren nicht bewohnt wurden. Anschließend sah sie überteuerte Luxuseinrichtungen, die selbst ihr Budget sprengten. *Man sollte bei der Wohnungssuche eben nicht sagen, dass Geld keine Rolle spielte.* Nach einem weiteren, erfolglosen Termin verdrehte sie die Augen und ging genervt nach Hause. Ohne Hilfe kam sie nicht voran.

So beauftragte sie einen Makler und hielt erstmals genau fest, welchen Mietspielraum sie hatte, wie groß die Wohnung sein sollte und welche Besonderheiten ihr wichtig waren. Natürlich durften die Vermieter weder Probleme mit Kindern, noch mit Katzen haben.

Mit diesen Angaben verliefen die folgenden Besichtigungen nicht so katastrophal. Eine Wohnung war dabei, die gefiel Katharina besonders. Sie hatte drei große und helle Zimmer. Das Wohnzimmer besaß eine reine Fensterwand, die an einer Balkontür endete. So könnte sie sich auch draußen hinsetzen. Die Einbauküche war geräumig und es war sogar Platz für einen Esstisch. Zudem gehörten ein kleines Kellerabteil und ein Parkplatz zur Wohnung. Nur drei Familien lebten in diesem Haus. Und die Lage war optimal, ein Wohngebiet mit Spielplatz, den man vom Fenster aus sehen konnte. Weit und breit war keine stark befahrene Straße. Selbst der Kindergarten war nur einen Katzensprung entfernt. *Die besten Voraussetzungen für mich und mein Baby*, dachte sich Katty und streichelte kreisend ihren Bauch. *Und Chili wird sich hier bestimmt auch wohlfühlen.*

Kattys Einnahmen überzeugten die Vermieter sofort und die Formalitäten waren schnell erledigt. In nur drei Wochen konnte sie einziehen. Für die alte Wohnung wollte sie einen Nachmieter suchen, aber ihr Konto hätte auch erlaubt, für drei Monate zwei Wohnungen zu bezahlen.

* * *

Es war Dienstag, der 14. Mai 2013 und morgen sollte der Umzug stattfinden. In den letzten drei Wochen hatte Katharina ein Umzugsunternehmen organisiert. An einem Mittwoch umzuziehen bedeutete in der Regel wenig private Helfer, da fast jeder arbeiten oder seine Zeit an der Uni absitzen musste. Katharina hatte nach und nach alles in Kisten verstaut, die verteilt in der ganzen Wohnung herumstanden. Alle waren ordentlich beschriftet, damit sie gleich im richtigen Zimmer landeten. Heute hatte sie die letzten Sachen eingepackt. Nun hielt sie Essen im Pappkarton in der Hand. Sie hatte es sich beim Chinesen geholt, da kochen nicht mehr möglich war. Selbst das Besteck hatte sie schon eingepackt. Bei ihrem Essen waren hölzerne Essstäbchen dabei gewesen. Sie ließ sich erschöpft auf dem Sofa nieder und schlang die gebratenen Nudeln herunter, während Chili um ihre Beine schlich. Mittlerweile konnte man auch schon den Babybauch erkennen. Fünf Schwangerschaftsmonate waren schnell vergangen. Doch Katty verstecke ihren Bauch immerzu unter weiten Oberteilen, da sie der Meinung war, einfach nur dick auszusehen. So vielbeschäftigt in den letzten Wochen, hatte sie sogar Georg völlig vergessen. Alles war für einen Neuanfang bereit.

Ich glaube, ich schreibe wirklich ein Buch über meine Geschichte. In den letzten Jahren ist so viel passiert, das gibt sicher Lesestoff für einen ganzen Roman.

Plötzlich klingelte es.

Nanu, wer ist denn das?, stellte sich ihr die Frage, während sie gerade eine Nudel in den Mund sog. Es war acht Uhr am Abend und die Umzugshelfer sollten erst am nächsten Morgen gegen zehn eintreffen. Katty stellte die Nudelbox auf den Tisch, welcher bereits in Folie eingewickelt war. Die Stäbchen steckte sie in den Karton und lief zur Tür. *Vielleicht ist es Paul, der spontan vor dem großen Tag nochmal nach mir sehen will? Komisch, eigentlich ruft er an oder schreibt, bevor er zu mir kommt. Oder ist es Kristin? Sie hatte mir gesagt, dass sie noch ein paar Fragen wegen der Arbeit habe. Soweit ich weiß, ist es aber nicht so dringend, dass es nicht bis später warten kann.*

Katty stand mittlerweile an der Tür und legte die Hand auf die Klinke. Sie überlegte noch immer, wer der Besucher sein könnte und machte dem Fremden auf. Als sie öffnete, klappte ihr die Kinnlade leicht hinunter und sie war unfähig zu sprechen.

Da stand er, so schön und selbstbewusst wie immer. Er war es mal wieder, der geklingelt und sie aus ihren Gedanken gerissen hatte, der wohl nie aus ihrem Leben verschwinden würde, der wohl immer einen großen Platz in ihrem Herzen einnehmen würde - Jake Sander.

DANKE

Ich danke allen, die bei meinem Roman mitgewirkt haben. Ohne euch wäre er nicht so geworden, wie er heute ist!

Ich danke:

Meinen Testlesern:

Julia Giske

Katrin Diermann

Christiane Bössel

Meinem Coverdesigner

Sven Kramer

Meinem Lektorat

Weitere Werke von Tina Reinhardt

ISBN: 9783746091884

In einer Welt, lange nach den Menschen:

Gestaltenwandler und Magier leben friedlich nebeneinander her. Doch als Penny ihren Bruder verlässt und den Anführer der Wandler kennenlernt, hat der Frieden ein Ende. Die beiden zeugen ein Kind und die Angst vor einem Hybriden mit den Fähigkeiten beider Rassen wächst von Tag zu Tag.

Das Kind soll sterben, bevor es geboren wird. Tyron, der Anführer der Magier steht vor der schweren Entscheidung: Soll er seine Schwester töten? Doch Skylon will sein Kind und Penny schützen. Als Wolf an ihrer Seite sucht er einen Weg, den Funkenkrieg zu umgehen.